Anna Enquist

Denn es will Abend werden

Roman

Aus dem Niederländischen
von Hanni Ehlers

Luchterhand

1

Nichts bleibt, wie es ist, denkt Jochem, während er sich langsam um die eigene Achse dreht und den Blick durch das neue Atelier wandern lässt. Alles ändert sich, so sehr du dich auch anstrengst, den alten Zustand aufrechtzuerhalten. Ich habe große Fenster, auch wenn ich sie hinter einem neumodischen Sonnenschutz mit eleganten Lamellen verstecke, damit ich mich in dem halb unterirdischen Kabuff wähnen kann, wo ich mich zu Hause fühlte. Ich habe weiße Wände, Regale ohne jeden Kratzer, Arbeitsoberflächen aus rostfreiem Stahl und tadellose Schränke mit Schiebetüren. Dagegen ziehe ich zu Felde, bewehrt mit dem mitgebrachten Krempel: verschmierte Leimtöpfe mit eingetrockneten Resten, Beitel mit abgenutzten Griffen, steinalte Innenformen und dreckige Lappen. Um das Neue zunichtezumachen, verstreue ich überall Altes. Aber das Gleiche ist es nicht. Die Decke ist höher, die Leuchtstoffröhren sind greller. Über der Werkbank hängt eine fahrbare OP-Lampe. Nur die Schublade geht noch genauso schwer auf wie früher, darin liegen die Zahnarztspiegel und die Haken, mit denen ich in die F-Löcher komme, zwischen schmutzigen Pinseln und Harzbröckchen.

Das Atelier ist L-förmig, und am Ende vom kurzen Fuß hat es direkt etwas Wohnliches. Da sind eine Spüle und eine Anrichte mit Elektrokochplatten und Kaffeemaschine, hinter einer undurchsichtigen Glaswand Dusche und Toilette. Dazu eine Couch, auf der man schlafen könnte, und ein Esstisch, auf dem jetzt benutzte Tassen und ein Zuckertopf stehen. Dieser häusliche Teil ist durch eine hohe Regalwand vom Atelier abgetrennt. Sie ist zur Küchenseite hin mit Geschirr, Handtuchstapeln und Klamotten bestückt. Zum Arbeitsbereich hin sind die Bretter gefüllt mit Schraubgläsern zur Aufbewahrung von Lacken, Geigenbauzeitschriften in verschiedenen Sprachen und Kartons voll notwendigem Krimskrams: Dämpfer, Stege, Saiten, Stimmstöcke, Schulterstützen. Es sieht schon richtig schön voll aus, stellt er mit Befriedigung fest.

Er knipst die OP-Lampe an und besieht eine Geige, die in einer Wiege aus Schaumgummi auf der Werkbank liegt. Was fehlt dir, darf ich dich kurz untersuchen? Er ist ein freundlicher Kinderarzt. Keine Angst, es tut nicht weh, und das Licht ist nur deshalb so grell, damit ich besser sehen kann. Vorsichtig zupft er mit dem Daumen die Saiten an, eine nach der anderen. In Ordnung. Auf der einen Schulter des Instruments ist der Lack verschlissen. Der Steg steht nicht ganz gerade und sieht aus, als könnte er jeden Moment umklappen. Ein kleiner Riss unter dem rechten F-Loch? Nein, der ist dicht, eine alte Narbe. Jochem fließt über vor Fürsorge, denkt an alles, was er für die Geige tun könnte, gleichzeitig, als fächerten sich seine Gedanken in vier oder fünf verschiedene Bereiche auf. Er wiegt sich auf seinen dicken Schuhsohlen, hin und her und vor und zurück, und erwägt, womit er anfangen soll. Bevor wir uns an die Untersuchung machen, muss das Baby gebadet werden, beschließt er. Aus der Rumpelschublade nimmt er zwei Porzellanschälchen. In das eine streut er feingemahlene Diatomeenerde, in das andere gibt er ein wenig Öl. Dann windet er einen Lappen um seinen Zeigefinger, den er erst in das Öl und dann auch leicht in das Pulver tunkt. Sachte beginnt er über die Geige zu reiben.

Er erschrickt, als das Telefon klingelt. Der Apparat steht auf dem Tisch am Eingang, neben seinem Computer und einem Stapel Papiere. Jochem legt den Lappen weg und nimmt den Telefonhörer ab.

»Eine Dame für Sie, mit einem Kasten«, sagt der Pförtner. »Nach oben gehen lassen?«

»Nein, ich komme sie holen.«

Während des Gesprächs schaut er auf einen Schirm hoch, auf dem in bläulicher Tönung der Empfangsbereich des Gebäudes zu sehen ist. Eine kleine Frauengestalt mit Strickmütze auf dem Kopf steht verloren auf den Marmorfliesen, einen Gambenkasten unter den Arm geklemmt. Er wirft einen letzten Blick auf seinen Arbeitsraum: Terminkalender offen auf dem Tisch, die Verabredung mit der Gambistin steht drin. Alles stimmt. Er geht noch einmal kurz herum, prüft, ob die Tresortür abgeschlossen ist, und zieht an den enormen Schubladen eines niedrigen Schranks. In der obersten liegt großformatiges Papier, die unterste ist noch leer. In der mittleren bewahrt er Schleifpapier unterschiedlicher Stärken auf. Hinten in der rechten Ecke schimmert etwas, silbrig. Eine mittelgroße Pistole. Er nickt und schließt die Schublade.

Drei Treppen runter, dann kann er der Gambistin die Hand drücken.

»Das ist Ulrich«, sagt er, auf den Pförtner in seinem Glaskasten zeigend. Der breitschultrige Surinamer nickt der Gambenspielerin freundlich zu.

»Ich geh dir mal nach oben voraus«, sagt Jochem.

»Gibt es keinen Aufzug?«

»Um die Ecke!«, ruft Ulrich durch sein Fensterchen.

»Ich trag dir dein Instrument, komm.«

Jochem reißt ihr die Gambe aus den Händen und stiefelt

die Treppen hinauf. Sie folgt ihm, sich ängstlich ans Geländer klammernd.

»So«, sagt er, als er Instrument und Spielerin hineingelotst und die schwere Tür zugemacht hat. Stiftschloss. Kette davor. »Setz dich, leg deinen Mantel ab.«

Sie zieht sich den Stuhl heran, der am Computertisch steht, knöpft ihren Mantel auf und setzt sich.

»Groß«, sagt sie, während sie im Atelier herumschaut, »viel größer als deine alte Werkstatt. Du bist schon ein gutes halbes Jahr hier, nicht? Sagt es dir zu?«

»Es ist besser. Der Eingang ist immer überwacht, niemand kann einfach reinkommen. Ich hab viel Platz und kann alles überblicken.«

»Du hast einen größeren Panzerschrank angeschafft.«

»Manchmal hab ich kostbare Instrumente hier, die kann man nicht offen rumliegen lassen, wenn man weg ist, finde ich.«

Die Gambistin schweigt. Sie schaut zu der Wäscheleine empor, an der Geigen zum Trocknen hängen, und atmet den Geruch ein.

»Du hast lackiert. Es riecht nach Lavendel. Bist du schon wieder voll in der Arbeit drin, nach allem, was passiert ist? Macht dir das Unglück noch zu schaffen?«

Jochem seufzt, holt sich den Hocker, der an der Werkbank steht, und nimmt darauf Platz. Er reibt sich über die Stirn, kratzt sich am Kopf.

»Tja, arbeiten tut gut. Das ist das Einzige, was du machen kannst. Ich hab aber auch nicht so viel abgekriegt, bloß eine Kopfwunde und ein zugeschwollenes Auge. Das war schnell verheilt. Carolien hatte mehr Pech, die hat einen Finger verloren. Und Heleen hat sich das Bein gebrochen, ganz blöd. Hugo hatte überhaupt nichts.«

»Ich hab's in der Zeitung gelesen«, sagt die Gambistin, »und dann haben auch alle davon geredet. Dass es ein Wunder sei, dass ihr das überlebt habt. Ein Hausboot in die Luft jagen, auf dem sich Menschen befinden! Irrsinn!«

»Die Polizei musste diesen Kriminellen fassen. Der Mann war gefährlich und hat uns bedroht. Sie haben das schon überlegt gemacht, Sprengladungen vorn und hinten am Schiff. Wir befanden uns in der Mitte. Und spielten Quartett!« Jochem lacht verächtlich und zuckt die Achseln.

»Wie ist dieser Unhold eigentlich zu euch gelangt, war das Zufall?«

»Zufall, Zufall – der Mann war zu zwölf Jahren Gefängnis verurteilt und wollte sich aus dem Staub machen. Dass ihm das gelang, verdanken wir der logistischen Inkompetenz des Gefängniswesens. Kann man das Zufall nennen? Dass er auf dem Boot landete, war zumindest kein Zufall, denn unsere zweite Geige, Heleen, war in so 'nem idealistischen Verein und korrespondierte mit Häftlingen. Gegen die Einsamkeit. Sie hat diesem Schurken geschrieben. Durch sie wusste er, wo wir waren, was wir machten.«

»Es war also ihre Schuld? Lässt sich das wiedergutmachen? Spielt ihr denn wieder zusammen?«

Jochem wendet sich ab und klickt den Gambenkasten auf. Als er antwortet, hört sich seine Stimme verhaltener und ein bisschen heiser an. »Von zusammen spielen ist keine Rede. Steht auch nicht an. Carolien müsste neu streichen lernen, aber danach ist ihr nicht. Außerdem sind wir unsere Instrumente los. Die sind ins Wasser gefallen.«

Er hört die Frau erschrocken nach Luft schnappen. Ja, ja, das ist schlimm, denkt er, all die prächtigen, alten Instrumente durch Wasser und Dynamit zerstört. Mannomann!

»Aber die Versicherung kommt doch dafür auf, oder?«

Jochem hebt die Gambe aus dem Kasten und hält sie mit gestrecktem Arm von sich. Abstand. Schauen.

»Die anderen haben erkleckliche Summen eingestrichen. Ich hab gar nichts gekriegt. Aus den Verhören sei hervorgegangen, dass ich meine Bratsche selbst zerstört hätte. Na ja, ich hab sie auf dem Kopf dieses Kerls zertrümmert. Eigene Schuld!«

Ungläubig schüttelt die Gambistin den Kopf.

»Wie ungerecht. Das kann doch wohl nicht sein!«

Jochem schweigt. Die Frau windet sich auf dem Stuhl und ringt die Hände.

»Habe ich etwas Falsches gesagt? Ich bin manchmal zu direkt, ich weiß. Wie damals, als ich diesen Prospekt von den Gruppen zur Trauerverarbeitung mitbrachte. Das war aufdringlich. Ich sollte mich nicht in alles einmischen. Es geht mir einfach nahe, und dann tue ich so etwas, ohne nachzudenken. Es tut mir leid.«

Nach dieser Ansprache verschließt sie die Lippen. Jochem presst die Zähne aufeinander, dass die Kiefermuskeln spielen, und knurrt wie ein böser Hund.

»Du meinst es gut. Auch damals. Wir hatten unsere Kinder verloren, du wolltest uns eine Hilfestellung geben. Vielleicht warst du der Meinung, dass es nach so vielen Jahren mal genug sein müsste mit der Trauer. Dass so 'ne Gruppe nichts für uns war, konntest du ja nicht wissen. Es ist oft komplizierter, als man denkt. Ob unser Quartett je wieder zusammenkommt, hängt beispielsweise auch nicht davon ab, ob Instrumente verfügbar sind. Ich hab das ganze Atelier voller Instrumente, darum geht es gar nicht. Was diese Explosion bedeutet, *darum* geht es. Hat sie uns in eine unvorhergesehene Zukunft gesprengt?«

Er erschrickt über seine eigenen Worte, zieht die Gambe

an sich und inspiziert die Fugen. Es ist still. Die Leuchtstoffröhren summen.

»Besser, man begibt sich in die Vergangenheit zurück«, sagt die Gambistin, die sich wieder gefangen hat. »Das ist in der Musik auch so. Die alten Handschriften studieren, die Instrumente so restaurieren, dass sie wieder im ursprünglichen Zustand sind. Zurück nach früher, das ist aufrichtig, das verschafft Befriedigung. Es gibt einem Halt. Oder vergaloppiere ich mich jetzt schon wieder?«

»Ich weiß nicht, ob ich auf so 'ne Art von Halt scharf bin«, brummt Jochem. »Lass uns mal deine Gambe anschauen. Was kann ich tun?«

Mit dem Rücken zu der Frau beklopft er das Instrument, den Kopf ein wenig schief gelegt, um die Resonanz gut hören zu können. Innerlich fluchend. Meinungen, kleinliche Ansichten, denkt er, Gottogott! Zurück nach früher, wie stellt sie sich das vor? Früher hatte meine Frau eine nette Hausarztpraxis, und ich arbeitete mit Vergnügen in einem Atelier zu Hause. Früher hatten wir eine lebendige Familie mit zwei heranwachsenden Söhnen. Früher waren wir Eltern. Hatten wir Freunde, mit denen wir in einem Streichquartett spielten. Im Laufe der Jahre ist alles eingestürzt. Die Kinder verunglückt, das Quartett auseinandergesprengt. Carolien apathisch und zu nichts fähig. Und ich? Ich habe in den Monaten nach diesem hirnrissigen Abend, an dem sie Hugos Hausboot in die Luft jagten, vor Angst gezittert. Habe die Ausziehtusche verkleckst und verschmiert, wenn ich ein Etikett signierte. Bauchschmerzen, wenn ich Schritte im Garten hörte. Wenn das Telefon klingelte, ließ ich vor Schreck alles fallen. Paranoid, sagt Carolien. Realistisch, sage ich. Nur weil ich diesen exorbitant teuren Raum mieten konnte, hab ich's überhaupt fertiggebracht weiterzuarbeiten. Hier ist es sicher, so sicher wie möglich zumindest. Ich habe mir in Belgien eine Waffe gekauft, über einen befreundeten Kollegen in Brüssel. Ist natürlich nicht erlaubt, aber für mich eine Beruhigung. Aus mir ist einer geworden, der den ganzen Tag seine Angst bezwingen muss und deswegen zu illegalen Mitteln greift. Alles nur, um beschäftigt zu sein und arbeiten zu können, um mich auf harmlose Holzinstrumente konzentrieren zu können, die keinem was zuleide tun. Dieser Schlag mit meiner Bratsche hat überhaupt nichts ausgerichtet; eine Bratsche sollte ja auch singen und nicht als Schlagwaffe herhalten. Und dann kommt so 'ne Kundin rein und fordert mich auf, nach früher zurückzukehren. Ich sollte sie beim Kragen packen und hochkantig rausschmeißen, diese klägliche Gambe gleich hinterher.

Er merkt, dass er keucht. Nicht gut. Diese Frau hilft, sie bringt mir ein Problem, mit dem ich mich befassen kann. Sie ist eine Kundin. Sie hat meine Aufmerksamkeit verdient, vielleicht sogar Dankbarkeit.

»Ich verstehe, was du meinst«, sagt er. »Man ist immer in die Vergangenheit verliebt, wenn man in so 'ner Barocktruppe spielt wie du. Für mich ist das was anderes, ich kann die Gegenwart nicht aussperren. Heutzutage will man Stahlsaiten und ein grotesk hochgeschraubtes Instrument, um einen Saal mit zweitausend Leuten bespielen zu können. Dann kann ich zwar argumentieren, dass so ein Cello zu Mozarts Zeit anders klang, aber das interessiert sie nicht. Und ich sage mir längst, ich kann froh sein, dass es überhaupt noch Menschen gibt, die Musik machen, wenn auch auf andere Art als früher.«

So, daran hat sie jetzt 'ne Weile zu knabbern. Er erzählt ihr, dass die Fugen an zwei Stellen geleimt werden müssen. »Es ist kalt gewesen, da kriegst du's dann mit trockener Luft zu tun, und das Holz fängt an zu arbeiten. Ich kann auch den Lack etwas nachbessern.« Er zeigt auf die Stellen, wo der Lack stumpf geworden ist. Die Gambistin nickt.

»Unser Consort hat nicht viel zu tun, aber wir proben trotzdem. Das ist ein Muss. Wir sind Träger der Kultur, so empfinde ich es. Du auch, mit dem Bau und der Restaurierung. Wenn wir das bleiben lassen, geht alles in die Brüche.«

»Ja«, sagt Jochem langsam, »mag sein, dass es so ist, wir sind Träger der Kultur. Aber wer trägt uns?«

2

Carolien hat den Küchentisch abgeräumt. Hat das schmutzige Geschirr langsam zur Spüle getragen. Hat mit einem Tuch in der linken Hand die Oberfläche abgewischt. Nun zieht sie sich einen Stuhl heran und setzt sich an den Tisch. Sie blickt in den Garten hinaus, eine trostlose graue Wüstenei. Ärger flammt auf, als sie die verblühten Hortensien sieht. Abschneiden, denkt sie, weg damit, fort mit diesen Zeugnissen eines besseren Lebens. Kahl und leer soll es sein. Das Zimmer der Kinder werde ich auch ausräumen. Alles in Kartons, und die stelle ich in Jochems früheres Atelier. Eine Aufgabe. Wenn ich so weit bin. Zumindest ein Vorhaben.

Sie bettet den Kopf mit der linken Wange auf den Tisch und schielt durch die Wimpern auf ihre rechte Hand, die sie danebengelegt hat. Daumen, aufragender Fingerberg. Als wäre alles in Ordnung. Dann hebt sie den Kopf und betrachtet die entstellte Hand von oben. Wo der kleine Finger sein müsste, ist ein knochiger Knubbel mit straff gespannter Haut darum herum. Weiße Narbenstränge von den Nähten. Schön verheilt, sagte der Chirurg. Weinen, das täte ihr bestimmt gut, um ihren verlorenen Finger und die Dinge trauern, die sie damit machen konnte. Fotomodelle, die sich die kleinen Zehen entfernen lassen, um in enge Schuhe hineinzupassen, fallen um, können nicht mehr laufen. Und dann zu sagen, der Verlust eines kleinen Fingers sei nicht schlimm! Du kannst problemlos streichen lernen, sagt Jochem, es gibt zahllose Beispiele von Musikern, die verstümmelte Hände haben und trotzdem einwandfrei spielen können. Sie könne ihre Tätigkeit als Hausärztin ganz normal ausüben, sagt der Vertrauensarzt, bei dem sie regelmäßig erscheinen muss, um ihre Rückkehr ins Arbeitsleben zu erörtern. Eingaben in den Computer könne man mit zwei Fingern machen. Für das Abklopfen eines Rückens oder einer Brust brauche man den kleinen Finger nicht unbedingt.

Sie stellt sich vor, wie sie aus dem Sprechzimmer kommt und den nächsten Patienten aus dem Wartezimmer holt. Eine im Laufe ihrer fünfundvierzig Jahre in Fleisch und Blut übergegangene Gepflogenheit lässt sich nicht rechtzeitig zurückhalten: Sie gibt dem Patienten die Hand. Eine viel zu schmale, unheimliche Hand. Der Patient erschrickt, er hat mit den Fingern den gruseligen Knubbel gestreift, und sieht sie mit großen, fragenden Augen an. Ja, würde sie denken, du hast recht, geh ruhig zu einem anderen, ich bin unbrauchbar, geh, hau ab.

Ich muss raus, denkt sie, ich darf nicht nur hier rumhocken. Aber sie bleibt wie festgefroren auf dem Küchenstuhl sitzen. Ein bisschen was von Jochems Tatendrang müsste ich haben, von diesem Vermögen, sich unbekümmert zu erheben und in Aktion zu treten. Wenn ich nur die Beinmuskeln anspanne, ist mir, als fiele ein schwerer nasser Lappen auf mich herunter. Wie ausgefüllt meine Tage früher waren. Nicht mehr vorstellbar. Arbeit, Unternehmungen mit Heleen, ein Schwatz mit Daniel, Cello üben, Besuche bei meinem alten Dozenten, das Quartett. Von der noch weiter zurückliegenden Zeit lieber gar nicht zu reden. Mutter sein! Diese Identität ist schon länger gestrichen.

Bin ich depressiv? Und ob ich das bin. Kein Appetit, schlecht schlafen, zu nichts Lust haben, alles grau in grau sehen. Keine Therapie wollen, keine Medikamente in Erwägung ziehen, keine heilsamen regelmäßigen Spaziergänge bei Tageslicht. Also auch noch masochistisch. Als ich vom Konservatorium abging, um Medizin zu studieren, hielt ich das für einen famosen Beschluss. Und jetzt? Wäre ich nicht Ärztin, hätte ich auch keinen Beruf zu verlieren. Dann wäre ich jetzt bloß eine behinderte Cellistin.

Auf einem Ast des Apfelbaums sitzt eine Amsel. Tiefschwarzes Federkleid, orangefarbener Schnabel. Vogelfutter aufhängen, das sollte ich tun, und auch das tue ich nicht. Meisenknödel, Erdnussschnüre, pfui Teufel! In einer fließenden Bewegung lässt sich der Vogel auf den Boden nieder, wo er hastig und schludrig in den verdorrten Blättern zu rascheln und zu picken beginnt. Die souveräne Ruhe, die er ausstrahlte, als er auf dem Ast saß, ist schlagartig verschwunden, so wie er jetzt aufs Geratewohl und planlos herumwuselt, macht er einen aufgeregten Eindruck. Was sucht er? Ausrangiertes, runtergefallenes Zeug. Bescheuert. So ein Trottel. Ungezieltes Handeln bringt überhaupt nichts, sollte man lassen. Aber worauf das Handeln ausrichten? Red doch mal mit dieser netten Cellistin, sagte Jochem, dieser Frau, die am Konservatorium Technik unterrichtet. Wenn Schüler ihre Haltung oder Streichtechnik ändern müssen, gehen sie zu ihr. Sie kennt sich aus und kann dir bestimmt helfen. Ich hab hier auch noch ein hübsches Cello, auf dem kannst du spielen. Er hatte aus seiner neuen Werkstatt einen Bogen mitgebracht und auf den Tisch gelegt. Ein leichter Bogen, sagte er, probier mal. Sie wollte ihn nicht anfassen. Unterricht nehmen, jemandem mit zehn Fingern die ungelenke Hand zeigen – nein.

Sie denkt an ihren alten Lehrer, der bei der Jagd auf den flüchtigen Kriminellen so unglücklich in Mitleidenschaft gezogen wurde – ein harmloser, einsamer Mann, der mit Ach und Krach selbstständig in seinem großen Haus lebte und den sie regelmäßig aufsuchte, um etwas vorzuspielen oder nach ihm zu sehen. Der Verbrecher, der in das Hausboot eindrang, sah die Adresse auf einer Partitur, die sich Carolien von dem betagten Musiker ausgeliehen hatte, und flüchtete in dessen Haus. In dem wirren Handgemenge, das sich dort entspann, als die Polizei das Haus stürmte, entkam der Bösewicht, und der alte Mann wurde umgerannt. Er fiel ins Koma, wird auf der Intensivstation am Leben erhalten. Keine Angehörigen, mit denen man sich über die Einstellung der lebensverlängernden Maßnahmen beraten könnte. Warten auf die tödliche Lungenentzündung.

Ich muss zu ihm. Jetzt den Vorsatz nicht gleich wieder beiseiteschieben, nicht argumentieren, dass es sinnlos ist, dass er seine Umgebung ohnehin nicht wahrnimmt, nicht merkt, ob jemand an seinem Bett steht, seine Hand hält. Einfach aufstehen, Autoschlüssel suchen, Mantel anziehen. Auch ein sinnloser Vorsatz ist ein Vorsatz. Die Haustür muss abgeschlossen werden, Jochem nimmt das sehr genau. Carolien dreht die Schlüssel einen nach dem anderen sorgfältig im Schloss um, mit Daumen, Zeigefinger, Mittelfinger. Die Außenseite der Hand verschont sie. Es ist mühsam, aber es geht.

Im Auto bricht mit voller Wucht ein Streichquartett los, als sie den Motor startet. Schnell das Radio abstellen, danach ist ihr nun wirklich nicht. Aufpassen jetzt, langsam zum Krankenhaus fahren, den Weg kenne ich ja, und es ist nicht viel Verkehr. Dann einparken. Besuch auf der Intensivstation, ist das überhaupt erlaubt? Wahrscheinlich nicht, ich werde mich reinmogeln müssen. Eins nach dem anderen, nicht jetzt schon darüber nachgrübeln, was später vielleicht passieren könnte. Kreisverkehr, Blinker setzen, einordnen, gut so. Als sie den Wagen ins Parkhaus manövriert hat, bleibt sie sitzen. Sie lehnt sich zurück und schließt die Augen. Besichtigung der Ruinen, denkt sie, ich bin wie eine Touristin, die sich die Überreste einer alten Kultur ansehen geht. Hoffnung auf Genesung – davon kann nicht die Rede sein, das ist keine Option.

Sie nimmt den Aufzug zur Intensivstation. Völlig allein steht sie aufrecht in dem großen Raum, in den jeden Moment ein Bett hereingeschoben werden kann. Aber der Aufzug hält nirgendwo an, und sie kann ungehindert auf den Pfleger am Empfangstisch zutreten, der ganz in seine Bildschirme vertieft ist. Ein Mann um die fünfzig, sympathisches Gesicht, Brille. Er schaut auf, als er Caroliens Schritte hört. Sie stellt sich vor, und er zeigt lächelnd auf ein Schild an der Wand. *Wegen Ansteckungsgefahr kein Händedruck!*

»Ich komme wegen des Patienten van Aalst«, sagt Carolien. »Hausärztin.«

Halb gelogen. Oder eigentlich zu drei Vierteln.

»Wie geht es ihm?«

Der Mann zieht die Schultern hoch. »Keine Veränderung. Sie dürfen gern nach ihm sehen, das Bett links an der Wand.«

Sie betritt den Pflegeraum. Mit der linken Hand zieht sie einen Hocker unter dem Bett hervor, vorsichtig zwischen den Schläuchen und Kabeln hindurch. Dann setzt sie sich und betrachtet ihren ehemaligen Lehrer. Es dauert einen Moment, bis sie ihn wirklich erkennt, Menschen sehen so anders aus, wenn sie flach liegen, wenn sie keinerlei Kontakt zu ihrer Umgebung haben, wenn eine Röhre in ihrer Kehle steckt und eine Sonde in ihrer Nase. Er hat blutige Fingerknöchel, immer noch von diesem Handgemenge? Nein, das kann natürlich nicht sein. Waschen sie ihn nicht richtig, verheilt es nicht? Habe ich ihn je mit geschlossenen Augen gesehen? Er hat keine Hand frei, dass ich sie in meiner halten könnte. Kanülen, Heftpflaster, Elektroden. Er kennt mich, seit ich achtzehn war. Reinier van Aalst. Er weiß genau, wie ich spiele. Etwas Intimeres gibt es kaum. Nun verkleistern die Erinnerungen an mich, dort, in diesem brachgelegten Schädel. Die werde ich dann später allein mit mir herumtragen müssen. Bei ihm würde ich mich schon trauen, um Hilfe zu bitten, ihn zu fragen, wie ich ohne den kleinen Finger streichen soll. Aber das kann ich vergessen, er bewegt sich auf den Ausgang zu.

Sie legt ihre gute Hand auf die leichte Decke aus Waffelstoff, ungefähr dort, wo sie sein Schienbein vermutet. Wie ein Stock, steinhart und kalt. Muss ich jetzt etwas sagen, fragt sie sich, in dieses große Männerohr, meinen Namen flüstern? Der Pfleger kommt ans Bett.

»Wissen Sie, dass schon ein paarmal ein Junge zu Besuch hier war? Er hatte gestern eine blühende Hyazinthe dabei, er dachte, Herr van Aalst könne vielleicht riechen, auch wenn er nichts hören oder sehen kann. Blumen und Pflanzen haben hier natürlich nichts verloren, aber ich fand, es war ein lieber Einfall. Besuch geht eigentlich auch nicht, aber der Junge durfte ihn kurz sehen.« Er spricht leise, um die Patienten nicht zu stören. Soweit Carolien sehen kann, liegen sie allesamt bewusstlos und halb tot da.

»Wissen Sie, ob der Patient Angehörige hat? Wir würden uns gern absprechen, Sie verstehen. Ob wir weitermachen oder aufhören. Wenn niemand auftaucht, trifft das Team nächste Woche eine Entscheidung. Vorher noch ein EEG. Auf dem letzten war übrigens schon nichts mehr zu sehen, sagte der Neurologe.«

»Ja, dann ist es sinnlos, ihn weiterzubehandeln«, sagt Carolien mit ihrer Arztstimme. »Ob er Angehörige hat, weiß ich nicht. Ich glaube nicht. Er war zuletzt ein ziemlich einsamer Mensch. Dieser Junge mit der Hyazinthe wird das Kind sein, das Besorgungen für ihn machte, davon hat er mir erzählt, darüber war er sehr froh. Aber bis auf den Jungen hatte er kaum noch Kontakte. Ich habe hin und wieder Hausbesuche bei ihm gemacht.«

»Er liegt schon viel zu lange hier. Auf Druck von Instanzen, die uns über die Schulter schauen. Polizei, Justiz, der Bürgermeister. Todesfall infolge eines Polizeieinsatzes, so eine Meldung wollen sie vermeiden oder wenigstens so lange wie möglich hinausschieben. Aber jetzt wird es wirklich Zeit, wir sind auch wieder voll belegt.«

Apparate summen, dann und wann piepst etwas. Carolien erhebt sich und läuft mit dem Mann zum Empfangstisch zurück.

»Anfangs haben wir alles Mögliche ausprobiert, viele Reize, um zu sehen, ob er reagiert. Als dieser Junge erzählte, dass er Musiker war, haben wir ihm sogar Kopfhörer aufgesetzt und Musik vorgespielt.«

»Was denn?«

»Er habe ernste Musik gemacht, sagte der Junge, also haben wir André Rieu genommen.«

Mit Mühe unterdrückt sie ein hysterisches Kichern. Was hatte ich denn gedacht, das Ravel-Quartett oder ein interessanter Beethoven? Sie haben wenigstens etwas tun wollen, haben sich Gedanken gemacht, etwas ausprobiert.

»Und, hatte das irgendeinen Effekt?«

Der Pfleger schüttelt den Kopf. »Nein. Schade, nicht?«

Auf dem Empfangstisch blinkt ein rotes Lämpchen. Ein Telefon klingelt. Der Mann schiebt sich auf seinen Platz und beginnt, auf Tasten zu drücken. Carolien winkt ihm zu und wendet sich ab.

Jetzt herrscht Betrieb im Aufzug. Leute in den verschiedensten weißen und blauen Kitteln, die, verpackte Brötchen in der Hand, auf ihre Handys schauen. Carolien zwängt sich in eine Ecke und starrt über die Köpfe hinweg auf den Schirm, der in quälendem Schneckentempo die Stockwerke anzeigt. Endlich das Untergeschoss, endlich raus. Sie geht langsam zu ihrem Auto. Das lief sehr gut, es ist mir gelungen, und ich habe mich normal verhalten. Dass ich darüber nun derart zufrieden bin, ist wiederum lächerlich. Stattdessen sollte mich bewegen, was dort oben geschieht. Der wer weiß wievielte Verlust. Ein Freund, der stirbt, ohne sich dagegen sträuben zu können.

Sie schüttelt den Kopf, steigt ein und lässt den Motor an. Als sie zur Straße hinaufkommt, erschrickt sie über die gleißende Sonne, die durch die Bewölkung hindurchgebrochen ist. Die Erinnerung an ein Vorkommnis auf der Autobahn befällt sie. Vier Fahrspuren und mittendrin ein mächtiger Schwan, der mit einem Flügel am Asphalt festhing. War ein Lastwagen darübergefahren, ein Bus? Das Tier versuchte, sich mit unbeholfenen Bewegungen seiner schwarzen Füße und Schlägen des anderen Flügels zu befreien, drehte den langen Hals in alle Richtungen, zischte durch den aufgesperrten orangefarbenen Schnabel. Im Mordstempo fuhren zu beiden Seiten Autos an ihm vorbei. Auch sie selbst. Warum fällt mir das jetzt ein? Ist der Schwan Reinier, der sich ohne die geringste Aussicht auf Erfolg gegen den Tod stemmt?

Sie sieht ihre verunstaltete Hand auf dem Lenkrad liegen. Stell dich nicht so dumm, das bist du selbst. Gnadenlos im Hier und Heute festgenagelt, versuchst du in Panik und Schmerz, dich in Bewegung zu setzen, zu fliehen, während alle sehen, dass es hoffnungslos ist. Wie vom Donner gerührt wartest du darauf, dass ein Auto in voller Fahrt direkt auf dich zuhält, über dich hinwegrauscht, dich erlöst.

Zitternd stellt sie den Wagen am Straßenrand ab. Jetzt ruhig warten, bis das Schlottern nachlässt.

3

Jochem kommt nach Hause, es ist schon dunkel. Noch im Mantel zieht er alle Vorhänge zu. Kontrolliert, ob die Tür zum Garten abgeschlossen ist.

»Du hast die Haustür nicht mit dem Nachtschloss verriegelt«, sagt er, als er Carolien auf dem Sofa sitzen sieht. »Bist du weg gewesen?«

Er stellt eine Alupackung vom Fischgeschäft auf die Arbeitsplatte. Fertiggericht. Kabeljau. Der vage Fischgeruch verursacht Carolien Übelkeit.

»Kommende Woche werden sie van Aalst töten; ich war heute da.«

Keine Reaktion. Jochem schusselt herum. Hängt seinen Mantel auf, macht den Fernseher an und wieder aus. Seufzt. Erst als sie vor dem aufgewärmten Fischgericht sitzen, einander gegenüber am Küchentisch, sagt er etwas.

»Das ist der Lauf der Dinge. Hattest du etwas anderes erwartet? Es war längst vorbei mit ihm, da ist es doch gut, wenn das jetzt ein Ende hat. Du solltest nicht so in der Vergangenheit hängenbleiben. Die Dinge ändern sich. Du musst mitziehen.«

Ich muss überhaupt nichts, denkt sie. Schon gar nicht antworten und mich in ein Gespräch verstricken lassen, das sich ein ums andere Mal wiederholt. Er erwartet etwas. Er schaut. Wie? Misstrauisch, auch ermüdet. Wir zerren aneinander, und keiner rückt von der Stelle.

»Hat jemand angerufen?«

»Ja«, sagt Carolien, »aber ich gehe nicht ans Telefon. Deine Kunden werden schon im Atelier anrufen, und mir können Anrufer gestohlen bleiben.«

Sie hört es sich sagen und beginnt sofort, an dieser Aussage zu zweifeln. Würde ich nicht etwas von Heleen hören wollen? Wie ihre Reha verlaufen ist, wie sie sich nach dem Drama durchschlägt, mit welchem Gefühl sie auf ihre eigene Rolle zurückblickt? Nein, ich glaube nicht. Ich würde gern ihre Stimme hören, das schon. Was sie mit dieser Stimme sagt, kümmert mich nicht. Und Hugo, möchte ich mit ihm reden?

Sie merkt, dass sie auf einmal den Tränen nahe ist. Er fehlt mir, mir fehlen die Tage, an denen ich auf seine Tochter aufgepasst habe, ja, Laura fehlt mir, das ist es. Eine feste Einrichtung einmal die Woche, die meine ganze Hingabe verlangte. Heimliche Freude. Übertreib nicht so! Einfach nur ein kleines Mädchen, mit dem ich befreundet war, das mir vertraute und gern in meiner Gesellschaft war. Ich könnte Hugo doch anrufen, nicht? Fragen, wo er jetzt wohnt, welche Pläne er hat, wie es Laura geht. Vielleicht hat er mich ja angerufen. Auf diesem Festnetzanschluss? Nein, das ist Wunschdenken. Aber wenn ich mir etwas wünsche, kann ich doch auch selbst aktiv werden, oder? Bis zu den Knien im Sumpf des Hier und Jetzt, unmöglich, da Bewegung hineinzubringen.

Jochem hat weitergeredet. Wovon spricht er? Von einer Kundin, die voller Bewunderung für seine neue Werkstatt war. Für die Sicherheitsvorkehrungen, die Ruhe, die davon ausgehe. Er würde am liebsten Tag und Nacht im Atelier bleiben, er fühlt sich dort wohler als zu Hause. Warum sie nicht umzögen, sagt er, warum sie nicht woanders wohnten? Am besten irgendwo hoch oben, ohne direkten Zugang vom Erdgeschoss. Ein schönes Penthouse mit bewachtem Eingang. Er habe in letzter Zeit gut verdient, nicht dass Streichinstrumente wieder höher im Kurs stünden, aber immer mehr Leute wüssten ihn zu finden. »Wenn wir das Haus hier verkaufen, können wir überallhin.«

O nein, denkt sie, nicht wieder dieses Dilemma. Eingesperrt in einem Gefängnis hoch über den Häusern. Pflanzen in Kübeln auf dem Balkon, vom Wind gegeißelt. Immer dieser Abgrund, dieser wahnsinnige Abstand bis zum Pflaster unten.

»Es ist besser, unter Menschen zu wohnen«, hört sie ihren Mann sagen. »Hier ist es zu still, so am Stadtrand. Gleich gegenüber dieser Park, man weiß nie, was sich da alles versteckt. Und rund herum Garten, Bäume, Dunkelheit. Jeder x-Beliebige kann mühelos über den Gartenzaun klettern, und kein Mensch kriegt was davon mit und schlägt Alarm.«

Drei T-Shirts und zwei Strickjacken habe ich an, und immer noch ist mir kalt. Er schwitzt, er hat einen roten Kopf und eine feuchte Stirn. Jetzt wird er gleich noch einmal alle Türen kontrollieren, und dann geht er schlafen. Er hat Pläne und eine Tageseinteilung. Er weiß, was er zu tun hat. Erstaunlich. Nicht zu fassen.

Jochem bleibt kurz bei ihr stehen, bittet sie, den Thermostat später etwas runterzudrehen, sieht sie an. »Er war schon weg, Carolien. Und er war alt. So ist das nun mal.«

Sie hört seine schweren Schritte auf der Treppe, das Plätschern im Klo, den Wasserfall aus dem Hahn im Badezimmer. Erst als es oben völlig still ist, erhebt sie sich und geht zur Küchentür. Sie schlüpft hinter den zugezogenen Vorhang und presst das Gesicht an die Scheibe. Als sich ihre Augen an die Dunkelheit gewöhnt haben, kann sie die Placken aus altem Laub auf dem Rasen ausmachen, da und dort mit einem grünen Halm dazwischen, der Ankündigung eines kaum vorstellbaren Frühlings. Im Apfelbaum sitzen Vögel mit aufgeplustertem Gefieder, Daunenbällchen, die geduldig auf das Ende der Nacht warten. Sie tastet nach der Türklinke. Abgeschlossen natürlich. Schlüssel auf der Dunstabzugshaube über dem Herd. Zweimal drehen. Kette lösen. Riegel zurückschieben. Schulter gegen die Tür. Offen.

Es ist windstill. Als sie über den Rasen läuft, steigt ein Geruch von vermoderndem Grün auf, nicht unangenehm eigentlich. Sie tritt mit Absicht gegen das Laub und die Zweige und atmet die Luft tief ein. Am Gartenzaun dreht sie sich um; sie lehnt sich mit weit ausgebreiteten Armen an die bemoosten Latten. Aus der Tasche der äußeren Strickjacke zieht sie ihre Zigaretten. Jetzt still und bedächtig eine rauchen. Zwischen den Bäumen erhebt sich das Haus, mit verdunkelten Fenstern. Das Haus, in dem sie mit ihrem Mann wohnt, in dem sie ihre Kinder haben aufwachsen sehen, aus dem sie die Kinder zum Krematorium hinausgetragen haben und in dem sie danach weitergelebt haben. Das Haus, in dem sie Quartett gespielt haben mit Hugo und Heleen. Das Haus, in dem Jochem seine Instrumente baute, in der Werkstatt neben der Eingangstür; in dem sie ein sogenanntes Arbeitszimmer hat, oben, voll veralteter Lehrbücher und Stapeln von Cellonoten. Etüden, Übungen. Einen Notenständer mit Bachsuiten darauf, als könnte sie jeden Moment wieder dort Platz nehmen. Unvorstellbar. Sie drückt die Zigarette am Holz aus und wirft die Kippe über den Zaun in den Park hinein. Sterne sind keine zu sehen, der Himmel ist wolkenverhangen. Am Fußweg durch den Park steht eine Laterne, die den Garten in spärliches Licht taucht. Lange, vage Schatten. Was tue ich hier, unter den schlafenden Vögeln, warum kann ich selbst nicht schlafen, verspüre nicht den Drang, ins Bett zu kriechen und die Decke über mich zu ziehen?

Es fängt leise an zu regnen, zaghafte, laue Tropfen fallen auf ihr Gesicht. Jetzt, hier, denkt sie, ich bin in der Gegenwart, ich rieche den heranstürmenden Frühling. Nach drinnen gehen? Jochem die Treppe herunterkommen sehen, barfuß, mit grimmigem Gesichtsausdruck. Dass die Tür ihn geweckt habe, dass sie die immer abschließen müsse, dass sie nicht ganz bei Trost sei, mitten in der Nacht durch den Garten zu geistern und den Zugang zum Haus weit zu öffnen. Dass sie mal ein bisschen achtsamer sein müsse, sie lebe *jetzt,* aber sie wandle durch die Tage wie ein Zombie, man könne nichts mit ihr absprechen, so gehe das nicht weiter, das halte er nicht mehr aus, sie müsse aus diesem Winterschlaf erwachen, und zwar schnell.

Nein, auf so eine Tirade hat sie keine Lust. Sie lässt die Arme auf dem Gartenzaun ruhen und fühlt sich mehr und mehr vom Regen umschlossen. Ihre Wangen sind nass. Sie leckt die Tropfen von ihren Lippen. Hier. Jetzt.

4

»Du fährst einfach mit«, sagt Jochem, während er seinen Mantel anzieht. »Komm jetzt, bitte.«

Carolien steht zögernd vom Küchentisch auf. »Muss das sein? Ist es dir nicht lieber, wenn du allein hingehst? Ich hab überhaupt keine Lust dazu.«

Nein, das sieht man dir an, denkt er. Meine Mutter würde sagen: Dann mach der Lust mal Beine. Ich sage nichts. Ich hole ihren Mantel aus dem Flur und halte ihn ihr auf. Willenlos steckt sie die Arme in die Ärmel.

»Schuhe«, sagt er schroff. In der Diele murkst sie mit ihren Stiefeln herum. Die Haustür steht schon offen. Er atmet tief aus, als sie zusammen im Auto sitzen und er die Türschlösser klicken hört. Jetzt kann sie nicht mehr raus, denkt er. Wir sind pünktlich, es wird gutgehen, und irgendwann ist es auch immer wieder elf Uhr.

Der kleine Konzertsaal befindet sich in einer umgebauten Synagoge, geschmackvoll und ruhig. Heute Abend spielt ein Streichertrio – zu einem Quartett bekäme ich sie nicht mit, weiß Jochem, aber das hier muss machbar sein. Die Musiker spielen alle drei auf Instrumenten, die er selbst gebaut hat, das hat er seiner Frau gegenüber als Grund angeführt. Interesse an seiner Arbeit zeigen, dem Klang lauschen, für den er mitverantwortlich ist, das ist doch wohl nicht zu viel verlangt von einer Ehefrau? Sie nehmen hinten im Saal Platz, Carolien am Mittelgang, sie will niemand Fremdes in ihrer Nähe haben. Ihm fällt auf, dass sie auf ihren Schoß starrt und das Publikum nicht sieht. Er schon, er entdeckt Kunden und Bekannte, die er mit einem Nicken begrüßt. Carolien liest im Programmheft. Alles andere als abenteuerlich: eine Bach-Bearbeitung aus den Goldbergvariationen, ein Beethoventrio und das große Divertimento von Mozart. Einfach schöne Musik. Er ist gespannt, wie seine Instrumente klingen werden.

Als die Musiker aufs Podium kommen, sieht er eher den Glanz seines Lacks als ihre Gesichter. Eine kräftige Frau mit eckigem Gesicht trägt ihr Cello vor sich her und setzt sich in die Mitte. Die Geige wird von einem jungen Mann rechts von ihr gespielt, der mit seinem Notenständer herumfuhrwerkt. Das Instrument hat er derweil auf seine Knie gelegt – bloß nicht, denkt Jochem, der Erbauer, das ist gefährlich, du bist mit dem Ordnen deiner Partien befasst, und eh du dich's versiehst, rutscht deine Geige runter, rums. Klemm sie dir unter den Arm, leg sie kurz weg! Ruhig Blut, gar nicht drum kümmern. Die Bratsche, auf der anderen Seite der Cellistin, sieht wirklich umwerfend aus. Der Mann, der sie spielt, mittleres Alter, Brille, war vorige Woche noch im Atelier, um das Instrument regulieren zu lassen. Neuer Steg, andere Saiten. Ein warmer und voller Klang mit klarem Kern. Jochem war zufrieden.

Sie fangen an, spielen die Aria und arbeiten sich durch einige der Variationen hindurch. Drei Generationen, denkt Jochem, die Cellistin ist Anfang sechzig, sie bringen technische Brillanz, spielerische Leichtigkeit und Erfahrung mit. Aber sie spielen wie Kinder. Sie geben das Lied wieder, das sie vor der Nase haben, als hätte es keine tiefere Bedeutung, als zählte nur die Oberfläche. Er schaut zur Seite. Carolien starrt zu den Galerien rechts und links vom Saal hinauf. Leer, sicher. Da würde sie wohl gern sitzen, denkt er, mit einem Tuch über dem Kopf und die Hand in einem riesigen Verband. Aber sie sitzt hier, direkt gegenüber von einer Frau, die unbekümmert auf einem Cello streicht. Die Stange des Bogens, mit gespreizten Fingern einer unversehrten Hand gehalten, liegt genau in ihrem Blickfeld.

Ein lauer Applaus nach der letzten Variation. Die Musiker verbeugen sich und setzen sich gleich wieder, um Beethoven in Angriff zu nehmen. Mit einem Mal klingen sie wirklich wie ein Trio, sie verweben ihre Partien und stimmen ihren Klang aufeinander ab. Jochem stupst Carolien an. Sie lächelt, er nickt.

»Was für eine schöne Bratsche«, sagt sie nach dem Finale. Siehst du, denkt er, sie kann es sehr wohl – zuhören, sich eine Meinung bilden, etwas sagen. Nachher gleich Nägel mit Köpfen machen. Ich hab keinen Bock mehr, mich ewig um eine schwermütige Invalidin zu kümmern, es muss was passieren, und das geht noch heute Abend los.

Es gibt keine Pause, aber die Musiker ziehen sich kurz zurück. Ein Schlückchen Wasser, Dehnübungen, neu stimmen.

Jochem lässt sich mitreißen, als das Divertimento beginnt. So gehört es sich auch, die Instrumente sind so gut, dass sie mich nicht mehr ablenken, sie bilden eine Brücke zwischen Mozart und mir. Deswegen die harte Arbeit, dafür tue ich es. Unglaublich, wie gut sie jetzt sind, wo sie am Anfang so lausig waren. Diese Bach-Bearbeitung ist aber auch zum Verzweifeln, wie soll man das spielen? Sie hätten lieber Mozarts Version der Bachfugen nehmen sollen. Im gleichen Idiom bleiben, Wert auf die Qualität der Instrumentation legen. Hätte dem Programm größere Kohärenz verliehen. Aber was regst du dich auf, hör einfach zu, verkneif dir die ewigen inneren Kommentare. Wir sitzen nebeneinander, es ist eine kleine Oase der Harmonie, für den Moment.

Stehende Ovationen am Schluss. Keine Blumen, derlei Frivolitäten hat man im Zuge der Einsparungen abgeschafft. Das Publikum schiebt sich aus dem Saal, überwiegend ältere Leute mit großen Taschen und Krückstöcken. Auch Carolien wendet sich Richtung Ausgang. Er fasst ihren Ellenbogen, um sie zurückzuhalten, zeigt zum Podium, als sie ihn fragend ansieht.

»Wir gehen noch kurz nach hinten. Hatte ich versprochen.«

»Geh du ruhig. Ich warte hier.«

»Du kommst mit.«

Er nimmt ihren Arm mit festem Griff und zerrt sie förmlich auf das Podium, durch die Zugangstür, in den Umkleideraum. Dort liegt die Bratsche im geöffneten Kasten auf dem Tisch. Der junge Geiger zieht sich gerade die Hose aus, um schnell wieder in seine normalen Sachen zu schlüpfen. Die Cellistin trinkt Bier aus der Flasche. Die Musiker begrüßen Jochem überschwänglich. Es entspinnt sich ein sprunghaftes Gespräch über das Programm, Höhepunkte und Patzer, den Zustand der Instrumente nach Jochems Eingriffen. Es kommen Leute herein, die ihre Glückwünsche übermitteln möchten, und eine Frau von den Veranstaltern bringt ein Tablett mit Sekt und Wein. »Es sind noch belegte Brote da«, sagt sie, auf den Tisch zeigend. »Im Kühlschrank stehen Bier und Erfrischungsgetränke.«

Carolien hat sich mit dem Rücken an die Wand gelehnt, sieht Jochem. Sie hat die Hand unter ihrem Blazer versteckt. Er lotst die Cellistin, mit der er sich über die Qualität der Saiten unterhält, zu seiner Frau und macht die beiden miteinander bekannt: »Marije, Carolien.« Freundliches Lächeln, aber kein Händeschütteln. »Ihr hattet denselben Lehrer, aber zu verschiedenen Zeiten, denk ich.«

Eine Unterhaltung in Gang bringen, wie krieg ich das bloß hin? Sie muss selbst auch mal was sagen, ich kann schlecht über ihren Kopf hinweg mit Marije über sie reden. Die freundliche Cellistin mit dem eckigen Gesicht nimmt ihm das Problem ab und kommt mit Carolien über van Aalst ins Gespräch. Er hört Carolien von ihrem Besuch im Krankenhaus und den traurigen Aussichten erzählen. »Er rannte weg, als die Polizei in sein Haus stürmte, fiel auf den Kopf und ist nie wieder zu sich gekommen.« Die Cellistin ist bestürzt und verstummt.

Weiter, weiter, denkt Jochem. Ich muss sie dazu bringen, dass sie über das Spielen reden. »Er hatte so ein phantastisches Instrument«, setzt er an. Falsch, das bringt nichts, so kommen wir nie auf den fehlenden kleinen Finger. Wie macht man so was, ich kann das einfach nicht. Erneut rettet ihn Marije.

»Spielst du schon wieder, nach dem Drama auf diesem Boot?«, fragt sie Carolien. Zu seiner Verblüffung antwortet sie ganz normal. Er hört sie erzählen, dass sie kein Cello mehr habe und ihr ein kleiner Finger fehle. Die Hand bleibt in der Jacke, das schon.

»Du könntest neu streichen lernen«, sagt er. »Mit Hilfe von jemandem, der was davon versteht.« Die Frauen scheinen ihn nicht zu hören. Sie führen ihr eigenes Gespräch, dem er ungeduldig lauscht.

»Wir könnten es mal zusammen versuchen«, sagt Marije, »falls dir danach ist, wenn du so weit bist. Ich schaue es mir gerne mit dir an, aber ich will mich nicht aufdrängen.«

Er sieht, wie sich Caroliens Miene aufhellt. Jetzt Nägel mit Köpfen, setz sie hinter das Cello, drück ihr den Bogen in die Hand! »Versuchs doch mal, nur so, für das Gefühl«, sagt er, während er auf Marijes Instrument zeigt. Er sucht nach einem Stuhl, würde Carolien am liebsten mit Gewalt draufdrücken, hopp, Knie auseinander, Cello dazwischen. Und dann? Sie würde sofort merken, dass man ohne kleinen Finger durchaus streichen kann. Sie würde wieder Lust kriegen, Cello zu spielen. Sie würde wieder was tun, was wollen, was vorhaben.

»Setz dich doch mal und nimm den Bogen in die Hand, na los –« Sie sieht ihn verstört an, öffnet den Mund, um etwas zu entgegnen, aber es kommt nichts heraus. Er stampft mit dem Fuß auf und ballt die Fäuste in seinen Hosentaschen.

»Bier?«, fragt Marije. Sie reicht ihm ein Fläschchen und dreht ihm dann den Rücken zu, um mit Carolien zu reden. »Das lassen wir lieber«, hört er sie sagen, »hier in dem Trubel, mit all den Leuten, nein, nein. Wenn du es wirklich möchtest, verabreden wir uns mal bei mir zu Hause und schauen uns in aller Ruhe an, welche Möglichkeiten du mit deiner Hand hast.« Er sieht Carolien nicken. Ist das alles, was ich mit diesem Manöver erreicht habe, soll ich mich damit zufriedengeben? Rein gar nichts hat sich getan, sie hat sich wieder aus allem rausgewunden, und nicht die Bohne wird sich verändern, wir hätten genauso gut zu Hause bleiben können.

Brüsk wendet er sich ab, verlässt den Raum und steuert die Garderobe an. Die letzten Mäntel, die noch dort hängen, sind ihre. Der alte Mann, der für die Kleiderausgabe zuständig ist, will trotzdem seine Marke sehen. Jochem ist drauf und dran, ihn anzuherrschen oder zumindest in seine Schranken zu weisen und über seine Korinthenkackerei und seinen Kontrollzwang zu schimpfen, doch plötzlich verliert er jeden Antrieb. Er legt die Mäntel über seinen Arm und wandert in den Saal zurück. Auf dem Podium stehen Marije und Carolien einander gegenüber. Carolien hat die

Hand unter dem Blazer hervorgezogen und zeigt der anderen Frau den Knubbel, die mit einem kleinen Finger auszufüllende Leere. Marije schaut interessiert und mit einer gewissen Distanziertheit, sie hat die eigenen Hände auf dem Rücken verschränkt; sie sagt etwas und tippt Carolien dann leicht auf den Oberarm. Carolien lacht. Er sieht es.

Auf der Rückfahrt ist von dieser aufgeweckten Stimmung nichts mehr übrig.

»Soll ich dir mal das Cello mitbringen, das ich in der Werkstatt stehen hab?«

Keine Antwort. Sie reibt wieder über diese verdammte Hand.

»Ich habe dich etwas gefragt!«

»Nein, lass mal«, kommt schließlich heraus. »Ist wirklich nicht nötig.«

Dann sieh doch selbst zu, wo du bleibst, denkt er wütend. Spiel meinetwegen nie wieder, vergrab dich, mir reicht's, ich mach da nicht mehr mit. Ich krieg noch einen Herzkasper von dieser Wut, die ich nirgends abreagieren kann. Das hält kein Mensch aus. Heult sie jetzt auch noch? Ich sollte auf diesen Sadisten von Eindringling wütend sein und nicht auf sie. Weiß ich, aber so funktioniert es nicht.

Er wirft ihr einen verstohlenen Seitenblick zu. Nein, keine nassen Wangen. Nur eine linke Hand, die nicht aufhört, die rechte zu befühlen, voller Unglauben auf der Suche nach dem fehlenden kleinen Finger. Schweigend steigen sie aus, betreten das Haus, hängen ihre Mäntel auf, rüsten sich für die Nacht. Jochem überprüft die Schlösser an allen Türen und kontrolliert die Verriegelungen. Es wird kein Wort mehr gesprochen.

5

Als Jochem die Tür hinter sich zuschlägt, ist ihr, als rollte ihr ein Stein von den Schultern. Sie schaut ihm nach, während er, sein Köfferchen hinter sich herziehend, den Gartenweg hinunterläuft. Zwei Tage Paris. »Bögen kaufen. Und da liegt eine Geige, die ich mir ansehen soll.« Sie hat genickt, wobei sie sich fragte, wie er das aushielt, an den Ort zurückzukehren, wo er die Hiobsbotschaft von den Kindern gehört hatte. Wahrscheinlich denkt er nicht so. Paris bedeutet für ihn Arbeit, Geschäft, die Möglichkeit einer Entdeckung. Und ich, jetzt? Das Kinderzimmer endlich mal ausräumen, wo ich das Reich für mich allein habe? Ich darf nicht dran denken. Hat noch Zeit.

Sie öffnet die Küchentür und geht in den Garten hinaus. Ja, wirklich, Frühling. Schneeglöckchen, sprossende Perlhyazinthen, die frivolen kleinen Rosetten der Winterlinge. Unerbittlich. Durch das Fenster des Schuppens sieht sie ihr Fahrrad. Radfahren? Das kommt ihr vor, als sollte sie den Mont Blanc erklimmen. Wirklich? Eigentlich ist es gutes Wetter dafür, windstill, die Sonne kurz davor durchzubrechen. Unschlüssig steht sie in ihrem Garten und überlegt. Dann streckt sie den Rücken durch, geht ins Haus, um Jacke und Tasche zu holen, Fahrradschlüssel, wo ist der bloß, so lange her, ach ja, an einem Nagel neben der Schuppentür, Reifen noch fest genug aufgepumpt, sollte das ein Zeichen sein? Das Tier bei Sattel und Lenker packen und durch die Gartenpforte führen, vorsichtig, aufmerksam.

Und dann radelt sie, segelt vor dem Wind, so wenig auch davon vorhanden ist, durch die Straßen, zuerst einfach drauflos, ohne Ziel, und dann mit einer gewissen Neugierde. Wohin mag es gehen, wohin bringt mich das Rad? Die Route ist bekannt, schau, das Tabakgeschäft, der Chinese, der Secondhandladen, den sie nie betreten hat, weil es dort bestimmt schlecht riecht. Der Radweg wird zwischen den Neubauten breit, und dann, wie eine Überraschung: die Praxis. Du lieber Himmel, ich könnte ruhig etwas besser aufpassen, aktiver im Auge behalten, was ich eigentlich treibe. Lachhaft. Ich war mir nicht mal bewusst, dass ich hierherfahre. Sie ist abrupt vom Rad gestiegen und starrt auf den niedrigen Bau mit Flachdach. Meine Arbeitsstätte, denkt sie, dort ist meine Arbeitsstätte. Was nun?

Auf dem Platz, wo sie früher ihr Fahrrad abstellte, steht jetzt ein blitzender Motorroller. Dann eben an den Baum. Die Tür ist angelehnt, jeder kann einfach reingehen. Und das tut sie auch, die Tasche unter den Arm geklemmt und eine Hand am Hals, als liefe sie durch schneidenden Wind. Ein rascher Seitenblick ins Wartezimmer, in dem ein Kind mit dem Puppenhaus spielt. Eine Mutter mit Telefon in der Hand, ein alter Mann, der eine Zeitung aufgeschlagen hat. An der Anmeldung sitzt ein junger Mann, den sie nicht kennt. Daniel empfange heute Vormittag keine Patienten, teilt er mit, der mache Büroarbeit.

»Ich bin keine Patientin, ich bin eine Kollegin. Ich möchte kurz etwas mit ihm besprechen. Ich kenne den Weg.« Bevor der junge Mann etwas dagegen einwenden kann, steht sie schon vor Daniels Tür. Das rote Lämpchen brennt nicht, sie klopft, er ruft etwas, und sie geht hinein.

Daniel sitzt gekrümmt an seinem Schreibtisch, auf dem ein imposantes Aufgebot an Formularen liegt. Er steht allein vor dem ganzen Berg, denkt sie, früher habe ich diese unliebsame Arbeit übernommen. Habe ihm zumindest dabei geholfen. Ich schwitze. Schwül ist es hier. Aber der Frühling ist draußen, jetzt bin ich drinnen. Konzentrier dich. Er ist mein Freund, er hat mich in den schwärzesten Tagen aufgefangen, hat mir Aufgaben abgenommen, die für mich nicht machbar waren, und hat mich beschützt. Er verstand mich. Ihm brauchte ich nicht zu sagen, was ich heute Morgen zu Jochem sagte. Dass ich nicht gedrängt werden will, dass er damit aufhören soll, dass ich das einfach nicht ertrage.

»Carolien«, sagt Daniel. »Was für ein unverhoffter Besuch. Setz dich doch.« Mit den Unterarmen schiebt er Dokumente und Briefe zur Seite. Er steht auf, um sie zu küssen. Dann sitzen sie sich am Tisch gegenüber, auf dem der Computer leise brummt. Daniel versetzt dem Monitor einen kleinen Schubs, damit sie nicht in das bläuliche Licht schauen müssen.

»Na. Das hat lange gedauert. Ich bin inzwischen völlig selbständig geworden, wie du siehst.« Er zeigt auf die Papiertürme. »Wie geht es dir?«

Carolien legt ihre geschundene Hand vor ihn hin, mitten auf den Tisch. »So«, sagt sie, »so geht es mir. Mir fehlt etwas. Sieht doch verboten aus, oder?«

»Und zu Hause, zwischen euch?«

Sie schüttelt den Kopf. »Es könnte besser sein. Als sei die Luft raus. Als hätten wir mit Ach und Krach durchgehalten, aber nach dem neuerlichen Schlag aufgegeben. Jochem ist vollkommen paranoid geworden, er ist nur noch mit Schlüsseln und Riegeln und Sicherheitscodes zugange. Und er arbeitet wie verrückt. Er treibt mich an, sitzt mir Tag und Nacht im Nacken, dass ich mich aufraffen und etwas tun soll, irgendetwas, das ihn befriedigt, was weiß ich.

Dann wäre wieder ein Problem gelöst. Es macht mich wahnsinnig.«

»Sollen wir kurz rausgehen? Ganz in der Nähe gibt es ein neues Café. Man kann am Wasser sitzen, unter Obstbäumen. Ganz hübsch.«

Nachdem er dem jungen Mann am Empfang gesagt hat, dass er in einer halben Stunde zurück sei, schlendern sie zusammen los. In dem Obstgarten ist niemand, aber es ist warm genug, um draußen zu sitzen. Sie bestellen Kaffee. Ich bekomme eine halbe Stunde, denkt Carolien. Er knapst sie für mich ab. Er hat viel zu tun, schenkt mir aber trotzdem einen Teil seiner Zeit, ein Bröckelchen. Hör auf! Wie haben wir früher miteinander geredet? Ich kann diesen Ton nicht wiederfinden. Ich sollte erleichtert sein, aber das bin ich nicht. Sie zündet sich eine Zigarette an. Wir sind im Freien, da ist das erlaubt. Als der Kaffee gebracht worden ist, sieht Daniel sie forschend an.

»Du hast nicht erzählt, wie es dir geht. Wie deine Pläne aussehen. Ob du Pläne hast. Ob du mal mit jemandem redest.«

»Ich war bei van Aalst, mein alter Cellolehrer, weißt du, der bei diesem Überfall verletzt wurde. Er liegt immer noch im Koma, spricht also nicht. Sie werden die künstliche Beatmung einstellen. Es ist sinnlos.«

»Ich habe nach dir gefragt. Nicht nach van Aalst, nicht nach Jochem. Wie *du* dich fühlst, das möchte ich gern wissen.«

Sie schweigt. Überall Vogelgezwitscher in dieser Stille. Nester, Eier, natürlich, denkt sie. Das Leben muss seinen Lauf nehmen, dagegen Einspruch zu erheben, wird nichts nützen.

»Na?«, drängt Daniel.

»Na nichts. Ich fühle nicht viel. Wenn überhaupt etwas, dann Ärger. In Jochems Augen tue ich nicht genug, aber ich ärgere mich schwarz über seine Versuche, das zu beheben.«

»Was ist so schlimm daran? Hört sich an, als wolle er dir helfen, wieder in Gang zu kommen. Was sagt der Kollege, der deine Arbeitsfähigkeit beurteilen soll?«

Carolien schaut auf ihre Hand, die auf ihrem Knie liegt, ungeschützt. Er kann doch sehen, dass ich mit so einer Verstümmelung völlig untauglich bin, oder? Aber er fragt sich, was der Vertrauensarzt dazu zu sagen hat!

»Der sagt, dass ich wieder anfangen soll. Aber das kann ich nicht. Spritzen geben, Blut abnehmen, das ist unmöglich mit dieser Hand. Meiner Hand. Oder?«

Wenn er sagen würde: Ich helfe dir, wir üben das an einer Orange, und danach darfst du es an mir versuchen, du wirst sehen, dass du das hinkriegst – ja, dann würde sie vielleicht …

Daniels Handy klingelt. Er geht dran und ist ganz Ohr. »Lass ihn in einer Viertelstunde noch einmal anrufen, dann kann ich mit ihm sprechen.«

Siehst du, denkt Carolien, für mich ist keine Zeit, kein Platz. Was tue ich hier, ein Irrtum, ich hätte nicht kommen sollen.

»Schau mal«, sagt Daniel, während er das Handy in die Tasche steckt. »Als wir noch zusammenarbeiteten, haben wir jeden so schnell wie möglich wieder in die Schule oder ins Büro geschickt. Alle Leute mit Wehwehchen hier und Wehwehchen da, Übelkeit oder Schwächegefühl oder was auch immer. Arbeiten ist gut. Es lenkt ab, der Tag ist eingeteilt, man fühlt sich nützlich, anerkannt. Wieso soll das jetzt nicht auch für dich gelten? Du hast nicht deinen Arm verloren, es ist nur ein Finger. Noch dazu ein kleiner.«

Jetzt müsste eine schwarze Wolke am Himmel aufziehen, denkt Carolien, so dass wir plötzlich im Schatten säßen, dicke Regentropfen, Windstöße, einen Wetterumschwung befürchten müssten. Aber der Himmel ist strahlend blau.

»Wir behelfen uns die ganze Zeit mit Vertretungen. Eigentlich müssten wir jemanden einstellen, fest. Auf alle Fälle wenn du nicht wiederkommst, aber sonst vielleicht auch. Die neue Pflegekraft kann nicht so selbständig arbeiten wie Heleen, das spielt auch eine Rolle. Da geht viel Zeit für die Anleitung drauf. Und die Vertretungen kosten einen Haufen Geld. Das ist das eine. Zudem kannst du die Leute nicht von neun bis fünf in ein Kämmerchen setzen, vierzig Patienten hindurchschleusen und dann ›schönen Abend‹ sagen. Du musst sie einarbeiten, mit ihnen reden, dich an sie gewöhnen. Letztens hatten wir einen, der barfuß in solchen Holzpantoffeln rumlief.«

Daniel erhebt sich. »Ich muss wieder zurück. Grüß Jochem von mir. Und gib dir einen Ruck. Das ist für alle besser.« Er streichelt ihr kurz über die rechte Hand. »An den Fingern ist nichts auszusetzen, wirklich, das kannst du mir glauben.«

Verblüfft bleibt sie unter dem Apfelbaum sitzen. Sie sieht Daniel mit hastigen Schritten zur Praxis zurücklaufen. Sie schämt sich und denkt mit Schrecken daran, dass sie ihr Fahrrad noch holen muss. Ob er sie durchs Fenster sehen kann? Radfahren ja, aber nicht arbeiten? Wenn du nicht wiederkommst, sagte er. Die Möglichkeit wird in Erwägung gezogen. Abschütteln, ignorieren. Dass keiner es versteht, weiß ich inzwischen. Sie geht hinein, um zu bezahlen. »Das hat der Herr eben schon getan«, sagt der Ober. Sonnenbrille auf, Fahrrad holen, schleunigst nach Hause.

Und dann? Sie sitzt auf der Schwelle der Küchentür. Raucht. Eine totale, lähmende Müdigkeit ergreift Besitz von ihrem Körper, so massiv, dass sie den Kopf an den Türrahmen lehnen muss, um nicht in sich zusammenzusacken, umzufallen. Sie schließt die Augen. Müde statt betrübt, denkt sie; gelähmt statt wütend. Nichts als Worte, das Herunterleiern eines Lieds, das sie irgendwann einmal gelernt hat. Sie kann nichts dabei empfinden, alles ist mit Watte zugedeckt. Warten, bis es vorüber ist. Nichts mehr denken oder zurechtphantasieren. Die Zeitleine loslassen, lass einfach los, jetzt.

Abends steht sie mit ihren Schlaftabletten in der Hand vor dem Waschbecken. Vielleicht mal aussetzen? Sie helfen ohnehin nicht. Sie sorgen für ein paar Stunden Betäubung, und danach ist der Ärger zurück, und sie wälzt sich im Bett. Wenn ich einen Plan hätte. Wenn ich etwas wollen könnte. Diese Cellistin anrufen? Ich kann daran denken, aber ich sehe es mich nicht tun. Daniel eine Mail schicken, um alles zu erklären? Wozu? Schon komisch, an deine Arbeitsstätte zu kommen und alles wiederzuerkennen, das Puppenhaus im Wartezimmer, die roten Garderobenhaken – und selbst nicht wiedererkannt zu werden. Wäre es besser gewesen, wenn aus allen Türen vertraute Menschen gestürmt wären, die ihr Auftauchen freudig begrüßt hätten?

Sie zuckt die Achseln, als führte sie mit einem tatsächlichen Gegenüber ein Gespräch. Nur Daniel ist noch übrig, ansonsten arbeiten neue, unbekannte Leute dort. Ich hätte fragen müssen, ob er etwas von Heleen weiß, er ist ja so sozial, er hat sie bestimmt angerufen oder sich mit ihr gemailt, weiß, was sie jetzt macht, ob sie etwas macht. Vielleicht geht es ihr genauso wie mir? Bei so einem zertrümmerten Bein ist die Reha lang und schmerzhaft. Da kommt man gar nicht dazu, einsam zu sein und in Mutlosigkeit zu versinken. Sähe ihr auch nicht ähnlich. Ich könnte ihr doch einfach mal eine Nachricht schicken. Hören, wie es ihr geht. Sie hat auch alles verloren: ihre Arbeit, ihre Geige, ihre Wohltätigkeitshobbys. Aber: ihre Kinder hat sie noch, da ist das alles nicht so schlimm. Carolien schnaubt verächtlich. Mit einem Mal ist sie wütend, was soll das jetzt wieder? Sie nimmt die Tabletten ein, trinkt ein Glas Wasser, geht ins Bett.

6

Als Jochem aus Paris zurückkommt, läutet er eine Veränderung ein: Er will jetzt ein paar Nächte pro Woche in seinem Atelier schlafen. »Ich arbeite bis spätabends und fange frühmorgens wieder an. Sinnlos hierherzukommen. Bei dem Verkehr. Ich habe da alles.«

Sie weiß, dass seine Argumente nur ein Teil der Wahrheit sind. Ebenerdig zu wohnen macht ihm Angst, er hört Einbrecher und phantasiert von Psychopathen, die es auf ihn abgesehen haben. Er kann sich nicht darauf verlassen, dass sie alles gründlich abschließt, fühlt sich unsicher und bedroht. Aber als das Telefon klingelt, ist er gerade da und nimmt ab. Sie hört seinen Geschäftston, neutral, zuvorkommend.

»Ach«, hört sie ihn sagen, »das ist keine schöne Nachricht. Und als Testamentsvollstrecker organisieren Sie auch die Beisetzung?« Er nickt verstehend, hört zu.

»Ja, das betrifft meine Frau. Ich werde sie bitten, wegen des Termins Kontakt zu Ihnen aufzunehmen, nein, das verstehe ich, ich sage ihr Bescheid.« Er schreibt eine Telefonnummer auf einen Zettel und beendet das Gespräch mit Höflichkeitsfloskeln und Dank.

»Van Aalst«, sagt er. »Er ist tot. Wussten wir ja. Dass das geschehen würde, meine ich. Das war der Notar. Er möchte, dass du in seine Kanzlei kommst. Es geht um das Testament. Hier ist seine Nummer.«

»Gibt es eine Beerdigung?«, fragt Carolien. »Macht der Mann das auch, regelt er das?«

Sie sehen sich an. Eltern, die Kinder verloren haben, wollen von Bestattungsunternehmern verschont bleiben, diesen gutmeinenden Menschen mit getragener Sprechweise und Bildbänden voller Särge in der Tasche. Es ist eine Erleichterung, wenn jemand anders diese elende Aufgabe übernimmt. Ob van Aalst bewusst alles seinem Notar übergeben hat, ob er daran gedacht hat, dass sie das nicht könnte? Ach wo, er hat wie ein vernünftiger Alleinstehender gehandelt, der niemandem zur Last fallen, aber seine Angelegenheiten regeln möchte. Gut, dass es vorbei ist, dass er nicht mehr in dieser tristen Umgebung an Schläuchen hängen muss. Er ist tot, er ist weg, und ich empfinde nichts. Dennoch rafft sie sich auf. Sie nimmt Jochem den Zettel mit der Nummer ab und sagt, dass sie später anrufen werde. Jochem nickt und bricht zu seinem Atelier auf. Alles, denkt sie, er hat da alles.

Am nächsten Tag klingelt sie an der imposanten Eingangstür des Notariats. Ein junges Mädchen mit bewusst lässig halb hochgesteckten Haaren führt sie in ein Wartezimmer und bringt ihr einen Kaffee. Zwei Minuten später holt sie Carolien wieder ab, um sie in den Empfangsraum des Notars zu geleiten. An dem großen Tisch sitzen bereits zwei Leute, ein schwarzhaariger Junge und eine Frau mit Kopftuch. Der Notar hat ein außergewöhnlich aufgewecktes Gesicht und tanzt um den Tisch herum, um alle miteinander bekannt zu machen und zum Platznehmen aufzufordern, wobei er immer wieder ruft, wie schön es doch sei, dass sie vollzählig erscheinen konnten.

Als wieder Ruhe eingekehrt ist, kommt er zur Sache. Carolien sieht mit Bewunderung, wie er, da es ja um einen Todesfall geht, seinen fröhlichen Gesichtsausdruck kurz abzuschalten versteht. Dann betet er in rasender Geschwindigkeit die vorgeschriebenen rituellen Sätze herunter und geht zur Testamentseröffnung über. Während der einschläfernden Litanei juristischer Formulierungen schaut sie auf den Jungen. Gespannt sitzt er kerzengerade auf dem Stuhl und hat die Hände nebeneinander auf den Tisch gelegt. Er trägt ein frisch gebügeltes, blütenweißes Oberhemd und hat die Haare zurückgekämmt. Von Zeit zu Zeit wirft er einen Seitenblick auf die Frau mit Kopftuch, zweifellos seine Mutter. Das ist also das Kind, das sich um Reinier gekümmert hat, denkt sie. Der Junge, der ihm eine Hyazinthe brachte, als er nichts mehr sehen und hören konnte. Der Einkäufe für ihn machte und den Müll wegbrachte und dafür kein Geld haben wollte. Van Aalst tat das Geld in eine Blechbüchse, die auf dem Kühlschrank stand, das weiß sie. Ob der Junge das jetzt auch bekommen wird? Van Aalst spielte für den Jungen und war gerührt über sein musikalisches Interesse, das weiß sie auch. Er wollte mit seinem jungen Helfer in Konzerte gehen und legte CDs für ihn auf, die sie sich gemeinsam anhörten. Doch noch ein Freudenschimmer auf seine alten Tage.

Sie fährt auf, als sie den Begriff »Vermächtnis« fallen hört. Driss, so heißt der Junge, bekommt ein hübsches Sümmchen, das für ein eventuelles Studium bestimmt sei, aber auch anderweitig verwendet werden dürfe, nach Absprache mit der Mutter, da der Vermächtnisnehmer noch minderjährig sei. Sie sieht, wie sich die Wangen des Jungen röten. Die Mutter hat Tränen in den Augen. Der Notar merkt, dass seine Worte etwas ausgelöst haben, und sieht die beiden freundlich an. Die Mutter hat ein kleines Bündel Ausweise aus ihrer Tasche genommen und legt sie vor sich hin. »Das hat keine Eile«, sagt der Notar beruhigend, »um die Papiere kümmern wir uns später. Wir haben Zeit.« Gleichwohl beschleunigt er seine Verlesung nun derart, dass Carolien im nächsten Abschnitt kaum ihren eigenen Namen erkennt. Sie ist in die Betrachtung der dunklen Wandtäfelung und der in glänzende Nussbaumrahmen gefassten Jagdszenen darüber vertieft und erschrickt. Was sagt er?

Das Instrument, das ist für sie. Mit allen Bögen, auch dem wundervollen Dodd, denkt sie, und sämtlichen Noten. Das Cello! Ich werde Besitzerin dieses ganz besonderen, exzellenten Instruments. So eine Hundsgemeinheit, was fällt ihm ein, ich spiele doch gar nicht mehr, was soll ich mit so einem Schatz! Kann ich das Erbe nicht einfach ausschlagen? Entgeistert starrt sie auf die Tischplatte, während der Notar unermüdlich weiterliest. Der Hausrat solle versteigert werden, ebenso wie das Haus selbst. Die Endsumme solle, nach Abzug aller anfallenden Kosten – der Notar schaut kurz auf, um Beisetzung und Verwaltung, worunter bestimmt auch sein eigenes Honorar fällt, zu nennen –, in einen Fonds zur Förderung der musikalischen Bildung von Kindern eingebracht werden. Das Testament wurde vor ein paar Jahren aufgesetzt und unterzeichnet, im Beisein von Sekretärin und Kaffeeköchin als Zeugen.

Während der Notar sich mit Driss und dessen Mutter befasst – Ausweise, Kontoverbindung, Bedingungen für die Annahme des Vermächtnisses –, denkt Carolien an das Cello, das jetzt ihr gehört. Es fühlt sich an, als wäre sie plötzlich Besitzerin eines großen Hundes, eines Bernhardiners, geworden, von solcher Statur, dass man ihn nicht ignorieren kann. Er muss gefüttert, gepflegt, im Haus geduldet werden. Kopfschüttelnd sitzt sie am Tisch. Soll sie aufstehen und dieses Geschenk ablehnen? Ist das eine gemeine List ihres Lehrers, um sie wieder zum Musizieren zu bewegen? Nein, natürlich nicht; als Reinier das überlegt hatte, spielte sie noch und kam sogar hin und wieder bei ihm vorbei, um sich einen Fingersatz oder eine Streichanleitung geben zu lassen. Er hat zweifellos gedacht, dass er ihr eine große Freude macht. Mit diesem exorbitanten Geschenk beweist er seine Dankbarkeit für ihre kleinen Besuche, für die Aufmerksamkeit, die sie einem verkümmerten alten Mann widmete. Er beweist sein Vertrauen darauf, dass sie bereit ist, sich seines liebsten Besitzes und seiner Musikbibliothek anzunehmen. Du lieber Himmel, was tun? Alles in ihr schreit: nein, nein, nein!

Aber zu dem Notar mit seinem aufgeräumten Lächeln sagt sie, dass ihr Mann, der Geigenbauer, das Instrument abholen, die Noten in Kartons packen und das Ganze baldmöglichst aus dem verlassenen Haus befördern werde. Jochem kann dieses Cello auf den Markt werfen, denkt sie, eine halbe Million, ich brauche nie mehr zu arbeiten. Die Musikbibliothek schenke ich dem Konservatorium. Fertig. Sie versuchen alle, mich in eine Zukunft ihrer Wahl zu zerren – Jochem, Reinier, Daniel, sie sitzen mir im Nacken, treiben mich an und sehen mich gar nicht. Wer sie aber sieht, ist Driss, der gut gekleidete Junge, der gerade eine große Summe geerbt hat. Er schaut sie mit Tränen in den Augen an und flüstert, dass sie über die Beerdigung reden müssen. Der fidele Notar schaltet sich ein, er habe einen Bestattungsunternehmer kontaktiert, ein Datum sei festgesetzt, es komme eine Anzeige in die Zeitung, es werde schlicht, zurückhaltend und kurz. Grabnutzungsrecht für zwanzig Jahre, hört sie ihn sagen, und dem Steinmetz liege bereits der Auftrag vor; es laufe alles wie am Schnürchen, jetzt noch eine Terminabsprache mit ihrem Mann für die praktische Abwicklung, und sie müsse noch unterzeichnen, haha, selbstverständlich, ja –

Und wer pflegt dann das Grab, denkt Carolien. Das kann

ich nicht diesem Kind überlassen, der Junge ist wirklich bekümmert, das sehe ich. Ich muss unbedingt dafür sorgen, dass er seine Geldbüchse bekommt und die CDs, die ihm gefallen. Kummer muss man Achtung zollen, und mit jemandem, der trauert, muss man behutsam umgehen. Ich werde ihn um seine Telefonnummer bitten, dann gehe ich mit ihm zusammen ins Haus, gebe ihm alles mit, was er haben möchte. Sie schlägt es ihm vor. Er nickt dankbar.

»Geht das denn, mit den CDs?«, fragt er. »Müssen die nicht in die Versteigerung?«

»Ich denke, die Dame wird das umsichtig handhaben«, sagt der Notar. »Da kannst du ganz beruhigt sein.«

Die schwere Tür fällt zu, sie steht draußen, es riecht nach Frühling, und die Bäume in der breiten Straße schlagen aus. »Ich hörte, dass du bei Herrn van Aalst im Krankenhaus warst«, sagt sie zu dem Jungen. »Dass du ihm eine Hyazinthe mitgebracht hast. Sehr gute Idee, finde ich.«

Driss nickt. »Waren Sie auch da? Ist er wach geworden?«

»Nein. Das war gar nicht mehr möglich. Eigentlich war er schon tot. Sein Gehirn hat nicht mehr funktioniert. Aber ich habe kurz bei ihm gesessen, genau wie du.«

Sie verabschieden sich, die Mutter lächelt freundlich und verschwindet mit ihrem Sohn um die Ecke, zur Straßenbahnhaltestelle. Carolien seufzt. So viel sozialen Kontakt hat sie seit Wochen nicht gehabt. Erschöpft ist sie, müde bis auf die Knochen, am liebsten würde sie sich auf die Bordsteinkante setzen. Sie schleppt sich noch ein Stück weiter mit ihrem bleiernen Körper, zu einer Caféterrasse an einer Straßenecke, und dort setzt sie sich, bestellt einen Kaffee, raucht. Jetzt Jochem anrufen und erzählen, was passiert ist? Sie weiß, wie das ablaufen wird: Er wird viel Gewese um das kostbare Instrument machen, das unbewacht in dem verlassenen Haus steht. Er wird sofort hinfahren wollen, um es mitzunehmen und in seinem Panzerschrank zu verwahren. Dann ist es wirklich wahr, dann gehört das Cello nicht mehr Reinier, sondern ihr, der Erbin. Wieder verspürt sie aufkommende Wut. So viele Schüler hat er gehabt, berühmte, professionelle Cellisten, die man mit diesem Instrument überglücklich machen würde. Und da verschenkt er es an eine behinderte Amateurin ohne Ambitionen. An mich. Jochem wird sich weigern, das Cello zu verkaufen, er wird mich unter Druck setzen und verlangen, dass ich es pflege, darauf spiele, dass ich so tue, als wäre nichts passiert. Er wird mich mit dem Ding im Auto zu dieser Frau fahren, mit hineingehen, um zu kontrollieren, ob ich mich auch wirklich hinsetze und den Bogen in die Hand ohne kleinen Finger nehme. Er wird mich in das Alltagsheer eingliedern, mich zu einer braven Soldatin machen, die ohne Murren mit den anderen mitläuft, vorwärts, als hätte es einen Sinn, irgendwohin zu marschieren, als gäbe es in der Ferne ein Ziel. Hör auf, lass das Telefon in der Tasche. Vorerst muss gar nichts sein.

Der Gedanke bringt Ruhe. Sie lehnt sich zurück und sieht das Cello vor sich. Den geflammten Boden, die breite Maserung an den F-Löchern. Darmsaiten darauf, denkt sie, dann spricht es mit seiner eigenen Stimme, sonor, sandig. Ihr ist, als hörte sie das Instrument singen, wie früher bei Reinier im Zimmer, bespielt von seinen knochigen Händen. Und ihr wird bewusst, dass er für immer fort ist. Den Mann, der immer da war, im Hintergrund oder nahebei, muss sie nun missen. Streichen. Das stille Haus, in dem sie ihn immer anwesend wusste, abhaken. Und auch, was damit zusammenhängt: dass er nicht mehr bewahrt, wer sie war. Sein Gehirn, der Speicher für die Erinnerungen an sie als junge Schülerin, als erwachsene Frau, als Freundin, ist in diesem Moment definitiv in Auflösung begriffen, ist nur noch dickflüssiger Brei, der sich mit der Erde in seinem Grab vermengen wird. Der, der sie kannte, ist weg, und dadurch ist sie selbst auch zu einem Teil nicht mehr vorhanden. Letztlich bleibt, wenn du alle Freundschaften aufgibst, nichts von dir übrig, und du bist nur in der Gegenwart durch deinen dürren Leib vertreten. Keine geteilte Geschichte, in niemandes Gedächtnis zu Hause. Das hat schon was, denkt sie, so eine schlanke und unbeschwerte Existenz. Kopfschüttelnd erhebt sie sich, um nach Hause zu gehen. Nach Hause?

7

Jochem ist überrascht, als er Caroliens Gesicht auf dem Schirm sieht. Ulrich darf sie durchlassen, alles in Ordnung. Jochem öffnet schon mal die Tür und wartet auf- und abgehend auf seine Frau. Schritte, regelmäßig, nicht schleppend, nicht schnell. Dann sieht er ihren Kopf aus dem Treppenhaus auftauchen.

»Störe ich dich?« Sie lässt den Mantel von ihren Schultern gleiten und legt ihn auf die Bank in der Diele. Hinter Jochem her schlendert sie durch das geräumige Atelier. Er geht zur Küche, bedächtig, seine Hast bezwingend. Was will sie, was ist los? Erst mal Kaffee machen. Will sie womöglich das Cello holen, endlich wieder anfangen? Doch als sie in dem Eckchen hinter dem hohen Regal beisammensitzen, sieht er ihrem Gesicht an, dass sie etwas erzählen will. Ein fragendes Gesicht sieht anders aus, denkt er.

Ihr Bericht von dem Besuch beim Notar verschlägt ihm die Sprache. Das hat mit dem Geldwert zu tun, den das Instrument darstellt, denn dass Reinier es Carolien hinterlassen hat, findet Jochem ziemlich selbstverständlich. Er weiß, wie sie von ihm sprach, wie oft sie an ihn dachte, sich Sorgen machte, kurz bei ihm vorbeifuhr, so müde sie auch nach ihrem Arbeitstag war. Natürlich wollte Reinier, dass sie sich genauso um sein Instrument kümmerte. All die Größen, die er ausgebildet hat, von vielversprechend zu tonangebend, würden das Cello auf der ganzen Welt herumbugsieren, in Flugzeugen und Taxis, von staubtrockenen in feuchtklamme

Hotelzimmer. Das mag das Cello nicht. Wahrscheinlich würden sie auch den Korpus mit einem aufgemotzten Hals und Titansaiten maximal belasten. Der dadurch erzielte hysterische Klang kann einen Saal mit fünftausend Leuten ausfüllen. Dass dem armen Instrument dabei ständig der totale Kollaps droht, kümmert sie nicht, diese virtuosen Kunstartisten. Nein, da ist das Cello bei Carolien besser aufgehoben. Aber sie muss wieder spielen. Vorsichtig. Ein Stückchen Bach, Streichübungen, eine kleine Barocksonate, vielleicht findet sie einen Cembalisten, der sie begleitet.

»Was soll ich jetzt machen?«, fragt sie. »Wir werden hinfahren müssen, alles abholen. Aber dann?«

»Hast du eine Telefonnummer von dieser Frohnatur? Dann ruf ich jetzt gleich an. Er hat doch die Schlüssel, oder?«

Während er mit dem Notariat telefoniert, riecht er, dass sie sich eine Zigarette angezündet hat. Na ja, sie steht unter Schock, ich werde nichts sagen. Der Notar kommt an den Apparat, und, Wunder über Wunder, sie einigen sich auf einen Termin heute am späten Nachmittag. Also demnächst. Vor Reiniers Tür. Das Auto, denkt Jochem, wir brauchen meinen Wagen für das ganze Zeug. Alles gleich in einem Aufwasch erledigen, das ist am besten.

»Ich bin zu Fuß da«, sagt Carolien. »Aber ich kann nach Hause gehen, um das Auto zu holen. Dann fahre ich vor, und du kannst zusteigen. Mach die Fenster auf, falls das überhaupt geht, denn es stinkt hier, ich habe geraucht, entschuldige.«

Jochem ist zerstreut. Eine Versicherung, das Instrument muss versichert werden, oder die Versicherung muss auf Carolien überschrieben werden, darum werde ich mich gleich mal kümmern. Im Tresor Platz schaffen, denn zu Hause, bei Carolien, das geht natürlich nicht, viel zu riskant.

Irgendwo müsste es was Schriftliches zum Schätzwert geben, vielleicht bei Reinier zu Hause? Muss ich nachher gleich suchen. Und die Bögen, auf die muss ich auch ein Auge haben. Carolien hat ihren Mantel schon wieder an. Sie winkt und geht. Als interessiere sie das alles kaum. Nicht zu fassen.

Als sie etwas später aus dem Auto anruft, um zu sagen, dass sie vor der Tür steht, schließt er hastig ab und rennt nach unten. Er kann es kaum erwarten, ihr zu erzählen, was er alles getan und geregelt hat, um den Cellobesitz abzusichern. Sie reagiert kaum darauf. Zitternd vor Wut lässt er sich zu Reiniers Haus chauffieren. Warum ist sie nicht aufgeregt über ihre unverhoffte Erbschaft, nicht froh, dass er ihr hilft, nicht um das Instrument besorgt? Er schaut zur Seite und sieht ihr ernstes Profil. Sie ist blass. Bedächtig und gewissenhaft parkt sie ein. Hoffnungslos, denkt er, zwei Welten und keine Brücke dazwischen.

Der Notar wartet ohne Mantel auf der Straße und wedelt mit dem blinkenden Schlüsselbund in seiner Faust. Flink hüpft er die Stufen der Eingangstreppe hinauf und schließt die Haustür auf. Sie folgen seinen tadellosen Hosenbeinen nach drinnen. Kühl hier, denkt Jochem, und es riecht irgendwie schimmlig. Er wirft einen Blick in die Küche, die picobello aussieht. Alles ordentlich aufgeräumt, die Kühlschranktür einen Spaltbreit geöffnet. Auch im Wohnzimmer herrscht Ordnung, als wäre hier nie etwas vorgefallen. Carolien sagt etwas in die Richtung, sie hat erwartet, dass noch überall die Spuren der Gewalt zu sehen sein würden.

»Die Mutter«, erklärt der Notar, »die Mutter des jungen Vermächtnisnehmers war so freundlich, das Haus saubermachen. Da sind wir froh, ja, ja. Alles Verderbliche wurde entsorgt. Die Umzugskartons, ja, da sind sie, die hat sie hergestellt. Sie können die Sachen, die Sie haben möchten, jetzt einpacken, und ich lasse den Aufkäufer dann den Rest holen. Sind Sie damit einverstanden?«

Carolien nickt. Sie zieht eine zusammengefaltete Einkaufstasche hervor und geht in die Küche. Jochem hört Geklapper, Münzen gegen Blech. »Driss' Büchse«, sagt sie. »Er ist in der Schule, konnte heute Nachmittag nicht dabei sein.« Sie kniet vor dem CD-Regal und studiert lange und andächtig die Titel. Mit dem Zeigefinger kippt sie Hüllen heraus, um sie in die Tasche zu tun.

Jochem steht im Musikzimmer. Er öffnet den Cellokasten und lächelt unwillkürlich, als er das glänzende Instrument sieht. Sie hat offenbar mit dem Jungen oder dessen Mutter telefoniert, denkt er. Welcher Einsatz, das Autofahren gehört auch dazu, man könnte meinen, sie ist ein normaler Mensch. Da soll noch einer durchblicken. Obacht jetzt, zwei Bögen im Deckel des Kastens, dieser Dodd muss irgendwo anders liegen, ja, das Futteral, da ist er drin, und auch noch ein Barockbogen mit einer hübschen Spitze. Er stellt den Cellokasten mit der Seite auf dem Boden ab und legt das Bogenfutteral daneben. Jetzt die Bibliothek, wo sind diese Kartons? Nein, eigentlich kann mir der Rest gestohlen bleiben, ich will dieses Cello in Sicherheit bringen, und zwar sofort.

»Ich werde das Instrument wegbringen. Jetzt.«

Carolien sieht ihn mit großen Augen an. »Nach Hause?«

»In meinen Panzerschrank.«

Der Notar wippt im Stand und zieht sein Handy aus der Tasche. Der hat es auch eilig, denkt Jochem. Und keine Lust mehr auf diese desillusionierende Räumung. Ich werde ihn später nach den Papieren zum Schätzwert fragen, er hat das natürlich alles.

»Aber es gehört mir«, sagt Carolien. »Ich möchte es zu Hause haben.«

Er hebt den Kasten hoch. »Kommt nicht in Frage. Nimmst du bitte die Bögen und gehst kurz mit?« Er bugsiert seine Fracht auf den Flur, durch die Haustür, die Eingangstreppe hinunter. Sie folgt ihm, wie er zu seiner Erleichterung sieht, mit dem Bogenfutteral.

»Gibst du mir die Autoschlüssel?«

Mit größter Vorsicht bettet er den Kasten auf die Rückbank und klemmt ihn mit dem Beifahrersitz dort fest. Futteral auf den Boden, Türen zu.

»Wie soll es jetzt hier weitergehen?«, fragt Carolien.

»Das kriegst du schon mit dieser Frohnatur auf die Reihe. Ich fahr jetzt. Je eher das Instrument in Sicherheit ist, desto besser.« Kann ich sie überhaupt hier zurücklassen? Geht sie später zu Fuß nach Hause? Packt sie die ganzen Bücher und Noten mit dieser Hand ein? Halt dich da raus, sie kann auch mal was allein regeln, das ist nur gut für sie. Warum will sie das Cello zu Hause haben? Erst die Invalidin raushängen lassen und sich weigern, auch nur irgendetwas zu versuchen, und sich dann plötzlich an ein Instrument im Wert von fünfhunderttausend setzen? Vollkommen unverantwortlich, das Ding zu Hause aufzubewahren. Da müssen erst alle Fenster verbarrikadiert werden. Sie ist böse, sie will ihr Spielzeug haben. Aber ich hab keinen Bock, nett und zuvorkommend zu sein. So eine Erbschaft ist ein Überfall, man hat plötzlich Pflichten und Sorgen am Hals. Ich trage meinen Teil bei, und damit hat sich's.

»Wenn du abgeholt werden willst, musst du kurz anrufen«, bietet er als Kompromiss an. Sie antwortet nicht. Er startet und rast davon.

8

Carolien kommt ins Musikzimmer zurück. Der Notar steht da und telefoniert. Seufzend besieht sie sich die Musikbibliothek. Eine endlose Masse von Partituren in Stapeln: technische Übungen, Etüden, Sonaten, Vortragsstücke, Konzerte. Ganze Regalbretter voller Streichquartette. Celloduette, -trios, -quartette. In einem separaten Schrank stehen die Bücher: Biografien von Komponisten und Cellisten, musiktheoretische Schriften, Werke über Geigenbau, Zusammenspiel. Taschenpartituren in Reih und Glied.

»Das wäre geklärt!«, sagt der Notar fröhlich. »Morgen Vormittag kommt ein junger Mann von einer Umzugsfirma. Verlässlich, ja, ja, mit Lieferwagen. Er packt alles ein und liefert es bei Ihnen ab. Ich schicke einen Praktikanten von unserem Büro mit dem Schlüssel mit und leihe gewissermaßen meine Augen an ihn aus, denn wir sind natürlich gehalten, Zeugen der Abwicklung zu sein. Können wir sagen, dass alles mitsoll, was sich hier an Papier befindet? Ja, das können wir sagen. Die CDs nicht, oder? Dann gebe ich diese Instruktionen an den jungen Kollegen weiter. Hat ganz schöne Auswirkungen, so eine Erbschaft, nicht wahr? Gönnen Sie sich ruhig die Zeit, sich daran zu gewöhnen. Und Ihrem Mann auch. Wenn Sie einverstanden sind, sind wir hier fertig, ja?«

Er steht schon an der Tür und scharrt mit den Hufen. Zögernd folgt ihm Carolien, mit der Einkaufstasche. Mir Zeit gönnen, das ist gar nicht drin, Eile liegt in der Luft. Ist wohl auch gut so, was soll ich hier noch, eine halbe Stunde auf dem Fußboden hocken in diesem toten Zimmer und an Reinier denken? Ich weiß nicht mal, ob ich das möchte. Los jetzt, er ist schon draußen.

Der Notar schließt die Tür ab. »Kann ich Sie irgendwohin mitnehmen? Sie haben keinen fahrbaren Untersatz, wie ich verstanden habe.«

Kann dieses Lächeln bitte mal ausgeknipst werden, denkt sie. Gut gemeint, aber es macht mich wahnsinnig.

»Lieber zu Fuß«, murmelt sie an sein strahlendes Gesicht gewandt und ist auch schon unterwegs. Egal wohin, unbekannte Straßen, Schaufenster von Geschäften mit Geschenkartikeln, Cafés und Nagelstudios. Sie atmet aus und verlangsamt das Tempo. Hätte ruhig etwas freundlicher zu dem Mann sein dürfen, er regelt immerhin die ganze Beerdigung! Schritt für Schritt, du bist entkommen, mach dir keine Gedanken. Schau vor deine Füße. Warum ist der Gehweg mit so vielen verschiedenen Steinsorten gepflastert? Warum ist es plötzlich so dunkel? Warum sind hier keine Bäume? Warum kann ich dieses Karussell in meinem Kopf nicht anhalten? Warum kann ich nicht eine Frage eine Frage sein lassen, mit Raum für eine Antwort? Aufhören. Stopp. Kinderwagen ausweichen, hippen Typen mit Coffee to go aus dem Weg gehen, vorwärts, vorwärts.

Tropfen. Rauschen. Es beginnt wie aus Kübeln zu gießen. Jetzt schaut sie zum grauen Himmel auf. Sie fühlt, wie Schultern, Kopf, Arme klatschnass werden, in so kurzer Zeit, erstaunlich. Wasser rinnt ihr den Nacken hinunter auf den Rücken. Kalt. Unwillkürlich schaut sie sich um, auf der Suche nach einem Unterschlupf. Ich habe hier nichts verloren, denkt sie, hier war ich noch nie. In diesem Viertel wohnt Driss mit seinen Eltern. Ich gehöre nicht hierher. Verschwinden, das wäre am besten.

Der Regen wird zum Wasserfall. Eine Frau zieht Carolien ins Eingangsportal eines Gebäudes. »Kommen Sie, stellen Sie sich doch kurz unter«, sagt sie. Carolien gehorcht und tritt in einen Raum aus Glas. Aus dem Innern des Gebäudes schallt dröhnende Musik. Es ist ein Fitnesscenter. Sie dreht sich um und späht durch die Glaswand hinein. Dort treten gertenschlanke Menschen mit aller Macht in die Pedale. Einige liegen auch auf dem Rücken und stemmen mit den Füßen Gewichte hoch. Die meisten starren mit glasigem Blick ins Leere, ohne Brennpunkt. Sie schauen nicht auf etwas Bestimmtes, können das Schauen aber auch nicht abstellen, wie sie weiß. Das kennt sie.

In dem Saal mit Fahrradergometern und sonstigen Geräten steht ganz hinten ein Tresen, an dem eine Frau auf einem hohen Hocker sitzt. Carolien starrt lange zu ihr hinüber. Die kenne ich, denkt sie, eine frühere Patientin? Sie weckt Assoziationen mit der Praxis, das ist sicher. Kann sie nicht unterbringen, und doch ist das Gesicht vertraut. Die Frau beugt sich vor, um einem Kunden etwas zu erläutern. Sie lächelt. Es ist Heleen.

Ich sehe wohl nicht richtig, denkt Carolien. Hennarotes Haar, kurz geschnitten, anstelle der fast schwarzen langen Wellen. Das ganze Gesicht sieht dadurch anders aus. Und sie hat enorm abgenommen. Nicht mehr wiederzuerkennen. Was macht sie hier? Eigentlich verboten, so zu spionieren. Heleen! Ich habe sie gefunden! Von diesem Entzücken beflügelt, drückt Carolien die Eingangstür auf und steuert geradewegs auf den Tresen zu, quer durch die Reihen der Rudermaschinen hindurch. Sie legt die Hände nebeneinander auf die hohe Tischplatte, Heleen gegenüber, hebt den Kopf und sieht ihre frühere Freundin an. »Hallo«, sagt sie.

Jetzt kommt es darauf an. Sie muss ein Gespräch führen,

Prioritäten setzen. Wissen, was sie will. Was nötig ist, um das zu erreichen. Sie kann sehen, dass Heleen kurz aus der Fassung gebracht ist – durch die unerwartete Konfrontation oder durch den Anblick von Caroliens Händen, die sie so schamlos zur Schau stellt?

Ein beklommenes Lächeln von dem hohen Hocker herab. Carolien zieht ihre Hände zurück. »Wie geht es dir, was machst du hier?«, presst sie hervor. Heleen hüpft von ihrem Hocker herunter und lehnt sich gegen den Tresen. Jetzt sind ihre Gesichter auf gleicher Höhe.

»Ist aber schön verheilt, deine Hand«, sagt sie.

»Und du?« Carolien hat keine Lust, über ihre eigenen Blessuren zu reden. Das ist auch nicht nötig, denn Heleen startet eine lange Erzählung, wie es ihr ergangen ist. Carolien kann nur zuhören.

Die Reha sei ein unbedingtes Muss gewesen, und danach täglich ins Fitnesscenter. In dieses hier oder eine Filiale. So sei es vom einen zum anderen gekommen. Die Haare hätten ab gemusst, weil man sich mit den langen Strähnen in den Maschinen verheddern konnte. Und dann auch gleich eine andere Farbe, das habe sich um einiges besser angefühlt. Sie fährt sich kurz mit den Fingerspitzen durch die roten Stacheln auf ihrem Kopf. Andere Klamotten, sie habe so stark abgenommen, dass sie nur noch halb so viel wiege wie früher. Lauter Sportsachen, was anderes brauche sie nicht mehr. Dann sei es wie im Film gelaufen. Ein Kunde sei bewusstlos geworden, und sie sei von ihrer Rudermaschine gesprungen, um ihn zu reanimieren. Nun sei sie im gesamten Konzern für das »medizinische Management« zuständig. Pflaster aufkleben, Ratschläge erteilen, bei Unfällen eingreifen.

»Kommt nie vor, lauter gesunde Leute hier. Es ist ein schöner Job, ich bin jeden Tag woanders, und ich kann selbst auch hin und wieder auf ein Gerät klettern. Meine Kondition halten.«

Als Carolien sie fragt, ob sie je wieder in der Praxis war, schüttelt Heleen den Kopf. »Nein. Ich hab alles umgekrempelt. Hab gleich gekündigt, als ich aus dem Krankenhaus kam. Ich konnte mich da nicht mehr sitzen sehen, bei den Diabetikern. All die Krankheiten um einen herum, nein, das wollte ich nicht mehr. Man muss sich was trauen, den Absprung wagen. Wirklich was verändern. Ich hab die Seite umgeschlagen.«

»Und die Musik«, fragt Carolien, »spielst du noch? Oder wieder?« Ich drücke mich furchtbar unbeholfen aus, denkt sie, aber was Heleen da an Klischees verzapft, ist auch nicht ohne. Was für ein seltsames Gespräch das ist. Man könnte meinen, wir führten ein Interview.

Heleen schaut zur Seite. Da wartet ein Mann am Tresen. Er reicht ihr einen Schlüssel, den sie weghängt. Sie gibt etwas in den Computer ein. Ein spitzes Kinn hat sie bekommen, stellt Carolien verblüfft fest. Eingefallene Wangen und unter ihrem T-Shirt hervortretende Schlüsselbeine.

»Ich bin in eine total andere Richtung gegangen«, erzählt Heleen. »Ich spiele wieder Blockflöte, bei einem Ensemble für Alte Musik. Hab keine Geige mehr angerührt. Gefällt mir bestens. Was wir spielen, ist neu für mich. Aber sehr interessant. Und engagierte Leute, die viel davon verstehen.«

Immer mehr Kunden scharen sich um den Tresen. Heleen unterbricht ihre Erzählung, um Sportdrinks zu servieren oder Handtücher zu überreichen. Jemand kommt, um eine Blase zu zeigen und um deren Verarztung zu bitten. »War nett, mit dir zu reden«, sagt Heleen. Sie wendet sich ab, um sich der Blase anzunehmen.

Carolien tritt einen Schritt zurück und wird plötzlich von

der lauten Musik überfallen. Sie wendet sich wieder Richtung Ausgang, durchquert den Saal und blickt sich aus der Entfernung zu ihrer ehemaligen Freundin um, der kundigen, einfühlsamen Pflegekraft, die ihr in der Praxis stets zur Seite stand, der Geigerin, die der idealen Mittelstimme Klang zu verleihen wusste. Weg, alles weg. Wer ist diese dürre Rothaarige, die sich da so herrisch aufführt? Was ist passiert, als ich vor ihr stand? Sie hat eine Flut von Geschichten über mich ausgeschüttet, Blockflöte, Pflaster, Sportsachen in kleinen Größen. Ein bizarres Gespräch mit einer, die ich nicht kenne. Die mich nicht kennt. Die nichts gefragt hat, keinerlei Interesse gezeigt hat an meinem Leben, meiner Gesundheit oder was auch immer. Als solle die Tür zwischen uns fest verschlossen bleiben. Sie will nichts mehr mit der Vergangenheit zu tun haben. Nichts mehr mit mir. Ich habe als Freundin ausgedient, auf mich kann sie verzichten.

Sie zuckt die Achseln und dreht sich um. Zeit zu gehen.

9 Am Tag, da Reinier beerdigt wird, ist es bewölkt und kalt. Carolien ist früh wach und steigt aus dem Bett, erleichtert, dass sie nicht mehr zu liegen braucht. Zu warten. Sie sucht in ihrem Kleiderschrank nach dunkler Kleidung. Mehrere Lagen übereinander, ihr ist jetzt schon kalt. Gestern Abend hat sie Jochem angerufen, um sich zu erkundigen, ob er vorhat zu kommen. Er hat seufzend mitgeteilt, dass er zu viel zu tun habe.

»Aber um sein Cello hast du dich gekümmert«, hat sie, vielleicht mit leichtem Vorwurf, gesagt, »du warst bei ihm zu Hause. Wäre es da nicht gut, Abschied zu nehmen?«

Er hat verächtlich gelacht. Abschied, in so 'nem trostlosen Saal? Mit 'nem Haufen Unbekannter zum Grab zuckeln? Bloß nicht. »Wenn du unbedingt dabei sein willst, bitte schön. Aber ich halt mich da raus. Er war dein Lehrer. Ich hab nichts damit zu tun.«

Eigentlich war sie erleichtert. Es ist einfacher, mit sich allein zu sein bei so einem Ereignis, das so viel aufrührt. Erinnerungen an ihre Jugend, ihre Ambitionen; Assoziationen mit anderen Verlusten, einer anderen Trauerfeier. Wenn man dann auch noch auf jemanden neben sich Rücksicht nehmen soll, jemanden, der schwer atmet, die Anspannung auf dich überträgt, sich die Nase schnäuzt. Nein, besser so.

Es wird wohl niemand kommen, denkt sie. Einstige Schüler, Kollegen – sie wissen nicht, dass er gestorben ist, sie wussten vielleicht nicht mal, dass er noch lebte. Ich werde keine Sonnenbrille aufsetzen, das ist so affig. Ich stelle das Auto ein Stück weiter weg ab und gehe zu Fuß zum Eingang.

Als sie, den Autoschlüssel noch in der Hand, dort eintrifft, sieht sie den aufgeweckten Notar dastehen. Wie nett von ihm, dass er gekommen ist. Driss und seine Mutter nähern sich Hand in Hand. Der Junge schenkt ihr ein Lächeln, die Mutter nickt höflich.

Im Eingangsportal steht ein Mitarbeiter vom Bestattungsunternehmen in vollem Ornat, den Zylinder auf dem Arm. Er schaut hin und wieder auf seine Armbanduhr. Alles in allem sind etwa zehn Leute da, sieht Carolien. Unbekannte, Nachbarn vielleicht, verlorengegangene Freunde von früher? Im Hintergrund, abseits des Grüppchens Anteilnehmender, stehen vier nahezu identisch gekleidete Männer unter den Platanen, in dunklen Blousons, mit robusten schwarzen Schuhen. Sie sehen sich aufmerksam um. Was haben die denn hier zu suchen? Ach, Polizei natürlich. Die Ermittlungen zu dem Mann, der sie auf Hugos Boot überfallen hat, sind noch nicht abgeschlossen. Reinier war ja auch betroffen, der Mann war in der gleichen Nacht noch in seinem Haus. Logisch, dass die Polizisten sich bei seinem Begräbnis umschauen, obwohl Carolien keine Ahnung hat, wonach sie eigentlich suchen.

Driss kommt mit einer CD in der Hand zu ihr. »Wie verabredet«, sagt er. »Hier ist sie.«

Ach ja, denkt sie, Musik. Reiniers eigenes Streichquartett. Sie tritt auf den Bestattungsunternehmer zu und drückt ihm die CD in die Hand. Er sieht sie fragend an.

»Die Nummer zwei«, sagt sie, »beim Hereinkommen. Dauert ein Weilchen.« Der Mann reicht die Scheibe einem Assistenten, der damit nach drinnen läuft. Auf einmal steht der fidele Notar neben ihr.

»Musik, hm?«, sagt er. »Ich habe auch etwas ausgewählt. Erschien mir passend. Zum Abschluss vielleicht, am Ende der Feier? Aus meiner eigenen Sammlung, was sagen Sie dazu!«

Bachsuiten, sieht sie. Gespielt von einem Chinesen, von dem sie noch nie gehört hat. Egal, die gute Absicht zählt, und Cello ist Cello, Bach ist Bach. Der Bestattungsunternehmer nimmt auch diese CD in Empfang und fordert dann die Trauergemeinde auf hereinzukommen. »Schließen Sie bitte zur ersten Reihe auf«, sagt er. Mit lautem Knall setzt die Musik ein, das Andante aus Mozarts Dissonanzenquartett. Jemand dreht schnell den Lautstärkeregler runter.

Sie kommt zwischen Driss und dem Notar zu sitzen. Sie ist versucht, sich umzudrehen, zu schauen, was die Polizisten machen. Kommen sie alle vier herein, oder bleibt einer draußen, um Wache zu stehen? Bleiben sie hinten? Stehen sie, sitzen sie? Sie bemüht sich, nicht auf die Musik zu hören, nicht an Reinier zu denken, der hier die Cellopartie streicht. Strich. Es dauert lange, aber der Junge neben ihr lauscht andächtig. Sie wartet darauf, dass es vorbei ist. Konservierte Vergangenheit. Weg damit.

Weil sich keiner der Anwesenden berufen fühlt, die Initiative zu ergreifen, spricht der Bestattungsunternehmer ein paar Begrüßungsworte. Anschließend zählt er Trivialitäten aus Reiniers Leben auf. Es stört Carolien, dass er Reinier beim Vornamen nennt. Die Weisheiten, die er von sich gibt, hat er aus dem Internet geklaubt: Quartett, Solokarriere, Dozentur. Er ist schnell damit durch und fragt dann, ob jemand der Anwesenden etwas sagen möchte. Stille. Carolien spürt, dass Driss sich rührt. Er stellt die Füße fest auf den Boden und erhebt sich. Tritt an das Rednerpult. Der Bestatter biegt das Mikrofon nach unten. Driss' Kopf lugt gerade eben über das Pult hinaus. Ein eigenartiger Anblick, findet Carolien. Mit einem Mal schießt ihr das Blut ins Gesicht. Warum, was kümmert sie das alles? Soll dieser Junge doch etwas sagen, soll er sich verhaspeln vor Nervosität, vor Kummer, ist doch ganz egal, oder?

Driss verhaspelt sich nicht, sondern erzählt ruhig, wie er Reinier, »Herrn van Aalst«, sagt er, kennengelernt hat. Wie er seinem Cellospiel lauschte, zuerst an der Haustür, mit dem Ohr am Briefschlitz, und später drinnen. Wie sie zusammen Kekse aßen und Streichmusik hörten. Er erzählt, dass Herr van Aalst ein weiser und freundlicher Mann gewesen sei und dass er, Driss, froh sei, ihn kennengelernt zu haben. Dann kehrt er überraschend schnell zu seinem Platz zurück und setzt sich wieder neben Carolien. Alle warten, aber es meldet sich niemand, der noch etwas sagen möchte. Der Bestatter gibt das Zeichen, die Musik anzumachen.

Während der unbekannte Chinese aus der CD-Sammlung des Notars das Präludium der ersten Suite spielt, paradieren die Besucher im Gänsemarsch am Sarg entlang. Blumen, denkt Carolien, das wäre doch wohl das Mindeste gewesen, was ich hätte tun können, Blumen mitbringen. Auch das habe ich nicht hinbekommen. Ich empfinde nichts, und ich habe nichts zu geben. Driss' Mutter schlägt einen schnellen Schritt ein, sie hält offenbar nichts davon, um einen Leichnam herumzuflanieren. Driss läuft mit etwas zu großen Schritten hinter ihr her.

Als Carolien aus der Halle tritt, setzt der Chinese mit der Allemande ein. Was nun? Der Sarg mit Reinier erscheint und wird auf einem flachen Karren durch die aufschwingenden Türen gefahren. Vier Männer, Jungen eigentlich, schieben die Fracht auf dem Weg voran. Die Kronen der Platanen zu beiden Seiten treffen sich in der Höhe. Der kleine Trauerzug läuft durch einen grünen Korridor. Carolien verlangsamt ihre Schritte, erst hat sie Driss neben sich, dann lässt sie sich bis zu dem Notar zurückfallen, immer langsamer bewegt sie sich, bis sie in einigem Abstand von den anderen auf die Polizisten stößt. Sie biegt in einen Seitenweg, läuft aufs Geratewohl in eine Richtung, zum Wasser, dort unten, eine Bank. Sie sinkt darauf nieder und atmet aus. Die Bank steht am Ufer eines breiten Grabens. Hinter Carolien erhebt sich ein Erdwall. Hier kann niemand sie sehen.

Verzweiflung, Kummer – Gefühle, die man sich wünschen würde, die man vermisst. Alles ist besser als diese totale Betäubung. Da ist gar nichts. Warum empfinde ich das nicht als befreiend? Muss ich mich denn erst schneiden oder stechen, um etwas zu spüren? Warum kann ich ihn nicht vermissen, das ist doch ganz einfach, wieso kriege ich das nicht hin? Der Junge vorhin, Driss, der konnte es. Ich habe meinen Lehrer verloren. Weg. Carolien wartet auf eine Regung, auf etwas in sich, worin das Bewusstsein von Verlust mitschwingt. Nichts. Meine Arbeit habe ich auch verloren. Daniel, mein treuester Freund, hat sich damit abgefunden, dass ich nicht wiederkomme. Drängt mich zu gehen, ist vielleicht längst froh, dass ich aufhöre. Jochem zieht sich in seine Festung zurück und lässt mich allein.

Sie türmt einen Verlust auf den anderen, aber es bleibt eine kühle Auflistung. Die Freundin Heleen – futsch. Das Cellospiel – aus und vorbei. Und Hugo, warum ist Hugo heute nicht hier? Er hat bei Reinier Ensemble-Seminare gehabt und mochte ihn. Wie auch immer, er hätte kommen müssen, und sei es nur meinetwegen. Sie zuckt die Achseln und spürt plötzlich, dass sie Muskeln hat, dass sie sitzt, dass sie da ist. Er hat mir seine Tochter genommen, denkt sie. Ich vermisse Laura. Ja, ich vermisse. Tränen brennen hinter ihren Lidern, aber es wird kein Weinen daraus. Es beginnt sachte zu regnen, auch gut, Feuchtigkeit, Wasser. Das Wasser, in dem alles verschwand, als das Boot in die Luft gesprengt wurde. Wäre ich eigentlich zornig, würde ich platzen vor Wut, wenn ich wirklich Gefühle entwickelte?

Sie steht von der Bank auf und setzt sich wieder in Bewegung. Jetzt aufpassen, dass ich nicht den Weg des Trauerzugs zum Grab kreuze. Es wird ein Grab geben, mit seinem Namen darauf. Vielleicht besser als so ein Eimerchen Asche, die auf einer sogenannten Streuwiese ausgekippt wird. Unappetitlich. Es gibt hier jede Menge Gräber, die nie von irgendwem besucht werden, das sieht so trist aus, so verwahrlost.

Ein Stück weiter weg parkt eine Art Jeep mitten auf dem Weg. Zwei Männer stehen daneben und rauchen Selbstgedrehte, ihre Schaufeln und Harken lehnen am Auto. Sie nicken ihr freundlich zu. Haben sie im Verhaltenstraining gelernt, denkt sie. Zweimal im Jahr, in der Friedhofshalle? Wie man den Besuchern begegnet, dass man zwischen den Grabsteinen nicht schallend lacht, dass man den Laubbläser ausmacht, wenn in der Nähe jemand zur Grabpflege kommt. Die Kenntnisse müssen immer wieder rekapituliert und aufgefrischt werden, denn das erforderte Verhalten geht gegen die Natur. Es arbeitet sich hier so herrlich ruhig und entspannt, man kommt sich fast vor wie in einem Park, das lädt dazu ein, fröhliche Lieder zu pfeifen und Späße zu machen. So etwas darf nicht sein, lernen diese Männer, halt an dich, hier wird getrauert. Ich hab mich total verlaufen, kein Überblick bei all den baumbestandenen Pfaden.

Seine Musik ist doch noch da, die Aufnahmen! Ja, die CDs stehen bei hochbetagten Menschen in altmodischen Musikschränken und werden weggeworfen, wenn deren Kinder das Elternhaus ausräumen. Niemand spielt mehr CDs ab, ja, hier schon, hier ist das Reich des Alters. Aber wie lange noch? Sein Cello, das bleibt. Und er hat mich erwählt, dafür zu sorgen. Es jeden Tag kurz zum Singen zu bringen. Das Harz mit einem weichen Tuch abzuwischen, als würde ich ein Baby nach dem Bad abtrocknen. Eine Aufgabe, eine Verantwortung. Ich muss zu dieser Frau, dieser Cellistin, ich muss streichen lernen. Selbst die Toten können dir einen Auftrag erteilen, etwas von dir erwarten, von dir fordern. Selbst die Toten kannst du enttäuschen.

Ohne es zu merken, ist sie in die Kinderabteilung geraten, wo die Gräber kleiner und farbenfroher sind. Schnell weg, denkt sie, hier habe ich nichts zu suchen. Unsere Jungs haben kein Grab, wir haben sie auf der Grünfläche im Park ausgestreut, wo sie immer Fußball spielten. Nachts, heimlich.

Was war das vorhin noch, welcher Verlust regte sich da, als ich am Wasser saß? Das war ein wirkliches Gefühl, nicht nur Widerwille oder Apathie, sondern ein Gedanke, der etwas in Gang setzte, mich aufstehen ließ. Suchend, nachdenkend läuft sie zum Ausgang, an dem imposanten Bürogebäude entlang, durch die weit geöffneten Pforten. Entkommen, denkt sie, und der Himmel öffnet sich, da sie nun die hohen Platanen hinter sich gelassen hat. Ich habe schon seit einer Stunde nicht an meine Hand gedacht, nicht wirklich, nicht als sichtbare, beschämende Verstümmelung. Ich habe etwas vor: Ich werde mich erkundigen, wie es der kleinen Laura geht. Keine Erwartungen, keine Vorfreude. Betrachte es als Wissenschaft. Recherchieren, Überblick verschaffen, die Fakten ermitteln. Da steht mein Auto. Es wird mir freundlich antworten, wenn ich auf den Schlüssel drücke.

10

Als Carolien auf die Zufahrt zur Garage biegen will, versperrt ein weißer Lieferwagen den Weg. Sie stellt das Auto an der Straße ab und steigt in das ohrenbetäubende Kreischen von Eisensäge und Steinbohrer aus. Die Haustür steht offen. Vor den Fenstern der Frontseite sind Eisengitter angebracht worden. Im Flur festgetretene Erde, es zieht, Türen klappern. Auf der Anrichte sieht sie benutzte Kaffeebecher und eine aufgerissene Packung Karamellwaffeln. Der Lärm kommt aus dem Garten. Als die Säge verstummt, hört sie Männerstimmen. Sie huscht wieder auf den Flur und geht nach oben, um dort aus dem Fenster zu schauen. Jochem, mit Papier und Bleistift in den Händen. Drei Arbeiter in dunkelblauen Overalls. Auf dem Rasen ein Stapel Eisenteile – Zäune, Gitter, Stahlpfeiler. Fenster, schräg gegen den Zaun gelehnt, spiegelnd.

Sie setzt sich aufs Bett. Mein Haus? Auch seines natürlich. Ich hatte erwartet, dass er sich darauf beschränken würde, seine Angst vor Einbrüchen im Atelier auszutoben, nicht, dass er *mich* hinter Gitter sperren würde. Ich muss nach unten. Hören, was der Zweck des Ganzen ist. Hier schlafen heute Nacht? Eins nach dem andern. Und eigentlich kann es mir auch egal sein. Aufstehen jetzt.

Sie kommt in dem Moment nach unten, da mit donnernder Wucht ein Fenster aus der Rahmung fällt. Eine Wunde in der Zimmerwand, es sieht seltsam aus. Die Küchentür ist auch verschwunden, der Ersatz lehnt schon am Haus.

»Das gehört alles anders«, sagt Jochem, als sie den Garten betritt. »Die Fenster müssen nach innen aufgehen, und die Küche bekommt eine Terrassentür mit spezieller Sicherheitsvorkehrung.« Er blickt auf seine Papiere. Kreuzchen, Häkchen, Fragezeichen. Die Handwerker grüßen sie und beginnen damit, ein Fenster in die klaffende Öffnung einzusetzen. Carolien schaut und schweigt.

»Die Alarmanlage wird morgen installiert«, sagt Jochem. »Das Atelier, meine alte Werkstatt meine ich, ist als Nächstes dran. Sämtliche Zugänge werden gesichert. Hermetisch abgeriegelt. Du wirst es schon mit einem Mordsschlüsselbund zu tun haben. Und du musst die Zahlenkombinationen auswendig lernen.«

Das muss ein großes Projekt gewesen sein, denkt sie, ein enormer Auftrag. Darüber hat er tagelang nachgedacht, Pläne gemacht, Betriebe angerufen, Angebote verglichen. Entscheidungen gefällt. Kein Wunder, dass er keine Zeit hatte, sich auch noch mit mir abzusprechen. Mit einem Knall donnert ein weiteres Fenster in den Garten. Zersplittertes Holz und Glasscherben liegen überall zwischen den Pflanzen. Sie betrachtet es verwundert, mit eigenartigem Gleichmut. Das ist seine Welt, das ist, was ihn umtreibt. Meine Welt, falls man noch davon sprechen kann, sieht total anders aus. Reinier begraben, Heleen begegnet, an Laura gedacht. Bis vor kurzem hatten wir dieses Haus, diesen Garten noch gemeinsam. Wie sich das jetzt verhält, weiß ich nicht. Kann so ein Gefängnis mir gehören? Will ich mich jeden Abend einschließen? Dass er nicht fragt, wie die Beerdigung verlaufen ist, wundert mich nicht, das ist für ihn nicht aktuell. Sie sieht ihn zwischen den Arbeitern stehen, sie beratschlagen, zeigen auf die Skizze in Jochems Hand, zeigen dann auf die Küchentür, auf die Gitter, die im Gras liegen. Jochem nickt und läuft in die Küche. An seinen Schuhsohlen haftet eine dicke Schicht Erde.

Etwas später sitzen sie einander gegenüber am Tisch, während die Männer mit der Anbringung der Befestigungsanlagen weitermachen. Der Form halber schaut sie auf das Papier, das Jochem auf den Küchentisch gelegt hat. Ein Grundriss von ihrem Haus, mit Pfeilen zu allen Fenstern und Türen. Bei jedem Pfeil eine Abhandlung in Jochems schwer leserlicher Handschrift. Er dreht das Papier um neunzig Grad, damit sie es besser sieht. Sie erkennt nichts.

»Ich kam darauf, weil du gesagt hast, dass das Cello dir gehört. Du hast recht, dachte ich, es ist dein Erbe. Ich will dir also ermöglichen, dass du es auch wirklich im Haus haben kannst. Dass du spielen kannst, wann immer du willst.«

Carolien sieht ihn befremdet an. »Wieso ermöglichen?«

»Es muss vor Diebstahl geschützt sein. Ich habe es von heute an versichert. Die Versicherung verlangt, dass das Haus ausreichend vor Diebstahl geschützt ist. Deswegen also.« Er blickt durchs Fenster auf die arbeitenden Handwerker und die Stahlhaufen, breitet dann entschuldigend die Arme aus, die Handflächen nach oben. Wenn einer dauernd »also« sagt, suggeriert er, es gebe einen Zusammenhang, an dem er selbst eigentlich zweifelt, denkt Carolien.

»Und du bist möglicherweise noch einen Schritt weitergegangen, sicherheitshalber?«

Er lacht. »Kann sein. Aber jetzt hast du alle Freiheiten. Morgen bringe ich es her. Dann weise ich dich auch in die Zahlenkombinationen von der Alarmanlage ein, und wir können kurz üben.«

Carolien blickt auf das Papier mit der Skizze. Die Linien schweben durcheinander. Eine schöne Bescherung, denkt sie. Er ist nett, er meint es gut, er hat gelacht. Er ist fürsorglich, so sieht Fürsorglichkeit bei ihm aus. Sie nickt. Alle Freiheiten in einem verrammelten Bunker.

»Du willst sicher aus dem alten Atelier das Musikzimmer machen, nicht? Da könntest du dann immer spielen und bräuchtest nichts wegzuräumen. Der Klang in dem Raum ist großartig. Ich könnte eine Klimaanlage installieren lassen, dann musst du dir dahingehend auch keine Sorgen machen. Temperatur, Luftfeuchtigkeit, alles konstant.«

Ihr schießt durch den Kopf, dass ihn das ein Vermögen kosten dürfte. Allein schon die Versicherung, die Arbeitslöhne, die Installationen, Baumaterial, seine eigene Zeit. Das investiert er alles für mich. Denkt er wirklich, dass es mich glücklich macht, wenn ich täglich auf diesem exorbitant wertvollen Cello spiele? Wie soll das denn seiner Meinung nach vonstattengehen – dass die heiligen Schwingungen des jahrhundertealten Holzes etwas bei mir in Gang setzen, was ich selbst nicht hinkriege? Als handelte es sich um ein Mysterium, einen sakralen Ritus. Wenn ich mich dem unterwerfe, wird alles gut. Glaubt er das? Hier sitze ich. Ihm gegenüber. Er ist aufgekratzt, er erwartet, dass ich mich freue und dem Ziel widme, das *er* mir setzt. Er hat ja keine Ahnung. Wenn er nur mal auf den Betonbohrer horchen, sich einen Moment aufmerksam diese Gitter anschauen, einen unvoreingenommenen Blick auf mich werfen könnte – dann würde er andere Töne anschlagen.

Sie seufzt. Das ist natürlich fies. Aber die Aussicht darauf, hinter den Eisengestellen gefangen zu sein, die vor den neuen Fenstern angebracht werden, macht sie missmutig. Die Vorstellung, dass sie eingesperrt wird, um eine Aufgabe zu erledigen, die sie schon viel zu lange hinausgeschoben hat und die ihr vielleicht widerstrebt, gibt ihr ein Gefühl solcher Machtlosigkeit, dass sie glatt auf den Boden runterrutschen könnte. Nicht so kraftlos und apathisch, denkt sie dann aber doch, hör auf damit. Ich sollte mich lieber auf das konzentrieren, was ich will. Was ich *nicht* will vor allem. Das ist immer leichter. Ich will nicht, dass er das alles bezahlt. Das gibt ihm Macht. Macht, die ich selbst haben will. Finanziere ich dann mein eigenes Gefängnis? Ja, ich denke schon. Wir hatten doch früher ein Campingzelt? Muss noch irgendwo auf dem Dachboden liegen. So ein kleines orangefarbenes Zelt. Das könnte ich im Garten aufstellen. Wenn ich vorher das ganze Glas wegräume. Die Vorstellung, heute Nacht in einen Schlafsack zu kriechen, durch die Zeltplane hindurch das Licht der Straßenlaternen zu sehen, das Rauschen der Bäume im Park zu hören, spricht sie durchaus an. Aber wieso in meinem eigenen Garten, neben meinem eigenen Haus? Ist es verboten, sich weiter zu entfernen? Ist es das, was ich im Grunde will, einfach weggehen? Bleibe ich nur aus Solidarität mit Jochem hier hocken? Aus Lahmheit?

»Jetzt sag doch mal, was hältst du davon?«

Seine Stimme schreckt sie auf. Tja, was soll ich davon halten, das ist ein Problem. Ich denke alles Mögliche. Ich habe gar keinen Schlafsack. Die Wirklichkeit des Hier und Jetzt zupft an meinen Fußgelenken, ich fühle es. Ich werde heute Nacht ganz normal hier drinnen schlafen, hinter Gittern. Warten, bis er morgen das Cello ins Haus trägt. Ich tue alles, um andere nicht zu enttäuschen. Und doch wird es geschehen. Daniel ist schon sauer, dass ich die Praxis im Stich lasse, und Jochem verzeiht es mir nie, wenn ich mich nicht auf dieses vermaledeite Cello stürze. Vielleicht kann ich nur mit ganz kleinen Kindern umgehen: Dingen Namen geben, kleine Rituale ausdenken, geregelte Ausflüge machen. Einfach Hand in Hand durch einen Wald laufen. Lieder singen. Da genügt es schon, dass ich da bin. Kann ich die Energie aufbringen, diese Ex von Hugo aufzusuchen, wie heißt sie noch, Evelien? Bei ihr wohnt Laura jetzt fest. Was, wenn ich bei ihr klingle, die Tür geht auf, und Laura springt mir entgegen? Ich muss sie auffangen und festhalten, sonst fällt sie auf die Fliesen. Vielleicht freut sich die Mutter, diese Evelien, ja, wenn ich anbiete, etwas mit Laura zu unternehmen. An einem fixen Tag auf sie aufzupassen. Was, wenn es einfach wieder gut wird, ganz von selbst?

Sie merkt, dass sie verächtlich schnaubt. »Was du jetzt ausgibst, um dieses Cello vor Diebstahl zu schützen, möchte ich lieber selbst bezahlen«, sagt sie. »Ich wohne hier schließlich. Jetzt. Ist doch so, oder?«

Zu ihrem Erstaunen geht er auf ihre Frage ein. »Ja, so sieht es wohl aus. Besser, wir hocken uns eine Zeitlang nicht so auf der Pelle. Aber das ist vorübergehend. Wenn hier alles vernünftig angelegt ist, könnte ich wieder zurückkommen. Dass du die Sicherheitsvorkehrungen bezahlst, kommt gar nicht in Frage. Ich kann das von der Steuer absetzen.«

Dagegen lässt sich nichts ausrichten. Er ist unbeirrbar, wenn er sich etwas in den Kopf gesetzt hat. »Ich habe Heleen getroffen«, sagt sie unvermittelt. »Sie war total verändert. Dünn. Komisch. Sie befasst sich jetzt mit Alter Musik, Drehleiern, Zinken, Blockflöten. Sie klebt in einem Fitnesscenter Pflaster auf Wunden und hat ganz kurze Haare. Rot. Sie wollte nichts von mir wissen, wich jedem richtigen Gespräch aus.«

Heleen traut sich, offen einzugestehen, dass sich alles verändert hat. Wir nicht. Wir hocken immer noch in diesem Haus herum, Jochem macht mit dem weiter, was er immer schon gemacht hat, und ich kann keinen Abstand gewinnen, nicht wirklich, nicht aktiv. Ich flüchte mich in den Stillstand.

Jochem hat kein Interesse an ihrer Begegnung mit Heleen. Er schaut auf den Grundriss, auf seine Armbanduhr, durchs Fenster. Dann steht er auf, um sich mit den Handwerkern zu verständigen.

11

Die hohen Wohnblöcke stehen im Kreis um einen gepflasterten Platz. In der Mitte ist die Pflasterung aus Gummi, ein sicherer Untergrund für Klettergerüste und Schaukeln. Da und dort ist im Stein eine runde Fläche ausgespart, um mickrigen Bäumchen Raum zu geben. Carolien betritt den Platz und fühlt sich aus Hunderten von Fenstern beäugt. Sie ist zu Fuß gegangen, durch die ganze Stadt, ans Wasser, über die Brücke auf diese zubetonierte Stadtinsel. Ihr ist warm, und sie setzt sich auf eine Steinbank an dem verlassenen Spielplatz.

Wer mag sich wohl dafür entscheiden, hier zu wohnen? Frisch Geschiedene, denkt sie. Mit Kindern; sie hat von der Brücke aus eine Schule gesehen, an den Fenstern klebten bunte Malarbeiten. All diese einsamen Eltern in ihren Schuhkartonwohnungen, mit diesen tristen kleinen Balkonen, auf die sie einen Blumenkübel, einen Stuhl, einen Wäscheständer gestellt haben. Zum Heulen. Ein kleines Heer wackerer Matrosen, die nach dem Schiffbruch in ein Rettungsboot klettern und weiterfahren. Gut, es ist etwas beengter als gewohnt, wir mussten das eine und andere zurücklassen, und ein paar Leute sind weggefallen, die jetzt anderswo vor ihrer Tür sitzen, aber der Horizont ist derselbe geblieben, und auf den halten wir zu.

Ob Laura in der Schule ist? Ob sie nachher mit ihrem Rucksack über den Platz gelaufen kommt? Ach wo, Kinder gehen nicht mehr allein von der Schule nach Hause. Sie werden von Eltern, Großeltern, Aufpassern abgeholt und dürfen erst zur Tür raus, wenn die Lehrerin den Abholer identifiziert hat. Apartmentnummer 238, ich muss bei jedem Eingang danach suchen. Auf die Klingel drücken, erklären, wer ich bin, sagen, was ich will; sie wird mich bestimmt nicht mehr erkennen. Sie sind natürlich nicht zu Hause. Evelien arbeitet, irgendetwas bei der Stadt oder so, Finanzverwaltung und Schuldnerhilfe, und Laura ist in der nachschulischen Betreuung, wo sie geduldig oder zermürbt auf ihre Mutter wartet.

Carolien erhebt sich, um die Eingänge zu inspizieren. Schon beim ersten wird sie fündig, und das macht ihr Mut. Dritter Stock, sieht sie, aber zunächst muss sich die Tür zum Treppenhaus öffnen. Wieder hat sie Glück, denn ein Mann mit leeren Einkaufstaschen in der Hand kommt die Treppe herunter und lässt sie hineinhuschen, als er selbst nach draußen geht. Sie rennt nach oben und bleibt keuchend vor der Wohnungstür stehen. Gummistiefelchen, Kinderfahrrad, Kokosmatte. Sie versucht, ihre Atmung unter Kontrolle zu bringen. Ich freue mich, denkt sie verwundert, ich erwarte, dass Laura beglückt sein wird, mich zu sehen, dass sie sich an unsere Spiele erinnert, was wir zusammen im Park gesehen haben, im Museum, auf der Straße. Dass ihr das alles so gefehlt hat, wie es mir fehlt. Aber vielleicht ist sie auch böse, dass ich es jetzt erst fertigbringe, sie zu besuchen? Verbittert, weil ihre Sehnsucht unerfüllt geblieben ist? Das Zeiterleben kleiner Kinder ist so anders, wenn sie mich sieht, wird es ihr so vorkommen, als sei überhaupt keine Zeit vergangen. Schon während Carolien dieser Gedanke durch den Kopf geht, zieht sie die Annahme in Zweifel. Aber es ist egal, die Vorfreude bleibt, und sie führt die Hand, die Hand ohne kleinen Finger, zum Klingelknopf.

Evelien macht auf, und einen Moment lang stehen die

Frauen da und sehen sich stumm und erstaunt an. Evelien ist barfuß und trägt eine unförmige Hose und ein verwaschenes altes Shirt. Ein freier Tag wahrscheinlich, denkt Carolien. Ein bisschen in der Wohnung aufräumen, kein anstehender Besuch, keine Verpflichtungen heute.

»Hallo«, sagt sie, während sie die rechte Hand hinter ihrem Rücken verbirgt. »Entschuldige, dass ich dich so überfalle. Jemand hat mich unten reingelassen. Ich bin Carolien, wir sind uns schon mal begegnet. Ich habe immer auf Laura aufgepasst, wenn sie bei ihrem Vater war. Bei Hugo. Auf dem Hausboot.« Mehr weiß sie nicht hinzuzufügen. Evelien sieht sie unverwandt an, mit freundlichem Blick aus grauen Augen.

»Ja«, sagt sie schließlich. »Komm rein.«

Carolien tappt über die Schwelle, auf einmal unbeholfen und verwirrt. Was tue ich hier, was soll ich sagen, sieht sie meine Hand – pass auf, dass solche lähmenden Überlegungen dein Vorhaben nicht zum Scheitern bringen. Weg damit, das nützt dir nichts. Einfach hinter dieser Jogginghose in die Küche laufen, hinsetzen, nicht denken, nicht so.

Ja, einen Kaffee nimmt sie gern, und während Evelien sich darum kümmert, schaut sie sich um. Mit kleinen Magneten am Kühlschrank befestigte Kinderzeichnungen, ein Band *Jip en Janneke* aufgeschlagen auf dem Tisch, eine Kinderschürze, neben den Geschirrtüchern aufgehängt.

»Wohnst du schon lange hier?«, fragt Carolien. Man muss doch irgendwas sagen, wenn man einfach bei jemandem hereinplatzt. Meine Hand stecke ich in die Jackentasche. Warum reagiert sie nicht? Evelien dreht sich um, die Kaffeebecher in den Händen, die sie auf den Tisch stellt. Milchkännchen dazu. Sie nimmt Carolien gegenüber Platz. Gelächelt hat sie noch nicht ein einziges Mal.

»Zwei Jahre etwa. Die Häuser waren gerade neu gebaut.« Stille.

Jetzt dranbleiben, denkt Carolien. Ich bin schon so weit gekommen, jetzt darf ich es nicht dabei belassen. Früher konnte ich doch auch Gespräche mit Patienten führen, Fragen stellen, etwas erklären. Nicht nachdenken, einfach den Mund aufmachen und raus mit der Sprache.

»Laura fehlt mir. Deshalb bin ich gekommen. Ich sah sie jede Woche, wir haben etwas zusammen unternommen, sind irgendwo hingegangen, haben gespielt. Seit dem Drama auf dem Boot habe ich sie nicht mehr gesehen. Ich möchte gern wissen, wie es ihr geht.«

Evelien hat sie nur unverwandt angesehen. Sie wird sich fragen, was mich das angeht, denkt Carolien. Wie ich von Fehlen sprechen kann, was ich mit dem Kind einer anderen zu schaffen habe. Ich wäre an ihrer Stelle auch misstrauisch und ablehnend. Sie wird Hugo vermutlich vorwerfen, dass er ihre Tochter in Gefahr gebracht hat, sie wird wohl nicht wissen, dass ich noch versucht habe, sie zu beschützen, als dieser Irre mit ihr als Geisel in einem Auto abhauen wollte. Aber es spielt auch keine Rolle, alles ist fehlgeschlagen, das Unheil war nicht aufzuhalten.

»Wo ist Laura jetzt, ist sie hier?«

»In der Schule«, sagt Evelien. »Die Mutter einer Freundin bringt sie später nach Hause.«

Jetzt bemühe dich, das Gespräch in Gang zu halten. Sie soll weiterreden. Stell konkrete Fragen, auf die eine Antwort kommen kann.

»Geht es ihr gut?«

Evelien schaut über Carolien hinweg und schüttelt den Kopf. »Wie geht es dir eigentlich? Und deinem Mann?«, fragt sie.

Gegenleistung erwünscht. Gern vorab zu erbringen. Na schön. Mit Jochem anfangen. Es muss sein, wo ich schon hier sitze, will ich mich auch durchbeißen.

»Nicht so gut. Er verschanzt sich. Ist ängstlich geworden. Und arbeitet wie verrückt. Wir verlieren ein bisschen den Kontakt zueinander.«

Evelien nickt und sieht sie weiterhin schweigend an.

»Und ich tue eigentlich gar nichts.« Sie legt die rechte Hand auf den Tisch. »Mein kleiner Finger ist weg. Ich arbeite nicht mehr. Schau mal. Eine gruselige Hand ist das geworden. Vielleicht jagt sie Laura auch Angst ein. Spricht sie manchmal über diese Nacht?«

Wenn sie mich jetzt bloß nicht beschwichtigt. Wie alle anderen. Dass man mit vier Fingern genauso viel machen kann wie mit fünf. Dass man durchaus ohne diesen dummen kleinen Finger arbeiten und spielen kann. Dass ich mich anstelle. Dass ich mal an die Opfer von Verkehrsunfällen denken soll, die ein Bein oder einen ganzen Arm verlieren.

Aber Evelien schaut mitfühlend auf die verstümmelte Hand. »Oh, wie schlimm«, sagt sie. »Es dauert bestimmt lange, bis du dich daran gewöhnt hast. Hat man dich von der Arbeit beurlaubt? Du bist doch Hausärztin, nicht?«

»In einer Gemeinschaftspraxis. Die anderen müssen härter arbeiten, solange ich nichts tue. Oder teure Vertretungen anheuern. Ich glaube, ich muss kündigen. Das geht so nicht. Von Zeit zu Zeit werde ich zum Vertrauensarzt zitiert. Beim letzten Mal hat er mich für arbeitsfähig erklärt, er fand, ich sei voll funktionstüchtig. Weil mich das so erschreckt hat, hat er mir noch einen Monat gegeben. Der ist jetzt fast um.«

»Schema F«, sagt die Frau ihr gegenüber. »Schema F und Scheuklappen. Nach so was hat man eine posttraumatische

Belastungsstörung. Da können sie einen ruhig krankschreiben.«

Carolien nickt. »Das wollte er nicht, weil ich mich einer Behandlung verweigerte, wie er meint. Stimmt auch. Er hatte mich an so einen Therapeuten überwiesen, der einen schillernden Stein vor deinen Augen hin- und herpendeln lässt, während du an das Allerschlimmste denkst. Ich bin nicht hingegangen.«

Was schwatze ich denn, denkt sie. Ich erzähle wer weiß was, wo ich sie doch kaum kenne. Sie ist ruhig, sie rührt sich nicht. Das Gegenteil von Hugo, der war immer in Fahrt und änderte ohne vorherige Ankündigung den Kurs. Das hat sie bestimmt verrückt gemacht.

»Sieht Laura ihren Vater noch?«

Evelien schüttelt den Kopf. »Hugo ist in letzter Zeit schwer greifbar. Viel auf Reisen, ein Projekt nach oder zeitgleich mit dem anderen. Soweit ich überhaupt weiß. Die Sorge für ein Kind passt da nicht so gut rein. Kein geregeltes Leben. Er hat eine kleine Wohnung, wo er sich aber selten aufhält. Hast du keinen Kontakt mehr zu ihm?«

»Es ist meine eigene Schuld«, sagt Carolien. »Ich rufe ihn nicht an. Ich tue nichts. Er ist mein bester Freund, aber ich tue nichts.«

»Laura hat jetzt Angst vor Wasser. Papa wohnt nicht mehr auf dem Wasser, sage ich zu ihr. Du kannst dich auch unten auf dem Platz mit ihm treffen. Sie will nicht. Ich lasse es vorerst auf sich beruhen. Wenn wir mit dem Fahrrad von der Insel runterfahren, macht sie auf der Brücke die Augen zu. Meine Eltern haben ein Haus am Meer, da hat Laura oft übernachtet, sie fand es herrlich dort. Jetzt nicht mehr, sie will das viele Wasser nicht sehen. Meine Eltern gehen mit ihr in den Wald oder in den Tierpark. Sie verstehen das.«

Man sehe mich hier sitzen, denkt Carolien. Ein richtiges Gespräch, wie lange ist das her.

»Redet sie manchmal über das, was passiert ist?«

»Sie hat geträumt. Albträume, sie hat geweint und geschrien. Sie sah ihr Puppenhaus im Wasser treiben. Dass es kaputt war. Das hat sich jetzt zum Glück gelegt. Aber an Schwimmunterricht ist vorläufig nicht zu denken, fürchte ich. Nein, sie redet nicht.«

»Erwähnt sie mich hin und wieder mal?«

Es klingelt an der Tür, bevor Evelien antworten kann. »Das wird sie sein«, sagt sie, während sie aufsteht, um die Tür zu öffnen. Carolien hört sie mit der Frau sprechen, die Laura nach Hause gebracht hat, und lauscht auf die Geräusche, die vom Flur herüberdringen: Schuhe aus, Rucksack auf den Boden, Verabschiedung, Tür zu. Dann Schritte, zwei Arten, schwer und leicht. Sie schaut auf und sieht das Mädchen an der Schwelle zur Küche stehen. Größer, als sie dachte.

»Tag, Laura, da bin ich wieder.«

Das Kind macht einen Schritt zurück und lehnt sich gegen seine Mutter. »Komm mal mit rein«, sagt diese, »eine Limonade trinken, geh ruhig.«

Laura schüttelt den Kopf und klammert sich an Eveliens Beinen fest. Ihre Füße weichen nicht von der Stelle. Carolien fängt kurz ihren Blick auf; dann schlägt Laura die Augen nieder. Evelien löst sich von ihr. »Dann geh mal in deinem Zimmer spielen.« Pfeilschnell verschwindet das Mädchen hinter einer Tür, die es mit einem Knall zuschlägt.

Bedrückt sitzt Carolien am Tisch. Sie sieht den besorgten Ausdruck in Eveliens Gesicht und erwägt, die Flucht zu ergreifen, niemanden mehr zu belästigen und in Verlegenheit zu bringen. Sie soll mich rauswerfen, sonst fang ich noch an zu heulen, sie soll nicht so ruhig, so nett sein.

Evelien legt ihre Hand auf die Caroliens. »Es ist zu früh. Du darfst dir das nicht so zu Herzen nehmen.«

Wie von der Tarantel gestochen zieht Carolien ihre Hand weg und springt auf.

»Oh, entschuldige«, sagt die andere, »die falsche Hand, sehe ich.«

Blind vor Tränen stürmt Carolien aus der Wohnung, die Treppen hinunter, auf den Platz hinaus.

12

Jochem wird von anhaltendem Telefonklingeln geweckt. Nicht reagieren, denkt er. Das eigene Tempo beibehalten. Erst als er frisch gewaschen beim Kaffee sitzt, Fenster offen, Zeitung auf dem Tisch ausgebreitet, hört er seine Mailbox ab. »Hier Hugo. Kannst du mich zurückrufen? Ciao!«

Er zieht die Brauen hoch. Was ist das nun wieder. Kunden ruft er immer gleich zurück, wenn man ein Geschäft hat, muss man zur Verfügung stehen. Ist Hugo ein Kunde? Ein Freund? Das war er jedenfalls einmal. Jahrelang mit ihm Quartett gespielt, Gespräche geführt, sie haben sich gut gekannt. Ursprünglich war Hugo natürlich Caroliens Freund, noch aus ihrer Zeit am Konservatorium, aber Jochem hat ihn schon bald als gemeinsamen und vertrauten Bekannten betrachtet. Er ist auch ein Kunde. Eine schöne Geige hatte er, die Jochem dann und wann reguliert und mit neuen Saiten versehen hat. Nach der Explosion im Wasser verlorengegangen. Jammerschade.

Jochem fand immer, dass Hugo ein schlampiger Bastler war. Originelle Pläne für Umbauten an seinem Boot, aber nachlässig und lax umgesetzt. Etwas auszutüfteln machte ihm mehr Spaß als die Verwirklichung. Es war nett, mit ihm über Holzarten und Reibungskräfte zu fachsimpeln. Nichts schreckte ihn ab, nichts war ihm zu verrückt – anstrengend, aber auch befreiend, jemand, der außerhalb von Regeln und Gewohnheiten denken konnte. Was er jetzt wohl macht, wo dieses Musikzentrum, in dem er arbeitete, stillgelegt wurde? Neugierde treibt Jochem dazu, zum Telefonhörer zu greifen und zurückzurufen.

»Du hast doch ein neues Atelier, nicht?«, fragt Hugo, als ob nichts passiert wäre und sie sich erst kürzlich noch gesehen hätten. »Passt es dir, wenn ich vorbeikomme? Ich möchte etwas mit dir besprechen. Bin kurz im Land, morgen wieder weg.«

Er ist wohl draußen auf der Straße, Jochem hört schwere Motoren röhren, Hupen, eine Fahrradklingel. Er schlägt den großen Terminkalender auf. »In Ordnung. Wenn du jetzt gleich kommst, habe ich Zeit«, sagt er über den Verkehrslärm hinweg.

Vielleicht will er eine Geige haben. Dass ich ihm eine baue. Dass wir gemeinsam überlegen, welches Modell, welches Holz, welchen Klang er sucht. Wo er wohl morgen hinmuss, wohnt er nicht mehr hier? Er war nicht bei der Beerdigung, sagte Carolien, schon eigenartig, denn er kannte van Aalst, hat jahrelang Ensemble-Seminare bei ihm gehabt. Ich werde es wohl gleich hören. Tolles Holz habe ich hier liegen, ich könnte gleich für ihn loslegen. Jochem läuft durchs Atelier und streichelt die Holzblöcke sachte im Vorübergehen. Holz mit innerer Verheißung. Es ist an ihm, die ans Licht zu holen. Nichts Schöneres als das.

Hugo meldet sich beim Pförtner, und Jochem sieht seine Gestalt auf dem kleinen Schirm an der Tür. Hager, wie immer. Hugo ist Jogger. Die Haare etwas länger, dunkle Schatten auf Wangen und Kinn. Jochem geht nach unten und begrüßt seinen Freund. Seinen einstigen Freund. Alles hat sich verändert, und es fragt sich, was von der Freundschaft übrig ist. Es fängt gut an, Hugo scheint sich aufrichtig zu freuen, ihn zu sehen.

»Nobel, nobel, Mann«, sagt er, »imposantes Gebäude, prima Sicherheitsvorkehrungen. Hier kann dir nichts passieren.« Jochem nimmt ihn mit nach oben. Dort fährt Hugo mit seinen Komplimenten fort, während er durch das ganze Atelier läuft. In der kleinen Küche nimmt er Platz. Jochem bleibt stehen, an die Spüle gelehnt. Nichts sagen, denkt er, lass ihn mal kommen. Ich warte und schau's mir an. Dass Bettwäsche auf der Couch liegt, hat er bestimmt gesehen. Dass ich hier eine Art Haushalt habe, auch. Na und? Vielleicht bin ich jetzt genauso ein Vagabund wie er, einer, der seine Autonomie nicht aufgeben will, der sich nicht von den Nöten eines anderen auffressen lassen will. Das müsste er verstehen.

»Was sagt Carolien dazu?«, fragt Hugo, als er sich zur Genüge umgeschaut hat. »Ist ja eine ziemliche Veränderung nach all der Häuslichkeit früher. Die Werkstatt im eigenen Anbau, immer zu Hause, nie allein. Habt ihr euch getrennt, oder hält die Ehe noch? Hat sie dich rausgeschmissen, oder hast du dir selbst gesagt, dass du besser gehst?«

Jochem schnaubt. »Viele Fragen auf einmal. Ich weiß es nicht. Ich finde nicht, dass es Carolien gutgeht, aber wenn du's genau wissen willst, musst du mit ihr reden, nicht mit mir. Ich dachte, du wolltest mich wegen irgendwas sprechen?«

Hugo bleibt auf seiner Schiene. »Hier bist du sicher, hier kann dich niemand überfallen. Das ist gut. Ich hörte übrigens, dass van Aalst nun doch gestorben ist. Nimmt sie das sehr mit? Ich hab's nicht fertiggebracht, zur Beerdigung zu gehen, das wollte ich mir echt ersparen, so traurig und einsam, wie er war. Bist du da gewesen?«

»Nein. Carolien hat sein Cello geerbt. Es steht noch hier, ich bring's ihr heute Nachmittag. Hab zuerst das ganze Haus verbarrikadieren müssen, wegen der Versicherung.«

Hugo ist kurz still. Ich sollte ihm einen Kaffee anbieten, denkt Jochem, tut aber nichts, sondern bleibt an seiner Spüle stehen. Dann fragt er Hugo, womit er gerade beschäftigt sei.

»Projekte«, ist die Antwort. »Du kannst dir nicht vorstellen, was es auf dem Gebiet alles zu tun gibt. Niemand kriegt mehr Subventionen in der Musikwelt, also muss alles auf Projektbasis laufen. Die Leute kaufen zwar keine Abonnements mehr, aber sie wollen auf Festivals gehen. Planung, Kostenvoranschlag, Zuschussanträge. Damit kann man sich 'ne goldene Nase verdienen, wenn man erst mal weiß, wo's langgeht. Die Musiker kriegen das selbst nicht hin, denn da muss man rechnen und schreiben können. Das tue ich für sie. Einzelne Konzerte, kleine Festivals, Crossover-Performances, Meisterklassen. Ganz verschiedenartige spezifische Zielgruppen, du musst echt was von dem Gebiet verstehen. Ausland mache ich auch. Da kommen sie mal woandershin. Deutschland ist einfacher, da hat man noch ein bisschen Achtung für den Künstler übrig. Und mehr Geld.«

»Was hab ich damit zu tun? Oder willst du ein Geigenbauerseminar organisieren? Das will ich doch nicht hoffen.«

»Gar keine schlechte Idee. Für später. Nein, ich hab in China ein paar Sächelchen angeleiert. Da wissen sie rein gar nichts und wollen alles Mögliche. Hauptsache, es kommt aus dem Westen, dann ist es gut. Shanghai, da fange ich an. Sie haben mir ein Büro zur Verfügung gestellt, ich organisiere ein Festival. Zusammenführung! Lauter blutjunge kleine Virtuosen vom dortigen Konservatorium, kombiniert mit gewieften Musikern von hier. Die Kleinen können alles, und die alten Hasen wissen, wie es sein soll. Kein großes Festival. Danach werde ich das Ganze erweitern, einheimische Instrumente mit reinnehmen, Ost und West, weißt du, alles Neuland. Es macht Spaß.«

Jochem brummt vor sich hin und nickt. »Was willst du eigentlich von mir?«

»Das Konservatorium dort ist super. Ich habe einen guten Draht zur Leitung und zu ein paar Dozenten. Die Kinder, die da studieren, haben miserable Instrumente. Aus Sperrholz. Oder Karbon. Daher kam ich auf die Idee: Export deiner Geigen.« Er verstummt kurz.

Jochem hat die Kaffeemaschine angemacht und lauscht dem Brodeln. »Ist die Sprache kein Problem?«

Hugo lacht. »Und ob. Von deren Englisch verstehst du kaum eine Silbe. Aber sie haben mir eine Assistentin zur Verfügung gestellt, mit einem Namen, den ich mir nicht merken kann. Ich nenne sie Corrie. Die nehme ich überallhin mit, als Dolmetscherin. Macht sie hervorragend.«

Als sie Kaffee trinken, erzählt Hugo weiter. Er habe ein Apartment in der Französischen Konzession, einem westlich angehauchten, schönen Viertel mit Platanen und breiten Gehwegen, wo die Chinesen den ganzen Tag auf ihren niedrigen Stühlchen hockten und Ma-Jongg spielten oder Teigbällchen frittierten. Die Wäsche hänge quer über der Straße. »Ich dachte anfangs, das seien Klamottenläden, echt. Secondhand. Hat was Heimeliges. Mein Festival ist auch in dem Viertel, da stehen tolle Prachtbauten, alte Hotels mit riesigen Räumen für die Konzerte. Bleiglasfenster, Garten im Parkformat drum rum. Hinter so 'ner schicken Straße ist dann wieder ein Armenviertel, wo im Grunde nur Hütten stehen. Waschplätze dazwischen. Da wird die Wäsche gewaschen und das ganze komische Zeug abgespült, das sie essen. Und dann der Nassmarkt! Je davon gehört? Da kannst du lebende Frösche und Schlangen kaufen. Ein Gestank! Aber die alten Weiblein stiefeln höchst zufrieden mit zappelnder Plastiktüte davon.«

Jochem hört dem arroganten Gewäsch nur halb zu und ist in Gedanken bei den Geigen. »Wie stellst du dir das vor, mit den Instrumenten?«, fragt er schließlich.

Hugo verkündet, dass er, wenn er morgen wieder abreise, gern eine Geige mitnehmen würde. »Wenn du etwas dahast, was du erübrigen kannst. Die Streicherklasse drüben wird begeistert sein. Übermorgen hab ich einen Termin beim Vorsitzenden der Fachgruppe.«

»Mit Corrie natürlich«, fügt Jochem hinzu. »Nimmt sie es nicht übel, dass du sie so nennst?«

»Sie nennt mich Hong, weil Hugo ihr zu schwierig ist. Offenbar ist das also okay. Sie hört auch schon darauf, denn sie reagiert immer sofort. Fabelhafte Frau. Ohne sie wär ich verloren.« Er schwadroniert weiter, was er alles vorhabe. Vielleicht Tanz dazu, das ginge auch, wie Musik ohne Sprache. Chinesische Tanztruppen, westliche Tänzer, gemeinsame Projekte. Zuschauer zu gewinnen sei eine Sache für sich, junge Leute könne man mühelos über Universitäten und sonstige Ausbildungsgänge animieren, aber die Alten schienen lieber zu Hause zu hocken. »Genau andersherum als bei uns. Da muss ich mir noch Verführungsstrategien einfallen lassen.« Er habe spektakuläre Möglichkeiten im Auge; Akrobaten zum Beispiel, er habe einen Mann gesehen, der einen gigantischen Steintopf auf seinem Kopf kreiseln lasse – dazu ein experimenteller Schlagzeuger, top! Auftritte auf dieser Insel, wo die Weltausstellung gewesen sei, auf Schiffen auf dem Fluss, in einer leeren Fabrikhalle.

Jochem streunt unterdessen durchs Atelier, um eine Geige auszusuchen. Er schlurft mit einem Instrument zu Hugo. »Probier die mal aus. Die hab ich neulich aus dem Nachlass eines verstorbenen Kunden zurückgekauft, weil das eine ganz hübsche Geige ist, wie ich finde.« Er spannt den Bogen, während Hugo die Saiten anzupft. Dann reicht er ihm den Bogen und zeigt zur anderen Seite des Ateliers. Hugo marschiert mit der Geige unter dem Arm davon.

Jochem lässt sich seufzend in seinen Sessel sinken. Er hört, wie Hugo stimmt, die offenen Saiten anstreicht, eine Tonleiter spielt, einen Dreiklang. Er horcht mit dem Ohr des Erbauers – ist der Klang über die Saiten hinweg ausgewogen, vibriert etwas mit, ist die E-Saite nicht zu schrill? Da alles in Ordnung ist, nickt er leise.

Auf einmal strömt eine liebliche, tänzerische Melodie durch die Werkstatt. Jochem erschrickt. Letzter Satz des d-Moll-Quartetts, denkt er, Mozart, schön. Wie oft haben wir das zu viert gespielt, wie wichtig war uns das. Er hat sich gerade aufgesetzt, die Arme auf den Sessellehnen. Das Lied schwingt durch den Raum, ruhig, atmend. Er klammert die Hände um das Holz, bis die Fingerknöchel weiß hervortreten. Tränen laufen ihm über die Wangen, er lässt es geschehen, er merkt es gar nicht, er lauscht nur.

13

Es klingelt. Bevor sie richtig nachgedacht hat, steht sie schon an der Haustür und öffnet sie mit einer Bewegung der linken Hand. Jochem steht vor dem Eingang, den Arm um einen mächtigen Cellokasten. Er blickt verärgert.

»Die Riegel und Zusatzschlösser sind nicht für nichts da. Du musst vorher durchs Fensterchen gucken, und erst wenn alles okay ist, darfst du die Stiftschlösser aufschließen. Sonst hat das keinen Sinn.«

Er poltert mit seiner Fracht herein und geht gleich in die alte Werkstatt weiter. Carolien setzt sich in die Küche. »Möchtest du etwas trinken?«, fragt sie, als er zurückkommt. »Bier, Wein?«

»Gib mir mal ein Bier. Ich hab neue Saiten aufgezogen, die hatte ich gerade reinbekommen. Der Bogen von Reinier ist ziemlich schwer. Aber schon sehr schön für dieses Instrument. Ich hab noch einen leichteren dazugelegt, falls dir das am Anfang lieber ist. Sie sind beide im Kasten.«

Du musst, sagt er; am Anfang, sagt er. Als stünde der Übungsplan schon fest. Gar nicht darauf eingehen, das ist am besten. Sie erhebt sich, um zwei Dosen Bier aus dem Kühlschrank zu holen. Schweigend sitzen sie beieinander.

»Hugo kam heute vorbei, er arbeitet jetzt in China, wusstest du das?«

Verblüfft sieht Carolien ihn an. »Was macht er denn da? *Lebt* er dort?«

Jochem erzählt und zieht eine Visitenkarte aus seiner Tasche, die er auf den Tisch legt. Zwischen Unmengen chinesischer Schriftzeichen steht Hugos Name in normalen Buchstaben. Zwei Adressen. Jochem deutet darauf.

»Hier unten steht seine Privatadresse, glaube ich. Diese Nummer hier dürfte also die von seinem Mobiltelefon sein. Die andere Adresse, hier oben, ist die von seinem Büro. Wenn du diese Nummer wählst, meldet sich eine Frau. Er nennt sie Corrie.«

Carolien studiert die proppenvolle Karte. Die Linien der Schriftzeichen sind dünn wie Fliegenbeinchen. Was für eine Fülle von Informationen, kaum zu glauben, dass Chinesen daraus schlau werden können. Egal wie, es ist ein Lebenszeichen. Hugo existiert noch. Sehr weit weg zwar, aber er ist da.

Jochem hat sich erhoben. Er schaut sich um; sie sieht, dass sich Befriedigung auf seinem Gesicht abzeichnet, als er die verbarrikadierten Fenster inspiziert. Er hat mich eingesperrt, hat mir etwas zu tun gegeben, hat getan, was er als seine Pflicht erachtet. Denkt er nie zurück, wie es war? Fehlt ihm die Freundschaft, die Musik? Hat er böse Träume vom Wasser, das alles überflutet und verschlingt? Fürchtet er sich vor einem Psychopathen mit Hackebeil? Ja, Letzteres ganz bestimmt, aber er hat dieser Angst die Stirn geboten und etwas dagegen unternommen. Und das andere, die Verlustgefühle?

Ich bin so müde, dass ich nicht mal Worte finden kann, um ihn zu fragen, wie es für ihn war, Hugo zu sehen. Was soll aus uns werden? Nichts, nichts braucht zu werden, wir sind schon etwas, wie jämmerlich auch immer. Aus uns? Ich denke das aus alter Gewohnheit, denn es fühlt sich nicht so an, als wären wir noch richtig verbunden. Ganz tief drinnen vielleicht, aber da komme ich nicht heran. Was dem im Weg steht, ist seine Manie, alles mit Gittern zu verrammeln, sein Eifer, mich dazu zu bringen, meine Tage mit Dingen auszufüllen, die er für sinnvoll hält. Meine eigene Lustlosigkeit, Schweigsamkeit, Lahmheit.

Sie zündet sich eine Zigarette an. Kritischer Blick von Jochem. Dann zuckt er die Achseln und schiebt ihr den Aschenbecher hin. Na so was.

»Wie war das Wiedersehen für dich? Habt ihr über das, was passiert ist, gesprochen?«

Jochem schüttelt den Kopf. »Nein, nein. Es ging um seine Vorhaben, um Geigen, um das neue Atelier.« Er klingt gereizt. »Wenn du mehr wissen willst, solltest du ihn mal selbst anrufen.«

Er hat sich nicht wieder gesetzt, sondern läuft um den Tisch herum und strahlt Ungeduld aus, Unruhe. Ich muss ihn nach seinen Plänen fragen. Was er will. Er will, dass ich in die Praxis zurückgehe, das weiß ich genau. Damit ich etwas habe, was meine Gedanken intensiv beschäftigt. Aber meine Gedanken sind damit beschäftigt, ein Kündigungsschreiben zu formulieren. Er will, dass ich diese freundliche Frau vom Streichertrio aufsuche, um neu streichen zu lernen. Ich sehe es vor mir, wie ich mit Reiniers Cello zu ihr fahre, aus dem Auto steige, hineingehe, auspacke – ich sehe es, aber es ist mir unmöglich zu fühlen, dass *ich* das bin, die dort auf dem Stuhl sitzt, dass ich mit meiner dürren Hand den Bogen annehme, den sie mir mit ermunterndem Lächeln reicht. Nein, das ist das falsche Theaterstück. Eine Rolle, der ich nicht gewachsen bin.

Er hat seine derben Bergschuhe an und stampft damit herum. Darin habe er bei der Arbeit einen angenehm festen Stand, sagte er immer. Den Beitel ins Holz treiben, hobeln, Kraft ausüben. Hinter ihren Gedanken weiß sie etwas Eigenartiges, Überraschendes, Ungewohntes, das sie wahrgenommen, aber nicht bewusst durchdacht hat. Erst vor kurzem, was war da noch, das muss ich mir vergegenwärtigen können, dement kann ich doch noch nicht sein. Sie schließt die Augen und versucht zurückzudenken. Er hat geklingelt! Beinahe lächelnd schaut sie auf Jochems Rücken. Er hat die Schlüssel zu diesem Haus, das immer auch sein Haus war, nicht benutzt. Warum amüsiert mich das, so lustig ist das doch gar nicht? Er hat geklingelt. Er hat gewartet, bis ich aufmachte. Es wurde mir überlassen, ob er willkommen war. Ein Gefängniswärter ohne Schlüssel.

»Setz dich doch«, sagt sie. »Trink dein Bier aus.« Er pflanzt die Schuhe unter den Tisch und legt die kräftigen Arme auf die Tischplatte. Er sieht sie an.

»Habe ich als Einzige die Schlüssel von diesem Haus?«, fragt sie nach einer lastenden Stille. Die hält noch etwas länger an, Jochem ist in Gedanken versunken. Schließlich nickt er bestätigend. »Das halte ich für das Beste, zumindest vorläufig. Ich wohne dort, du wohnst hier. Zusammen geht es im Moment nicht. Ich hab zwar die Schlüssel, aber ich möchte dich nicht überfallen.«

Er hat recht, denkt Carolien. Und er traut es sich auch zu sagen. Ich ärgere mich über seine guten Absichten, seinen Tatendrang. Er ist wütend über mein Unvermögen, mich zu etwas aufzuraffen. Er sagt zu allem, wozu ich nein sage, ja. »Möchtest du die Scheidung?«

»Das können wir uns später überlegen«, sagt er missmutig. »Weißt du, wie die Schlösser funktionieren, auch an den Fenstern oben? Dann geh ich jetzt.«

Sie stehen beide auf. Jochem zeigt auf den großen Schlüsselbund, der auf der Arbeitsplatte liegt. Carolien nimmt ihn auf. An der Tür wendet sich Jochem ihr zu und hebt den Arm, als wolle er ihr Gesicht berühren, lässt ihn aber wieder sinken. »Schließt du gut ab?«

Sie nickt. Sie schaut ihm nach und sieht ihn in seinen Bergschuhen den Gartenweg hinunterlaufen. Als er hinter der Hecke verschwunden ist, macht sie die Tür zu. Ein Schlüssel für das normale Schloss, zwei verschiedene für die Stiftschlösser oben und unten, Riegel, eine Kette. Die Alarmanlage fasst sie nicht an. Langsam zurück in die Küche. Dosen in den Abfalleimer, Aschenbecher ausleeren. Er will nur mein Bestes, er weiß besser, was das Beste ist, als ich. Er hat geklingelt, er hat mir zu verstehen gegeben, dass er mich hier in Ruhe zu lassen versucht. Jetzt bin ich wirklich allein.

Sie steht erhobenen Hauptes mitten in der Küche. Ihr ist, als glitten alle Bindungen, alle Pflichten und Erwartungen von ihr ab. Wirklich allein. Wie früher, als ich im Schwimmbad auf dem hohen Sprungbrett stand. Sommer, freier Nachmittag, die Mädchen liegen auf dem Rasen, die Jungs krakeelen in dem trüben Wasser da unten und tauchen sich gegenseitig unter – und ich ganz da oben habe mit alldem nichts zu tun, muss rein gar nichts. Sie hat noch den Geruch des Wassers in der Nase.

Ich muss mich selbst befreien, denkt sie. Herausfinden, ob all das, wozu andere mich drängen, auch für mich wichtig ist. Wie kann ich das abwägen, wenn ich gar nicht an das herankomme, was ich selbst will? Wenn ich ehrlich bin, interessiert es mich überhaupt nicht. Vor dem Drama habe ich mich über wer weiß was aufgeregt – den schändlichen Umgang mit alten Menschen, das pervertierte Gesundheitswesen, die Geringschätzung vor der Kultur, die Arroganz der Regierenden. Ich weiß noch, dass ich erbost und verärgert war, aber ich spüre es nicht mehr. Es ist wie die Erinnerung an Schmerzen. Die spürt man hinterher auch nicht mehr, kann nur erzählen, dass etwas wehgetan hat, als Tatsache, als

Feststellung. Das ist Selbstschutz. Was, wenn man alle seine Blessuren dauerhaft in voller Stärke spüren müsste!

Sie hört ihre Schritte in dem leeren Haus hallen. Gedankenlos läuft sie in die frühere Werkstatt. Tisch und Regale an den Wänden, ein verschmierter alter Leimtopf, ein Stapel Putzlumpen, ausrangiertes Holz. Späne und Splitter liegen noch da und dort auf dem Fußboden, und wo die Werkbank stand, ist von Jochems Bergschuhen die Beize von den Dielen abgewetzt, ein blasser Fleck, eine Insel.

An der hinteren Wand ein dunkler Schatten vor der Fußleiste. Es ist der Cellokasten, der dort auf dem Rücken liegt, darin ist das Instrument aufgebahrt wie sein voriger Besitzer in der Friedhofshalle. Umsichtig hat Jochem es dort sicher platziert. Keine Gefahr, dass es umfällt, möglichst geringe Wahrscheinlichkeit, dass man dagegenstößt. Dort drinnen, in diesem glänzenden Kasten, wartet das Cello wie in einem Sarkophag geborgen. Mit so einem Kasten, denkt sie, verbinde ich meine früheste Erinnerung an die Sehnsucht nach dem Celloklang. Ein Konzertbesuch mit meinem Vater. Und da sehe ich einen Mann, einen Jungen, außer Atem angeradelt kommen, einen Kasten auf dem Rücken. Das obere Ende mit Hals und Schnecke ragt ein ganzes Stück über seinen Kopf hinaus, man könnte meinen, der Junge trage einen Freund. Eine halbe Stunde später sieht sie ihn hinter diesem Freund, der inzwischen aus seinem starren Mantel befreit ist, auf dem Podium sitzen. Da hat sie die Stimme des Cellos zum ersten Mal richtig gehört. Und da wusste sie, was sie wollte, mit Sicherheit.

Sie blickt auf den daliegenden Kasten Reiniers. Tiefer kann man nicht fallen. Wenn man so definitiv am Boden liegt, ist kein weiterer Abstieg möglich. Lange bleibt sie so stehen, suchend, wartend.

14

Jochems Weggang fühlt sich an, als hätte jemand mit einer riesigen Schere eine Stahlkette durchtrennt. Frei! Aber da sind noch weitere Ketten, die sie fesseln. Sie schreibt eine Mail an Daniel, um ihm mitzuteilen, dass sie nicht an ihre Arbeitsstätte zurückkehren werde. Die Kündigung. Sie räumt ihre Stelle in der Praxis und bekommt kein Gehalt mehr. Eine zweite Kette fällt rasselnd zu Boden.

Nach langem Überlegen wählt sie Heleens Festnetznummer, obwohl sie nicht weiß, ob sie eigentlich noch zu Hause wohnt. Ihre Mobilnummern haben sie alle vier wiederbekommen, nachdem die Handys vom Wasser verschluckt worden waren, da würde Heleen gleich sehen, dass sie es ist, die anruft – und dann nicht drangehen. Jetzt nimmt Heleens Mann ab, und Carolien sitzt zitternd vor Nervosität am Apparat. Sie hat sich vorbereitet – wir konnten neulich nicht in Ruhe reden, wird sie sagen, ich würde so gern wissen, wie es dir wirklich geht. Sie hört aufgeregte Männerstimmen, all die Söhne, denkt sie, das Klappern von Geschirr, zuschlagende Türen, sie kann kaum verstehen, was der Mann sagt. Nein, Heleen sei nicht da, komme auch vorläufig nicht zurück, ein Kurs in der Schweiz, Barockmusik oder so, er werde ihr ausrichten, dass Carolien angerufen habe, später, wenn er Heleen wiedersehe. Enttäuscht beendet sie das Gespräch. Sie haben einander nicht mal gefragt, wie es geht. Kette Nummer drei.

Als Nächstes ruft sie bei Driss an. Die Mutter nimmt

ab. Sie weiß gleich, wer Carolien ist, und erzählt von ihrem Sohn, der in der Schule gute Noten bekomme und sich enorm anstrenge. Ein guter Junge. Er vermisse seinen alten Freund sehr und höre jeden Abend Musik. Er würde gern spielen lernen, sagt die Mutter. Ob Carolien ihm nicht Cellounterricht geben könne?

Sie denkt blitzschnell nach. Musikschulen gibt es nicht mehr. Ein Privatlehrer ist die einzige Lösung, wenn man es bezahlen kann. Ich müsste das machen, wenn ich ein guter und verantwortungsbewusster Mensch wäre, dieser Junge hat das mehr als verdient, und es wäre eine Möglichkeit, ihm für alles zu danken, was er für Reinier getan hat. Diese Hyazinthe! Sie fühlt die Versuchung. Jede Woche ein fester Termin. Ein wachsendes Band, eine Freundschaft. Ich wäre jemand, eine Cellolehrerin. Kommt natürlich gar nicht in Frage. Ich kann das überhaupt nicht.

Sie sagt der Mutter, dass sie vielleicht jemanden wisse, der Driss Unterricht geben könne. Ein Cello könne er fürs Erste von Jochem ausleihen, verspricht sie voreilig. Nun muss sie wohl oder übel Kontakt zu Marije, der Cellistin des Trios, aufnehmen. Auch die weiß noch, wer sie ist, und geht freundlich auf sie ein. Warum achte ich so übertrieben darauf, fragt sich Carolien, das kann mir doch egal sein, oder? Offenbar doch nicht so ganz.

Ja, Marije hat ein paar Schüler, man müsse als Musiker ja immer sehen, wo man etwas verdienen könne, der Junge dürfe also gern mal vorbeikommen, da könnten sie sich kennenlernen und weitersehen. Ob er ein Instrument habe? »Das regle ich«, verspricht Carolien, »und ich gebe ihm deine Nummer. Er heißt Driss. Vielleicht komme ich mit, wenn er sich bei dir vorstellt.« Man höre und staune!

So kommt es, dass Driss und Carolien eines Nachmittags

bei Marije eintreten. Sie bewohnt ein Eckreihenhaus mit einem Holzanbau im Garten, in dem sie sich ihr Arbeitszimmer eingerichtet hat. Dort sitzen sie auf geraden Stühlen, und Marije unterhält sich mit dem Jungen. Driss hat sich für diesen Anlass fein angezogen, sieht Carolien. Er verkündet, dass er von dem Geld, das Reinier ihm vermacht hat, ein Cello kaufen möchte.

»Das ist für deine Ausbildung bestimmt«, sagt Carolien. »Du könntest die Cellostunden davon bezahlen, aber bloß nicht das Instrument, sonst ist das Geld gleich aufgebraucht.« Während sich Driss und Marije über Tarif und Zahlungsweise austauschen, schweifen Caroliens Gedanken ab. Ich schenke ihm ein Cello, denkt sie, das bezahle ich aus eigener Tasche. Ich hab Geld genug. Dann besitzt er etwas, das ihn immer an mich denken lassen wird. Dann bleibt er mit mir verbunden. Sie erschrickt darüber. Er ist nicht dein Sohn, deine Söhne sind nicht mehr, mach dir keine Illusionen, und belaste den Jungen nicht mit deinen eigenen Anliegen. Allein der Gedanke! »Du kannst dir ein Cello aus dem Atelier meines Mannes borgen«, sagt sie. »Um erst mal zu sehen, ob es dir gefällt. Wenn ja, sehen wir weiter.«

Praktische Dinge: Wer bringt das Cello zu Marije, wann kommt Driss zu seiner ersten Stunde, hat er zu Hause einen Raum, wo er üben kann? Marije erhebt sich, als alles zur Zufriedenheit geklärt ist. Driss gibt beiden Frauen die Hand und schenkt ihnen ein Lächeln, das seine schönen Zähne aufblitzen lässt. Marije bringt ihn hinaus. Carolien hört die Tür zuschlagen und seufzt. Wieder eine Kette gelöst, eine, die noch gar nicht richtig geschlossen war.

»Und du?«, fragt Marije, als sie wieder sitzt. »Kann ich etwas für dich tun? Netter Bursche übrigens, wird Spaß machen zu testen, ob was in ihm steckt.« Carolien bleibt bei

Driss und ignoriert Marijes vorherige Frage. Dann verstummt sie.

»Wenn man Musiker ist, hat man immer was zu tun«, sagt Marije plötzlich. »Ob man nun eine bezahlte Arbeit hat oder nicht, üben kann man immer. Herrlich ist das. Und auch gut. Es hat mir geholfen, als ich entlassen wurde. Ich hatte jahrelang am Konservatorium im Nebenfach unterrichtet. Dann wurden die Nebenfächer gestrichen, und ich wurde auch gleich mit abserviert. Auf einmal hatte ich Unmengen von Zeit. Wie füllst du die Tage aus, wo du jetzt nicht arbeitest? Ich würde dir gern mit dem Cello helfen, das sagte ich ja schon. Liebend gern.«

Carolien schüttelt den Kopf. »Es geht nicht. Ich weiß es wirklich zu schätzen, aber mir wird schon übel, wenn ich nur daran denke, das Instrument auszupacken. Es gelingt mir auch nicht, das Spielen zu vermissen, ich kann mir gar nicht mehr vorstellen, wie es ist.«

Marije sieht sie an. Ihr offener, freundlicher Blick ist so wenig drängend, dass Carolien ihn ganz einfach erwidern kann. »Du musst der Sehnsucht Zeit zum Wachsen lassen«, hört sie die andere sagen. »Es hat keinen Sinn, das zu forcieren, wie es dein Mann anscheinend gern möchte. Warten, warten, bis die Sehnsucht zutage tritt, wie ein Pflänzchen, das aus dem Boden sprießt. Nimm dir die Zeit, die es braucht.«

Was für eine Bildsprache, denkt Carolien. Sie hat bestimmt einen grünen Daumen, zieht in dem Streifen Garten Kürbisse, Radieschen, Mangold. Bah. Ich will nicht warten, bis im Blumentopf etwas kränklich Blassgrünes hervorspitzt. Ich würde es sofort rausrupfen, so wie die Dinge jetzt stehen. Sie schaut sich in dem quadratischen Raum um. Bögen hängen an Nägeln an der Wand; auf einem Regalbrett unter der

Decke steht eine Sammlung altes Kinderspielzeug, ein kleiner Blechherd, ein dunkelgrünes Miniservice mit Goldrand um die Tassen. Sie behält ihre Vergangenheit nah bei sich, sie braucht sich nicht zu befreien. Alles um Marije strahlt Zufriedenheit aus, da ist kein wütender Drang, Unliebsames zu ändern. Wie das Wasser eines Bachs, der sich darum herumschmiegt und weiterfließt. Wie anders sie ist als ich, denkt Carolien. Die Sehnsucht nach früher zerreißt mich, es ist ein Schmerz, von dem ich befreit sein will und zugleich auch wieder nicht. Für Marije scheint sie dagegen etwas Schönes zu sein, das sie ohne Ungeduld hegt und pflegt. Etwas, das sie akzeptiert, weil es zu ihr gehört. Trotzdem mag ich sie; sie versteht vielleicht überhaupt nichts, aber sie fängt nicht an, mich zu belehren oder zu drängen. Ich sollte froh sein. Reiniers Cello kann ich ruhig liegen lassen, wo es liegt. Ich muss gar nichts.

Sie spürt, wie sich ihre Schultern entspannen, und lächelt ihre Gastgeberin an. »Lieb, dass du dich um Driss kümmerst. Reinier hat etwas in ihm gesehen. Wenn er Bach spielte, lauschte Driss an der Tür.« Sie reden noch eine Weile weiter, aber Carolien ist zerstreut und hat Mühe, den Faden des Gesprächs nicht abreißen zu lassen. Irgendetwas quengelt im Hintergrund, etwas, was Marije gesagt hat und woran Driss' Begeisterung sie erinnert. Sie will allein sein und verabschiedet sich.

Als sie durch das friedliche Sträßchen läuft, vorbei an den gepflegten Vorgärten, kommt es ihr plötzlich wieder: Der Sehnsucht Zeit zum Wachsen lassen, das war es. Sie spürt dem Rhythmus der Wendung nach, wägt die Worte, widersetzt sich der Bedeutung mit allem, was in ihrer Macht steht.

In den Nächten, die auf diesen Besuch folgen, träumt sie ein paarmal mit wirklichkeitsnaher Genauigkeit den gleichen Traum. Sie fasst ihren Bogen, den Bogen, der nicht mehr existiert, der im Wasser zurückgeblieben ist, beim Frosch – Daumen dagegen gekrümmt, darüber, ein klein wenig nach links, der Zeigefinger. Der Mittelfinger stabilisierend daneben, und dann, in etwas größerem Abstand als früher, der Ringfinger, der die Aufgabe des kleinen Fingers dazubekommen hat. Lenken, Gegendruck ausüben. So hebt sie den Bogen, und es fühlt sich gut an, es fühlt sich problemlos und vertraut an. Dann bricht der Traum ab, und sie wacht auf. Entgeistert schaut sie auf ihre verunstaltete Hand, die kurz zuvor so leicht und selbstverständlich den Bogen gehalten hat.

Als alle Ketten gesprengt zu ihren Füßen liegen, besorgt sich Carolien ein Visum für China und bucht einen Flug nach Shanghai.

15

Auf Transkontinentalflügen ist unter Garantie immer ein junges Paar mit plärrendem Baby an Bord. Der Ärger von dreihundert Passagieren hängt in der ohnehin schon stickigen Luft der Kabine wie ein giftiger Schleier. Als das Kind endlich still ist, in einer Box an der Wand verstaut und angegurtet, widmen sich wieder alle ungestört den eigenen Angelegenheiten. Die Lichter sind gedämpft, manche setzen sich eine Augenmaske auf und ziehen die Decke bis unters Kinn hoch. Andere behalten das Leselämpchen an, arbeiten auf ihrem Laptop oder lesen in ihrem Buch weiter. Wie die Nachtschwester in einem Krankenhaus huscht die Stewardess von Zeit zu Zeit durch den Gang und bietet Wasser an. Sie registriert genau, wer wach ist. Die Schlafenden werden nicht gestört.

Carolien schwebt zwischen zwei Welten, zwischen zwei Leben. Eine zwölfstündige Phase totaler Freiheit. Sie hat ein Buch dabei, drei Bücher sogar, eine Trilogie, die zum Teil in China spielt, aber sie verspürt kein Bedürfnis, ihre Gedanken mit Erzählungen anderer Leute zu betäuben, obwohl sie schon von den ersten Szenen an in das Buch verliebt war. Später, denkt sie, ein Trost für später. Sie lässt sich in dem engen Sitz zurücksinken und schließt die Augen.

Neben ihr sitzt eine Chinesin, die etwa um die sechzig sein dürfte. Das Alter von Chinesen ist schwer zu schätzen. Der Mann der Frau hat den Fensterplatz – Männer schauen gern nach draußen, wenn sie fliegen, man fragt sich, warum.

Das Ehepaar hat sie freundlich gegrüßt, als sie zu ihrem Sitz kam, und während des Essens fiel ihr auf, wie sich die beiden halfen, beim Öffnen der unmöglichen Plastikverpackungen, beim Halten von Getränken, beim Auseinanderfalten von Servietten. Sie sprechen wenig miteinander, aber das wirkt nicht unbehaglich, im Gegenteil. Während ebendieses Essens – Reis, etwas Geflügelartiges, unappetitlich zerkochtes Gemüse, Carolien lässt das meiste davon stehen – schaut die Frau mit unverhohlenem Interesse auf Caroliens geschundene Hand. Als Carolien ihren Blick auffängt, nickt die Frau ihr lächelnd zu. Erkennt sie etwas wieder, ist eine solche Verunstaltung, eine solche Beschädigung etwas Vertrautes für sie? Eine Großmutter mit abgebundenen Kinderfüßchen? Nein, das war vor zu langer Zeit, das kann nicht sein. Und doch ist es, als sehe sie in mir eine Verwandtschaft, die nichts Verwunderliches für sie hat. Oder ist es schamloses Interesse an allem, was fremd ist? Ich fühle mich nicht belächelt, verurteilt, mit Mitleid beäugt. Ihr Mann schmatzt und schlürft beim Essen, das macht mir auch nichts.

Sie zuckt die Achseln und bestellt sich noch ein Bier bei dem Mann, der die vollen Tabletts mit Essensresten abräumt. Ich schwebe über Sibirien, denkt sie. Zu Hause herrscht schon eine andere Zeit, dort ist es Abend, und hier, hier wird es bald Morgen. Ich werde aus dem Flugzeug steigen, ein völlig anderes Land betreten, unter diesen dreihundert Leuten – müde, stinkend, sich freuend oder auch nicht – auf meinen Koffer warten. Sie greift zu der Apparatur, mit der sie den kleinen Fernsehschirm in der Rückenlehne des Sitzes vor ihr bedienen kann. Ein wie von Kinderhand gezeichnetes Flugzeug folgt einer schnurgeraden Bahn über die dunkelgrüne Erde. Ostwärts, woher das Licht kommt. Sie schaltet weiter und sieht sich die Programme für Musik,

Oper, Film an. Sie entdeckt eine Dokumentation über die Weltausstellung in Shanghai.

Die zahllosen Pavillons mussten auf der großen Insel gegenüber der Stadt Platz finden. Gute Erreichbarkeit war ein vorrangiges Ziel; man würde Millionen von Besuchern befördern müssen, was mit den behäbig hin- und hertuckernden Fähren nicht machbar war. U-Bahnen, die mit mörderischem Tempo durch frisch gegrabene Tunnel düsten, Kontrollposten, Überwachungskameras, Räume im Turnhallenformat für die Sicherheitschecks.

Die Kamera schwenkt zu der Insel. Sie ist von Kleinbauern bewohnt und von Menschen, die mit den eigenen Händen und der eigenen Körperkraft einfache, in keinem hohen Ansehen stehende Arbeiten verrichten. Sie wohnen dort in selbstgebauten Häuschen, Hütten eigentlich. Ein kleines Holzfeuer in einem Eisenbecken zum Essenkochen. Pflanzen in alten Autoreifen, kaputten Eimern. Andere haben kleine Äcker, die sie mit Hacke und Rechen bearbeiten. Nahaufnahme von einem Ehepaar. Ihre Haut sieht wie gegerbt aus, dunkelbraun, mit tiefen Furchen. Sie stehen nebeneinander zwischen ihren Gewächsen, er mit einem Spaten, sie mit einem runden Flechtkorb, aus dem die Pak-Choi-Blätter schlapp heraushängen. Der Anflug eines stolzen Lächelns spielt in ihren verwitterten Gesichtern. Die Kamera schwenkt nach drinnen, in die Hütte hinein. Schmuddelige Decken, ein Eimer in einer Ecke auf dem Boden aus festgestampfter Erde, eine kleine Anrichte mit Plastikschüssel zum Geschirrspülen und einem umgekehrten Topf. An der Wand ein Plakat mit dem Porträt Mao Tse-tungs. Ihr Haus.

Nun eine Ansicht von oben, ein Meer aus derartigen Hütten, dazwischen flache Grünstreifen. Ein vereinzelter Baum, eine Müllhalde, gewundene Sandpfade. Und dann, unvermittelt, rücken die Bulldozer und Bagger an. Sie fegen die gesamte ländliche Welt weg, im Nu, es ist passiert, eh man sich's versieht. Sie rupfen die Bäume aus, zerstören die Häuschen, schieben den Schutt mit kolossalen Stahlschaufeln beiseite, außer Sicht. Schon bald sind auf dem Bildschirm die ersten Hochhaustürme zu sehen, entworfen von den fortschrittlichsten Architekten der Welt, Künstlern, die nur das Beste für die Insel wollen. Der Film zeigt die im Bau befindlichen Pavillons, einer für jedes Land, so vielgestaltig und originell, dass einem der Mund offen stehen bleibt. Und die Menschen, denkt Carolien im Dunkel der Kabine, wo sind die geblieben? Als antwortete ihr die Dokumentation, wird kurz das betagte Ehepaar vom Anfang eingeblendet. Die beiden haben von der Regierung eine Wohnung in einer Vorstadt, dreißig Kilometer weiter weg, zugewiesen bekommen. Ein Wald von Wolkenkratzern, dicht an dicht gebaut. Nirgendwo ein Baum oder ein Stückchen Gras zu sehen. Der alte Mann und die alte Frau stehen nebeneinander in einem riesigen weißen Zimmer. Keine Möbel, kein Hausrat, nichts als steriler Raum. Durch das Fenster hinter ihnen schaut man direkt zu den Nachbarn im nächsten Wolkenkratzer rein, man könnte ihnen die Hand reichen. Nahaufnahme von den Gesichtern: das gleiche zufriedene Lächeln wie früher, als sie vor ihrer Hütte standen. Genug, weiter zu den Errungenschaften der neuen Zeit. Die Mündungen der U-Bahn erbrechen einen unablässigen Strom von Besuchern, mit Sonnenbrillen und Sonnenschirmen. Junge Männer in Uniform dirigieren die Menschen zu dichtgedrängten Warteschlangen vor den verschiedenen Pavillons. Wasserspeier sprühen einen feinen Nebel über ihre Köpfe, damit sie in der Hitze nicht ohnmächtig werden. Gesamtansicht vom Ausstellungsgelände, dann von der ganzen Insel, dem Fluss, der Stadt.

Carolien drückt auf die Tasten, bis wieder die Fluginformation erscheint. Das gezeichnete Flugzeug hat sein weißes Näschen bereits Richtung Shanghai gesenkt. Diese Menschen, denkt sie, das ist nicht zu fassen. Der Vorhang fällt über dem wichtigsten Akt ihres Lebens; nach einer Pause hebt er sich wieder, um eine völlig neue, undefinierbare Kulisse zu enthüllen. Sie lächeln weiter. Sie sind zufrieden. Und was ist mit den Erinnerungen, dem Duft ihrer eigenen Kürbisse, den Nachbarn, der Aussicht auf den Fluss mit den Booten? Wo ist die Wut, wo die Traurigkeit? Geht das, dass man sich einen Steg darüber zimmert und dann frohgemut in den neuen Verhältnissen weitermacht? Vermisst diese Frau ihre gesprungene Emailschüssel nicht, in die sie das Gemüse las? Was ist er ohne Spaten, ohne Hacke? Ich muss versuchen, für das Neue offen zu sein. Andere Kultur, andere Geschichte, andere Menschen. Einfach schauen, beobachten, nicht zu viel nachdenken. Sie riecht Kaffee. Die Lichter in der Kabine gehen an. Passagiere erwachen, drängen sich mit Zahnbürste in der Hand vor den Toiletten. Das kleine Flugzeug auf dem Bildschirm hat sein Ziel erreicht.

In der Ankunftshalle schaut sie systematisch von rechts nach links, ob sie Hugo in der Menge finden kann. Müsste machbar sein, er ist zwei Köpfe größer als der durchschnittliche Chinese. Mit einem freundlichen Nicken nimmt sie Abschied von ihren Sitznachbarn im Flugzeug; ihren Koffer hat sie neben sich abgestellt. Sie wartet in der Gewissheit, dass er kommen wird. Es dauert, einen Moment, eine Weile – nicht lange genug, um unruhig zu werden. Da ist er schon, rennend und mit den Armen wedelnd. Längere Haare, sieht sie, und ein Mehrtagebart. Sie steht in seiner Umarmung – Wärme und Schweißgeruch, Erleichterung.

Freude eigentlich, wenn sie ehrlich ist. Im Taxi auf dem Weg in die Stadt weist Hugo sie auf die kunstvollen Wolkenkratzer hin; sie erkennt sie aus dem Film im Flugzeug wieder. Sie fahren auf Autobahnen, die sich über- und untereinander unbestimmbaren Zielen entgegenwinden, eine futuristische Glanzleistung der Ingenieure. Wohnhochhäuser stehen unmittelbar an der Fahrbahn, kein Raum dazwischen, die Leute mögen diese tolle Technik offenbar so sehr, dass sie nichts dagegen haben, auf Tuchfühlung damit zu sein. Carolien kann die aufgehängte Wäsche haargenau erkennen: Jogginghose mit Loch darin, fein säuberlich an einem Trockengestell befestigte Kinderkleider, ein Paar Turnschuhe, die an ihren Schnürsenkeln baumeln. Alle zwanzig Meter ist an der Leitplanke ein traulicher Blumenkasten aus weißem Plastik angebracht. Darin Petunien, rot und violett. Kilometerlang setzt sich das fort.

»Damit's heimeliger wird«, sagt Hugo. »Und als Willkommensgruß an die Touristen.« Sie fragt, wer denn die vertrockneten Blüten herauspflücke, wer den Pflänzchen in der unbarmherzigen Sonne Wasser gebe, und Hugo lacht.

»Dafür findet sich immer irgendein Chinese, kein anderes Volk hat so viel Sinn für Arbeit.« Sie malt sich aus, wie eine Brigade von Alten mit Gießkanne an der Autobahn entlangläuft.

»Der Bund«, sagt Hugo. Eine breite Promenade am Flussufer, gesäumt von stattlichen Gebäuden alten Stils. Auf der Promenade flanieren Hunderte von Menschen, oft westlich gekleidet. Sie fotografieren sich gegenseitig mit ihren Handys, kaufen für ihre Kinder wertloses Spielzeug und für sich selbst etwas zu essen. Carolien verfügt über die Wachheit der Schlaflosen und registriert alles. Das Taxi biegt in eine schmale Straße hinter den imposanten Hotels und Bürogebäuden am Wasser. Auf einmal ist alles anders: Menschen in älterer und schmutzigerer Kleidung leben hier ihr Leben auf der Straße. Ein Fleischer zerrt mit zwei Helfern einen riesigen geschlachteten Ochsen nach draußen, den sie mit Beilen und langen Messern zu zerlegen beginnen. Die herausgelösten Stücke werfen sie auf eine Plane hinter sich.

»Das wird den ganzen Tag dauern«, sagt Hugo. »Ein großes Tier.« Carolien denkt an Fliegen, Bakterien, Temperatur. Das Taxi hält.

»Hier ist es, da oben ist meine Wohnung, komm.« Hugo drückt dem Fahrer rote Geldscheine in die Hand und nimmt ihren Koffer aus dem Kofferraum. Dann poltern sie hintereinander die Treppen hinauf, hoch, noch höher.

»Ich hab ein Gästezimmer für dich. So war das doch gedacht, nicht? Oder schwebt dir was anderes vor?«

Sie grinst. Es ist gut so. Freunde bleiben. Vorläufig. Ich bin nicht hergekommen, um eine Beziehung anzufangen. Glaube ich. Warum dann? Nicht wichtig jetzt. Bisschen auspacken, unter die Dusche, was Frisches anziehen. Als sie fertig ist, ruft Hugo aus der Küche, dass er Kaffee gemacht habe. Mit Whiskyflaschen beladen geht sie zu ihm. Ausblick über die Dächer; auf ein Flachdach direkt gegenüber hat man ein kleines Haus gebaut. Dort werkeln Leute herum, ein Mann mit Besen, eine Frau, die mit einem Gartenschlauch Pflanzen wässert. Auch ein Gestell mit Kinderschaukel steht da.

»Ja, das ist gewöhnungsbedürftig, was, Carolienchen?« Sie nickt und setzt sich zu ihm. »Möchtest du schlafen, oder kommst du mit ins Büro?«

16

Jochem hat den letzten Kunden für heute hinausgelassen und setzt sich mit einer Dose Bier an seinen Computer. Etwas früher am Tag ist er bei dem verlassenen Haus vorbeigefahren, hat kontrolliert, ob das Cello noch an seinem Platz liegt, und mit Befriedigung auf die Schlösser und die Vergitterungen geblickt. Die Befriedigung ist freilich nach und nach einer Beunruhigung gewichen, der er nicht auf den Grund zu gehen wünscht. Er hat eine lange Mail von Carolien bekommen, die er seufzend anklickt.

– ein richtiges Büro in einem Viertel, das sie Französische Konzession nennen, breite Straßen mit Platanen, es mutet tatsächlich europäisch an. Ich habe seine Assistentin kennengelernt, ganz schön resolut, noch jung, hat auch Humor. Sie haben das Festival hier zusammen organisiert, das erste Konzert ist nächste Woche. Wenn es ein Erfolg wird, folgt in ein paar Monaten Peking. Und Hugo hat Pläne für eine Konzertreihe auf dem Land, später. Mir scheint, er ist nicht zu bremsen, und die Chinesen arbeiten offenbar gern mit ihm, denn er kann überall Geld lockermachen. Ich halte mich ein bisschen fern von seinem Tatendrang und streife durchs Viertel. Kleinkinder tragen hier, bis sie sauber sind, Hosen mit großem Schlitz im Schritt. Ich sah eine Mutter mit einem kleinen Jungen zwischen ihren Knien, Beinchen breit, so dass er zwischen ihren Füßen auf den Boden machen konnte. Das ist hier ganz normal, sie sah mich lachend an und räumte nichts weg. Wenn ich mich traue, schaue ich

in die kleinen Gassen hinter den vornehmen Alleen, wo die Leute in niedrigen Häuschen wohnen. Anrichten und Spülbecken stehen in einer langen Reihe mittendrin im Freien. Ein kleiner Junge, vier, fünf Jahre alt, spielte mit einer Plastikflasche, die er, brumm-brumm rufend, an einer Schnur hinter sich herzog. Als Tourist hat man da eigentlich nichts verloren. Hugo sagt, dass das alles über kurz oder lang abgerissen wird. Ich schaue übrigens wirklich nicht nur auf Kinder, sondern auch auf alte Leute. Die sitzen in schönen Parks beisammen und spielen ein Brettspiel mit Steinscheiben. Sie tanzen auch zusammen oder machen langsame Gymnastikübungen unter Anleitung eines jungen Vorturners. Man sieht viele Omas mit Enkelkindern, unzertrennlich wirken sie, die Kleinen liegen stundenlang ruhig auf ihrem Schoß und schlafen. Alles scheint hier anders zu sein als bei uns, aber als Außenstehende verstehe ich natürlich nichts davon.

Was mit den Bestellungen deiner Geigen ist, weiß ich nicht, das wird Hugo dir schon mailen. Morgen begleite ich ihn zum Konservatorium, da hat er auch einen kleinen Raum bekommen, damit er Tuchfühlung halten kann. Viele Schüler machen bei seinen Konzerten mit. Verrückt, nicht, vor gar nicht so langer Zeit, während der Kulturrevolution, wurde dort alles dichtgemacht, und die Dozenten mussten auf dem Land Mist schaufeln. Jetzt ist es ihr ganzer Stolz, und jedes Kind lernt Klavier spielen. Solche Wandlungen, wie die Menschen mit einer so absurden Geschichte umgehen, das fasse ich nicht. Vielleicht ist es lehrreich, das weiß ich noch nicht. Hast du schon etwas über Driss' Fortschritte auf dem Cello gehört? Hier würden sie ihn auslachen, chinesische Kinder in seinem Alter können fehlerlos die Tschaikowsky-Variationen spielen –

Verärgert klickt er die Mail weg. Ihm war, als hätte er kurz die Stimme einer Carolien von früher gehört, die begeistert von dem erzählte, was sie gesehen und gedacht hatte. Ich sollte mich darüber freuen, denkt er, sie klingt lebendig, ich habe sie seit Ewigkeiten nicht mehr so gehört. Aber ich ärgere mich. Kann Hugo etwas, was ich nicht hinkriege? Ja, natürlich. Ist auch keine große Kunst. Die ganze belastete Geschichte, die sie mit mir hat, kann beiseitegeschoben werden, solange sie bei ihm ist. Schläft sie mit ihm? Ach, was soll's, wenn ihr das guttut – wenn es sein muss, dann muss es eben sein. Viel schlimmer ist eigentlich, dass er imstande ist, sie interessiert und fröhlich zu machen. Dass er sie in Bewegung zu bringen versteht. Ich muss zurückmailen. Den Kontakt nicht verlieren. Aber nicht jetzt. Heute Abend vielleicht. Zuerst die Arbeit. Ans Werk!

Am nächsten Tag lässt er sich von den anstehenden Aufgaben aufsaugen und betäuben, den ganzen Tag. Am späten Nachmittag kommt die Gambistin ihr Instrument abholen.

»Komm«, sagt er, einer spontanen Anwandlung nachgebend, »wir gehen kurz raus, trinken ein Gläschen in dem Lokal an der Ecke.« Die Frau macht ein verdutztes Gesicht, geht aber ohne Widerrede mit. »Carolien ist in China«, erzählt er, als sie ihren Whisky vor sich haben. »Sie beschreibt mir per Mail, was sie dort alles sieht. Vor allem kleine Kinder auf der Straße. Sie ist von Kindern besessen. Grässlich finde ich das. Was soll ich damit anfangen?«

Die Gambistin sieht ihn fragend an. »Muss es dir denn was bringen? Ich würde sagen: Lass sie doch. Es wird schon zu irgendwas gut sein. Sie interessiert sich zumindest für etwas, wie es scheint. Oder rede ich dir da jetzt zu sehr rein?«

»Nein, nein, schon gut«, hört Jochem sich sagen. »Ich weiß gar nicht, wieso ich das überhaupt erzähle, nimm's bitte nicht so ernst. Und du wirst recht haben, es ist gut, dass sie sich vergnügt und mal hier raus ist. Ein Faible für Kinder hatte sie schon immer, das ist nichts Neues.« Er seufzt. Die Frau drückt kurz seine Hand und scheint selbst darüber zu erschrecken. Er findet es nicht schlimm, wie er verwundert bemerkt. Er bestellt noch zwei Whisky und fängt ein Gespräch über Bögen und Harzsorten an.

Zurück im Atelier, nimmt er die Gambe auf und zeigt ihr, was er daran gemacht hat. Dann packt er das Instrument ein, sorgsam, und begleitet die Gambistin zum Ausgang. »Wir sehen uns«, sagt er, »und danke für heute Abend.«

– *es ist unheimlich warm hier,* schreibt Carolien, *wirklich erstickend heiß. Ich hatte das nicht richtig mitbekommen und ging ganz normal auf die Straße raus, es gibt hier einen alten Buchladen, wo ich hinwollte. Und einige andere Sehenswürdigkeiten. Bis zur Buchhandlung hab ich's gerade noch geschafft, aber dann hat mich die Hitze übermannt. Ich hatte kein Wasser bei mir, fürchtete, aus den Latschen zu kippen, und hab mich auf die Bordsteinkante gesetzt. Dumm, was? Da sah ich auf der Straßenseite gegenüber ein prachtvolles altes Hotel, und dorthin hab ich mich dann gerettet. Große Lobby, Bleiglasfenster. Da war ein freundliches, aber für mich absolut unverständliches junges Mädchen, das mir Wasser gab. Sehr fürsorglich. Sie erinnerte mich an Heleen. Heleen, wie sie früher war, denn wie es jetzt mit ihrer Fürsorglichkeit aussieht, weiß ich nicht. Ich hatte neulich so eine komische Begegnung mit ihr, mir schien, sie wollte nichts mit mir zu tun haben. Kühl, distanziert. Oder ist das Projektion?* –

Nach einem Tag zwingt sich Jochem endlich, etwas zurückzuschreiben:

– auf solche touristischen Beobachtungen von dir kann ich verzichten. Erzähl mir lieber, was du weiter vorhast. Hier liegt Post vom Finanzamt und vom Notar; du wirst demnächst mal Formalitäten im Rahmen dieser Erbschaft abwickeln müssen –

Unschlüssig kratzt er sich am Kopf. Was für eine unfreundliche Mail, warum kann ich nicht mehr Verständnis aufbringen – beziehungsweise zeigen, denn ich verstehe sie ja wirklich sehr gut. Er versendet nichts. Im Zweifel besser verkneifen, sagt er sich.

Caroliens Bemerkung über Heleen hat ihm zu denken gegeben. Wie eigenartig, dass sie nach jahrelanger enger Freundschaft durch den Anschlag, durch diesen einen Abend der Gewalt und Geiselnahme, alle vier auseinandergetrieben worden sind. Er zuckt die Achseln, die Psychologie interessiert ihn nicht. Kunstschwimmer, die gemeinsam komplizierteste Figuren in der Mitte des Beckens vollführen und dann abdriften, jeder in eine andere Ecke. Augen zu. Ein Fitnesscenter, sagte Carolien, in der Straße, in der auch die Sägerei ist, wo ich mitunter mein Holz vorsägen lasse. Aufpoliertes Arbeiterviertel. Ich kann da doch einfach mal durchs Fenster gucken, oder?

So sitzt er nun schon wieder mit einer Frau in einem Lokal, diesmal mitten am Tag. Heleen hatte ihn befremdet angestarrt, war dann aber doch zu einem Lächeln des Erkennens übergegangen. Da er schon eine Weile durch die Glastür zu ihr hinübergelinst hatte, wirkten ihr geringerer Umfang und die neue Frisur schon nicht mehr so ungewohnt. Aber ihre Entschiedenheit frappierte ihn. Ich hab Mittagspause, sagte sie, ich komme mit. Sie zog einen modischen Lederrucksack unter dem Tresen hervor und stand neben ihm, bevor er etwas erwidern konnte. Jetzt sitzen sie sich in einem Lokal gegenüber, das was von einer Galerie hat. Kahl, weiß, skurrile Stühle, idiotische Speisekarte. Auf so was hab ich überhaupt keinen Bock, denkt er, so war das nicht gedacht. Wie denn dann?

»Carolien ist in Shanghai«, sagt er.

»So. Das ist schön weit weg. Für immer?«

Er erschrickt. »Nein, nein. Sie kommt wieder zurück. Sie wollte nur mal raus. Hat gekündigt.«

Heleen nickt, erzählt, dass auch sie das Bedürfnis nach Veränderung gehabt habe, das Gefühl, dass nach dem, was passiert war, alles umgekrempelt werden musste. Dass während ihrer Reha die Haare ab gemusst hätten und ihr das ganz lieb gewesen sei. »Was hast *du* eigentlich verändert?«

Jochem verbreitet sich über sein neues Atelier und die erhöhten Sicherheitsmaßnahmen, mit denen er so zufrieden ist. »Ich mache das Gleiche, aber die Bedingungen sind total anders. Ich bin nicht mehr so zwanglos und naiv gegenüber meinen Kunden.«

»Naiv«, wiederholt Heleen. Auf einmal hat ihr Gesicht einen Ausdruck angenommen, den er wiedererkennt. »Naiv will ich auch nie mehr sein. Dass ich naiv war, ist unser Untergang gewesen.«

Obwohl ihn ihre dramatische Ausdrucksweise ärgert, ist er gespannt. Was meint sie, warum ist sie so bewegt?

Wenn sie nicht mit so einem total unangebrachten, kindlichen Vertrauen mit diesem Scheusal korrespondiert hätte, erzählt sie, wäre das alles nicht passiert. Dass Hugos Boot explodiert, alle ihre Instrumente zerstört, sie alle vier verletzt und beschädigt worden seien. *Ihre* Schuld. Das habe sie so erschreckt, dass sie beschlossen habe, sich grundlegend zu ändern. Tough zu werden, erwachsen, die richtigen Entscheidungen zu treffen, sich nichts mehr vormachen zu lassen.

Ich muss etwas sagen, denkt Jochem, als sie leicht betreten verstummt. Dadurch, dass sie die Schuld auf sich nimmt, bezieht sie den gesamten Ablauf auf sich. Aber das stimmt so nicht, das ist nicht die ganze Geschichte.

»Die Zerstörungen hat dieser Mann angerichtet. Nicht du. Du hast doch noch versucht, Alarm zu schlagen, auf Hugos Computer in diesem versteckten Kämmerchen.«

Sie schüttelt den Kopf. »War *auch* ein Fehlschlag. Und dann hab ich mich wie ein dummes Schaf an den Heizkörper fesseln lassen.«

»Sonst hätte er dich totgeschlagen. Was blieb dir anderes übrig?«

Heleen ist kurz still. Sie versuchen, etwas von dem kunstvoll auf ihren Tellern Angerichteten zu essen. Dann legt sie Messer und Gabel hin. Sie starrt unverwandt auf ihren Teller, während sie spricht.

»Wir haben uns alle so verhalten, wie wir waren, wie wir sind. Carolien so distanziert und versteinert, und du so wütend. Und ich eben gefügig und an ein gutes Ende glaubend, wie ein Kind. Ich schäme mich so schrecklich dafür, dass ich nie, nie mehr so sein möchte.«

Sie hebt den Kopf, um ihn anzuschauen. Er sieht, dass sie Tränen in den Augen hat. Und obwohl ihm ausgesprochen unbehaglich dabei ist, weiß er, dass er den Blick jetzt nicht abwenden darf.

»Ich bin ganz weit zurückgegangen«, sagt sie. »Als Pflegekraft mit Verantwortung kann man die furchtbarsten Fehler machen, das ließ ich also besser bleiben. Ich wurde dünn wie ein junges Mädchen. Spiele Blockflöte wie ein Kind, gefahrlos, mit wehrlosen Menschen. Bloß nichts tun, wovon irgendetwas abhängt, wodurch andere zu Schaden kommen können. So weit wie möglich zum Zustand der Unschuld zurück, wenn man so sagen kann.«

Sie wischt sich mit ihrer Serviette die Tränen weg und entschuldigt sich mehrmals für ihren Gefühlsausbruch. »Jetzt sitze ich hier und heul dir was vor, entschuldige. Ich weiß, dass du das nicht abkannst. Aber es kam so unerwartet, es hat so was Besonderes, dich jetzt wiederzutreffen – da konnte ich nicht an mich halten, nimm's mir bitte nicht übel, es ist schon vorbei, wirklich.«

»Macht nichts«, sagt er leise. Sie fühlt etwas, denkt er, und sie versucht zu sagen, was es ist. Vielleicht ist das besser als diese Fluchten von Hugo, von Carolien. Aber ich kann genauso wenig damit umgehen. Mir fällt nichts dazu ein. Bloß weg hier.

»Fehlt es dir nicht, Jochem? Das Musizieren, wir vier zusammen? Tut es dir nicht leid, dass das alles vorbei ist?«

Ihn durchfährt das Bild, wie er im Atelier saß, während Hugo in einer Ecke Mozart spielte. Das tief traurige Gefühl. Tränen. Er schüttelt stumm den Kopf, weil er seiner Stimme nicht traut, und sobald es geht, sucht er das Weite.

17

Am Eingang vom Konservatorium stehen zwei Wachmänner in grauen Uniformen. Hugo zeigt einen Ausweis vor, und die Männer machen eine Verbeugung. Er hat Carolien den Arm gereicht und führt sie nun untergehakt auf das Gelände. Ein Garten, ein Park um große Gebäude. Hohe Bäume. Willkommener Schatten. Es ist immer noch glutheiß; auf dem Weg hierher sind sie so viel wie möglich im Schutz der Häuserfassaden gelaufen. In der breiten Geschäftsstraße konnte man schon die Nähe der Musik ahnen, sie kamen an einem Laden mit Partituren und Noten vorüber und blieben danach eine Zeitlang vor dem riesigen Schaufenster eines Klaviergeschäfts stehen. Zwischen den schwarzen und weißen Flügeln stand, nah an der Scheibe, ein feuerrotes, bestimmt fünf Meter langes Ungetüm, ein Rennwagen, dachte Carolien, eine Rakete, ein Flugzeug? Scheinwerfer, seltsame Heckflossen – das Ding war nicht einzuordnen, bis sie etwas weiter gingen und auf der schmalen Seite die Klaviatur sahen. Sie mussten beide lachen.

Am Hauptgebäude wird Hugo von einem jungen Mann erwartet. Er hat eine Zigarette in der Hand und einen Bratschenkasten auf dem Rücken. Hugo legt ihm die Hand auf die Schulter, und der junge Mann sieht ihn erwartungsvoll an.

»Willkommen«, sagt er zu Carolien. »Soll ich Sie herumführen? Ich kann Ihnen die ganze Schule zeigen, es wäre mir ein Vergnügen!« Sein Englisch ist gut. Weil er auf seinem

Instrument ein großer Könner sei, dürfe er nächstes Jahr in Europa weiterstudieren, erzählt Hugo.

»Aber jetzt ist er zum Glück noch hier und hilft mir bei der Organisation der Ensembles. Ich habe jetzt anderthalb Stunden zu tun. Danach gehen wir irgendwo was essen, okay?«

Sie nicken. Hugo verschwindet durch die hohe Tür, der junge Chinese tritt seine Zigarette aus, und Carolien fragt ihn, wie er heiße, sie habe es nicht richtig verstanden, nicht behalten können. »Mein Name ist Xiang«, sagt er strahlend. »Kommen Sie, wir setzen uns kurz unter den Baum dort.«

Eine Steinbank. Blick auf einen Sportplatz, wo Studenten Handball spielen. »Sport ist wichtig«, erklärt Xiang. »Sonst sitzen wir immer nur drinnen und studieren. Aber ich mag keinen Sport.« Er übe den ganzen Tag, sagt er, in einer Bude, die nicht größer sei als ein Kleiderschrank, ausgekleidet mit geräuschdämpfenden Eierkästen und Schaumgummi. Sein Vater habe ihm das eingerichtet, und dafür sei er dankbar. Seine Eltern würden alles für ihn tun, er sei ihr einziges Kind, der Sohn mit Erfolg.

Wie mag das für diese Menschen sein, denkt Carolien, was halten sie wohl von seinem bevorstehenden Weggang? Hatten sie das so beabsichtigt? Sollte der Sohn nicht hierbleiben, um für sie zu sorgen? Genügt den Eltern das Wissen, dass er auf seiner Bratsche singend um die Welt reist, so dass sie sich wie alte Insekten zusammenrollen und sterben können? Sie fragt ihn nach seinen Zukunftsplänen, und er erzählt begeistert, dass er eigentlich am allerliebsten Lehrer werden möchte. Weiterzugeben, was er selbst gelernt habe, das sei das Schönste. So, wie Herr Hong jetzt den Studenten zeige, wie in Europa gespielt werde. Seinen Lehrer vergesse man nie mehr, der sei die wichtigste Person im Leben. Das wolle er werden. Deshalb müsse er jetzt alles lernen, was sich ihm biete.

Carolien sieht eine Kette von Musikern vor sich, die einander unter Lächeln und Verneigungen wertvolle Tipps über die Landesgrenzen reichen. Einsames Wissen ist Ballast, geteiltes Wissen Freude. Sie erkundigt sich nach dem Stundenplan, um wieder auf den Boden der Realität zu kommen. Xiang erzählt, die Fächer stimmten mit dem überein, was im Westen unterrichtet werde – Kontrapunkt, Harmonie, Solfeggio. »Und politische Geschichte, zweimal die Woche, in einem Unterrichtsraum unter dem Dach, ich zeige es Ihnen nachher. Da schlafen wir immer ein.« Er macht vor, wie er seinen fröhlichen Kopf auf die Arme legt, und schließt die Augen.

Im Hauptgebäude führt er sie zu dem Saal, wo Isaac Stern damals seinen berühmten Film aufgenommen hat. Sie sieht die Unterrichtsräume, die Übungsräume mit schäbigen alten Flügeln, das Instrumentenmagazin. Alles gleichermaßen ärmlich und grau. Für Xiang ist es der Himmel. Leichtfüßig geht sie neben ihm her. Aus dem Keller dringen die Klänge einer Big Band herauf. Sie schleichen sich näher heran und schielen durch die halb geöffnete Tür. Alle Rhythmen sind in den Partien genau verzeichnet, und der Dirigent besteht darauf, dass sie auch exakt so ausgeführt werden. Keine Improvisationen, keine Freiheiten. Konzentrierte, ernste Gesichter. »Wir wollen alle Arten von Musik studieren und kennenlernen«, sagt Xiang. Am Ausgang treffen sie Hugo wieder. Xiang geht lernen, zum Essen hat er keine Zeit. Sie tauschen Telefonnummern aus und verabschieden sich herzlich.

»Ersatzkind?«, fragt Hugo. Carolien erschrickt. Sie hat nicht einen Moment an ihre Kinder gedacht. Auch nicht an ihre verstümmelte Hand, an ihre eigene Situation. Sie weiß nicht, was das bedeutet, und es verwirrt sie so sehr, dass sie auf einmal verlegen wird, sich fehl am Platz fühlt, ein verirrter Gast, der nicht weiß, ob er willkommen ist. »Eine bescheuerte Bemerkung, entschuldige«, sagt Hugo. »Es sah so nett aus, wie ihr gequatscht habt, du warst fröhlich, es sah gemütlich aus. Ein lieber Junge, nicht?«

Sie nickt. Erst als sie auf einer Restaurantterrasse sitzen, findet sie ihre Stimme wieder. Das unbeschwerte Gefühl ist ihr abhandengekommen, sie spürt, wie sie steifer und langsamer wird, als habe sie wie eine vertraute alte Jacke die Schwermut wieder angezogen. Sie sprechen über die Folgen des Kindermangels in China. Nur ein Kind pro Ehepaar. »Wenn du bezahlst, darfst du ein weiteres haben«, weiß Hugo. »Ich kenne einen Mann, der Zwillinge dazugekauft hat. Das ist übrigens nur erlaubt, wenn das erste Kind ein Mädchen war. Man geht davon aus, dass die Eltern dann enttäuscht sind.« Er finde das seltsam, denn in China arbeiteten die Frauen als Bäuerinnen, Soldatinnen, Hochschullehrerinnen. Warum sollte jemand mit solchen Möglichkeiten für so wenig wertvoll erachtet werden? Musste es unbedingt ein Stammhalter sein?

»Sieh dich doch selbst an«, sagt Carolien auf einmal schnippisch. »Du hast eine prachtvolle Tochter, und wie viel Aufmerksamkeit schenkst du ihr?« Die eine bescheuerte Bemerkung steht der anderen in nichts nach, denkt sie. Es ist mir herausgerutscht, ich konnte nichts dagegen machen. Hugo schweigt und schaut zu Boden. Sie hilft ihm nicht.

»Laura will mich nicht sehen«, sagt er schließlich. »Sie hat Angst, sie fängt an zu kreischen. Ich darf nicht in die Wohnung. Da ist weit wegzugehen eine Option.«

»Nein, das ist es nicht.« Sie denkt an die Eltern des jungen Bratschisten, die sich krummlegen, damit ihr Kind über die

Grenze kommt, die alles dafür tun, dass ihr Junge wird, was er werden möchte, die ihn zum Mittelpunkt ihres Lebens gemacht haben und ihn loslassen werden.

»Ja, sie hat Angst. Ich hab's gesehen. Sie hat mich auch abblitzen lassen. Aber du bist ihr Vater, und du darfst dich nicht einfach damit abfinden. Du müsstest jeden Tag dort unten auf dem Platz stehen, um zu zeigen, dass du da bist, dass du wartest, bis sie so weit ist und dich wieder in ihr Leben lassen kann. So sehr sie auch protestiert und sich sträubt – du musst *dort* sein. Nicht hier.«

Warum meckere ich denn jetzt so herum und suche Streit? Weil es mich nicht loslässt, welche Einsamkeit Lauras schmaler kleiner Körper ausstrahlte. Weil ich es schlimm finde, dass es ihr unmöglich ist, den Menschen, bei denen sie sich früher geborgen fühlte, wieder zu vertrauen. Ich bin hergekommen, um Hugo das zu sagen. Unter anderem. Das ist einer der Gründe. Seine ganze Energie müsste er seinem Kind widmen. Ist das sein Problem oder meines? Darf ich mir überhaupt ein Urteil darüber erlauben? Was mische ich mich da eigentlich ein?

Hugo fasst ihre Hand. Das überrascht sie. »Du hast ja recht«, sagt er, »aber du siehst nur die eine Seite. Ich verstehe sehr wohl, dass du meinst, ich müsste meine Enttäuschung wegstecken. Und mein schlechtes Gewissen natürlich. Traurigkeit auch. So weit möglich. Und möglich ist im Moment Shanghai. Ich schicke ihr jeden zweiten Tag eine Karte. Ich denke an sie. Und außerdem muss ich auch mein eigenes Leben wieder auf die Reihe kriegen, ich muss doch ein ganzer Vater für sie sein, mit Interessen und Arbeit. Ich höre durchaus, was du sagst, aber ich weiß, dass *du* es bist, die es sagt. Du bist voreingenommen. Schaust durch das Vergrößerungsglas deines eigenen Traumas.«

Ein Ober erkundigt sich, ob sie noch etwas bestellen wollen. Sie erschrecken beide und schütteln den Kopf. Der Mann schlurft davon, Carolien schaut ihm nach und holt tief Luft. »Trauma«, sagt sie, »was für ein Wort. Daniel und ich haben mal einen Kurs darüber besucht. Wir mussten uns ständig weiterbilden, um den Eintrag im Arztregister zu behalten. Er hielt es für eine gute Idee, dass wir uns in psychische Traumata vertieften. Horizonterweiterung, sagte er. Wir also zu so einem Abend in irgendeinem kleinen Saal, mit 'nem Haufen anderer idealistischer Hausärzte, um uns von einem betagten Analytiker etwas über Traumata erzählen zu lassen. Das ist Ewigkeiten her, aber ich muss jetzt plötzlich daran denken.«

»Und was hat der Mann erzählt?«

»Dass immer eine Verdoppelung dahintersteckt. Das habe ich jedenfalls davon behalten. *Eine* Blessur können die Leute meistens überwinden, sind danach, mit gewissen Einschränkungen und bleibenden Schäden, imstande, wieder eine Art Leben aufzubauen. Kostet sie viel Energie, aber es geht. Wenn sie jedoch ein zweiter Schlag trifft, geht das nicht mehr, dann kommt es zur Dekompensation, und sie sind zu nichts mehr fähig. Er führte als Beispiel Menschen an, die im Krieg in Lagern gewesen waren und danach durch hartes Arbeiten aufrecht blieben. Wenn sie dann aber in den Ruhestand gingen und keine Arbeit mehr hatten, war es aus, sie wurden krank oder verrückt, oder sie starben. Also, nach dem ersten Trauma hältst du dich schlecht und recht auf den Beinen, und nach dem zweiten fällst du um. Kurz zusammengefasst.«

Hugo sieht sie forschend an. »Ich würde meinen, das Beispiel belegt die heilsame Wirkung von Arbeit. Aber das entspricht natürlich der Art, wie *ich* damit umgehe.«

»Ich erzähle das wegen Laura«, beharrt Carolien. »Sie hat dich verloren, als du dich von Evelien getrennt hast, und danach durch ihre Besuche auf dem Boot wieder zu einer Form des Umgangs mit dir gefunden. Es ging schlecht und recht weiter, könnte man sagen. Als das Boot in die Luft flog, war es vorbei. Jetzt hat sie die bekannten Symptome: Angst, Schlafstörungen, Wutausbrüche. Du musst hin. Du musst das kurieren. Sie ist jung und flexibel, noch geht es.«

»Meiner Meinung nach redest du die ganze Zeit von dir selbst«, sagt Hugo. »Du selbst hast nach dieser Explosion alles verloren, was du hattest. Zum zweiten Mal. Aber ich kann dich nicht retten, echt nicht.«

18 Das humorlose Gespräch mit den feindseligen Seitenhieben und dem undurchsichtigen Unterton beschäftigt sie noch tagelang. Dass Hugo lieb zu ihr ist, ihr über den Kopf streichelt und sie auf seine Reise ins Landesinnere mitnehmen will, hilft nicht wirklich. Sie möchte allein sein und etwas zu tun haben. Sie besichtigt das Shanghai-Museum und starrt einen Vormittag lang mit Staunen auf jahrhundertealtes chinesisches Geschirr. Anders, denkt sie, alles hier ist anders, und deshalb kann ich nicht begreifen, was so faszinierend sein soll an einem blassgrünen Schälchen, das ehrfürchtig auf nachtblauem Samt ausgestellt ist. Das ist nicht der Weg, ich muss hier raus.

Sie fragt Hugos Assistentin Corrie, ob sie helfen könne, und ihr wird Arbeit zugeteilt. Die Gäste aus dem Westen vom Flughafen abholen, Gott sei Dank in einem Kleinbus mit Fahrer; sie zu ihren Unterkünften bringen und ihnen die Pläne für Proben und Auftritte in die Hand drücken. Die Programme Korrektur lesen, mit Xiang zusammen den Saal inspizieren, die Leute von Beleuchtung und Ton instruieren, Notenpulte zählen, eine Telefonliste zusammenstellen. Als die Proben beginnen, fungiert Xiang als Dolmetscher. Hugo sitzt mitten im leeren Saal und geht das Beleuchtungsdrehbuch durch. Alles stimmt. Beim ersten Konzert ist der Saal proppenvoll. Carolien sitzt hinten, neben Corrie. Die stupst sie in die Seite und zieht ein erleichtertes Gesicht. »Geht gut, Lien. Hong ist bestimmt zufrieden. Müde?«

Ja, jetzt wo du es sagst, denkt Carolien. Fix und fertig. Sie lehnt sich zurück und drückt ihre Schulter kurz gegen die Corries. Lächelnd lassen sie sich vom Konzertauftakt berieseln, die Beine ausgestreckt und die Arme auf den Sessellehnen ruhend. Im Anschluss mischen sich Ost und West in der Theaterbar. Mit Xiang an ihrer Seite sitzt Carolien da und schaut Hugo zu, der aufgekratzt von einem Grüppchen zum nächsten läuft. Das passt zu ihm, denkt sie, er ist hier ganz in seinem Element, das sieht man. Dabei hat er heute Abend einen Satz aus dem Dvořák-Quartett angehört, das wir so oft gespielt haben. Mit kindlichem Ernst von vier jungen Chinesen ausgeführt. Xiang auf seiner Bratsche. Er muss das doch vermissen, das Zusammenspiel, die Freundschaft, oder? Man kann doch zwanzig Jahre Geschichte nicht so einfach in die Tonne treten.

Auf einmal steht er neben ihr. »Hör auf, Trübsal zu blasen«, sagt er lachend. »Komm mit, ich möchte dir jemanden vorstellen, einen Kollegen von dir, einen Kinderarzt aus Amerika.« Sie läuft gehorsam hinter Hugo her zu einem Mann, der sich mit Corrie unterhält. Er schaut von seinem Sitz auf. Sie sehen sich an. Oh, denkt sie, o ja, so also, Gott steh mir bei.

– ein Kinderarzt, der hier in einem Waisenhaus arbeitet, schreibt sie an Jochem, *von irgendeiner Wohltätigkeitsorganisation entsandt, auf Zeit natürlich. Schön, mal wieder einen Berufskollegen zu sprechen. Was er genau macht, weiß ich nicht, aber wenn ich nächste Woche von einer Reise ins Landesinnere zurückkomme – Hugo will nach Lokalitäten für sein Festival suchen –, werde ich mir das Kinderheim mal anschauen. Ich musste an dieses Foto denken, das wir vor Jahren mal gesehen haben, weißt du noch? In einer Zeitschrift,* Granta *vielleicht, ein Themenheft über China.*

Zwanzig Babys in einer Reihe, über eine Doppelseite hinweg. Alle in den gleichen Hemdchen und mit nacktem Unterleib. Sie lagen auf so einer Matte mit Löchern, da konnte alles weglaufen, und man brauchte keine Windeln. Zwanzig Mädchen, die niemand haben wollte. Ich hoffe, mir begegnet dort nicht so etwas –

Geplapper, Geschwätz, Halbwahrheiten. Berauscht hat mich dieser Mann. Ein Gefühl, als wäre ich in ein Zuhause zurückgekehrt, das ich verloren geglaubt hatte. Unsinn, Backfischträume, als wäre ich sechzehn, ich weiß. Das schlechte Gewissen treibt mich dazu, Jochem zu schreiben. Lass es, vergiss es.

Sie packt einen kleinen Koffer und nimmt mit Hugo auf dem Rücksitz eines Taxis Platz. Zum Flughafen. In Xiamen steht ein Wagen bereit. Der Fahrer wartet am Ausgang des Flughafens mit einem Pappschild vor dem Bauch, auf dem »Mr Hong and Mrs Lien« steht. »Unersetzlich, diese Corrie«, sagt Hugo zufrieden. »Man ist total hilflos, wenn man in einem Land arbeitet, dessen Sprache man nicht spricht. Sie lesen zu wollen, kann man gleich ganz vergessen.«

Carolien denkt daran, dass sie sich aber doch schon die Schriftzeichen für Ein- und Ausgang eingeprägt hat. Ein Männchen im Laufschritt für »In«; eine zweistöckige Etagere für »Out«. Als Erstes will ich offenbar wissen, wo der Ausgang ist, wie ich weg kann. Der Fahrer ist jung, ein halbes Kind noch, und spricht etwas Englisch.

»Da, wo wir hinfahren, war das Volk von jeher international ausgerichtet«, sagt Hugo. »Die Hakka. Haben sich auf der Flucht aus dem Norden hier niedergelassen, Häuser gebaut wie Festungen. Sie legen größten Wert auf Bildung und einflussreiche Stellungen. Sie studieren in England und

Amerika, werden als Wissenschaftler oder Bürgermeister berühmt. Als Präsident. Ein Volk mit Unternehmergeist.«

Sie lässt ihn reden und schaut aus dem Fenster. Es dauert Stunden, ehe sie die dicht an dicht stehenden Wohnblocks hinter sich gelassen haben. Erst im Laufe des Nachmittags wird das Land grün und hügelig. Auf manchen Hängen sind eigenartige Steinformationen zu sehen, rund und mit einem kleinen Altar in der Mitte, geschmückt mit roten Papierblumen und Schleifen. »Gräber«, sagt Hugo. »Ist zwar nicht mehr erlaubt, aber sie machen's trotzdem. Und dann ziehen sie einmal im Jahr mit der ganzen Familie hin, das Grab schmücken und Speis und Trank bringen.«

Die Straße ist hier schmaler und schlängelt sich durch Wälder, an einem Fluss entlang, quer durch die Felder. Carolien nickt ein und wird erst wieder wach, als Hugo sie anstößt. »Wir kommen in Hakkagebiet!« Sie fahren auf einer achtspurigen Autobahn, sind aber praktisch die Einzigen, die hier unterwegs sind. Sie halten an einer immens großen Raststätte. Während der Fahrer volltanken lässt, streunt Carolien durch das Gebäude. Ein Saal voller Toiletten, total verlassen. In den Verkaufsbereichen stieren die Frauen auf ihre Handys. Kein Mensch da, der etwas kaufen möchte. Alte Frauen kehren mit selbstgebundenen Besen den Autobahnrand. Außen am Gebäude hängen Fotos, die vor den Gefahren von Spaziergängen auf der Autobahn warnen sollen: schreckliche Unfälle, ein Polizist, der mit einem Plastikkamm die Frisur eines überfahrenen Mannes ordnet, ein plattgewalzter Melonenkarren.

Als sie weiterfahren, sehen sie, dass die Melonenverkäufer tatsächlich in langen Reihen entlang der leeren Straße sitzen. Kein einziger Kunde. »Die Entwicklung hier ist aufgezwungen«, erzählt Hugo. »Es soll ein Topanziehungspunkt für

Touristen werden. Hunderte von Bussen mit Chinesen sollen herkommen, tagtäglich, um die Bauwerke der Hakka zu besuchen. Wir sind quasi die Vorhut, deshalb ist es noch so ruhig.« Als Carolien die erste Rundburg sichtet, versteht sie, was er meint. Es ist ein gigantisches kreisrundes Monstrum mit meterdicken Mauern und vier kleinen Eingängen. Hugo sagt, diese Burgen hätten mindestens vier Etagen, die alten Leute wohnten ganz oben, die Familien darunter. Die Vorratsräume seien im Erdgeschoss. In der Mitte ein Innenhof, manchmal mit einem kleinen Tempel oder einem Brunnen. Sie hielten dort auch Hühner oder Gänse. Und alles sei aus gestampftem Lehm erbaut. Carolien ist neugierig geworden und folgt Hugo durch einen der Eingänge ins Innere. Auf schmalen Bänken zu beiden Seiten sitzen alte Frauen in wattierten Jacken. Manche haben eine Handarbeit auf dem Schoß, andere brabbeln sich mit zahnlosen Mündern etwas zu. Hugo und Carolien werden lachend begrüßt. Ein dicker Mann mit einem Baby auf dem Arm kommt auf sie zu und führt sie auf den Innenhof. Er umarmt Hugo und zeigt auf einen Tisch mit kunstvoll bearbeiteten Holzstühlen, kitzelt zwischendurch das Baby. »Das Baby hat er für neuntausend Dollar gekauft«, flüstert Hugo. Sie sieht, wie der Mann das Kind behutsam einer Frau übergibt, die verlegen das Weite sucht.

Sie sollen Platz nehmen und aus Puppentässchen Tee trinken, und der Mann bietet Zigarren und Zigaretten an. »Er baut Tabak an«, sagt Hugo. »Der ist steinreich, da war das Baby locker drin.« Hier wird noch geraucht, denkt Carolien. Sie schaut zu den Holzgalerien hinauf, fünf übereinander, die sich rund um die Innenwände ziehen, und sieht schon Hugos Publikum dort sitzen. Sie ist unruhig, will weg und lässt die Männer mit den ausgebreiteten Papieren am Tisch zurück.

Sie findet an das Bauwerk angrenzend einen mit großen Steinen gepflasterten Weg, gesäumt von einer fast mannshohen Mauer, auf der schlappe Pflanzen zum Trocknen hängen. Senfpflanzen, hatte Hugo gesagt, sie äßen hier wirklich alles, bis hin zu Mäusen, vorausgesetzt, es sei schmackhaft zubereitet. Bei den Landwirten seien den Frauen nie die Füße abgebunden worden, da sie laufen und arbeiten können sollten. Sie sieht die Frauen auf den kleinen Äckern werkeln, Schilfkörbe auf dem Rücken, mitunter auch ein Baby. Ganz in der Nähe, am Fuß der Mauer, schreit ein Kind, ein etwa zweijähriger Junge. Ihm hängt die vollgemachte Hose auf den Knöcheln, und er reckt kreischend die Arme in die Höhe. Ein paar Meter weiter dreht ein Mann verärgert den Kopf. Dann läuft er rasch zu dem Kind, hebt eine Scherbe vom Boden auf und schabt ihm damit den Po sauber. Während er die Scherbe über die Mauer schmeißt, marschiert er, Zigarette zwischen den schmalen Lippen, eilig zu seinen beiden Freunden hinüber. Das Kind bleibt brüllend zurück, mit nacktem Hintern. Als Carolien eine böse blickende Frau auf den kleinen Jungen zusteuern sieht, geht sie schnell weiter, bis sie zu einem Flusslauf kommt.

Langsam geht sie am Wasser entlang, sieht nach einer Weile Häuser zu beiden Seiten, ein Dorf. Eine Brücke, ein flaches Boot, von dem aus zwei Männer mit Kescher und Bootshaken Unrat aus dem Fluss fischen. Die Häuser sind zweistöckig und haben einen Balkon. Stein und Holz. Malerisch, mittelalterlich. Sie bleibt kurz stehen und schaut dem Müllboot zu. Auf einem der Balkone erscheint ein glatzköpfiger alter Mann mit einer vollen Plastiktüte in den Händen. Er wirft sie mit Schwung in den Fluss und geht dann wieder hinein.

Ost, West. Warum versucht Hugo so fanatisch, Dinge zu

verbinden, die nicht zu verbinden sind? Man sieht es doch auf einen Blick: Man versteht nichts davon, man hat kein Gespür dafür – oder ein falsches, kann auch sein –, und es ist unmöglich, sich in diese Menschen hineinzuversetzen. Trotzdem verbeißt er sich in seine Arbeit. Dass wir als Quartett, als Freunde, auseinandergedriftet sind, kümmert ihn nicht, aber diese zwei Welten muss er um jeden Preis zusammenbringen. Nicht, dass sie beleidigt ist, eher verwundert. Er *tut* zumindest was. Ich lasse mich nur treiben, kraftlos, ohne den Willen einzugreifen. Ich lasse mich ablenken und unterhalten, rege mich über unerwünschte Mädchen und schlecht behandelte Kleinkinder auf – worum geht es eigentlich? Mein Erleben ist rein oberflächlich: eine Mülltüte, die auf der Strömung tanzt, ein flacher Korb, in dem Bambussprossen zum Trocknen ausgelegt sind, ein Neuntausend-Dollar-Baby auf dem Arm seiner Mutter. Manchmal schießt plötzlich etwas durch diese trübe Oberfläche hindurch, wie Dampf, der unter einem Deckel hervor entweicht, und ich könnte heulen über diesen Vater, der sein Söhnchen mit der Hose auf den Knöcheln im Stich lässt, und ich würde für immer bei einem fremden Kinderarzt aus Shanghai bleiben wollen.

19

– ich sitze hier in einem Hotel, das eher ein Palast ist, schreibt Carolien an Jochem. *Als wir ankamen, war die Lobby, groß wie ein Fußballplatz, bis auf das Personal total leer. Fünfundzwanzig Uniformen, schätze ich. Alle lächelnd. Wir mussten in den siebten Stock, landeten aber aus Versehen im neunten, auf einem stockfinsteren Gang, wo sich nicht mal Licht anschalten ließ. Das funktionierte nur auf unserer Etage. Jedenfalls ist es hier schön still. Die ganze Region wartet auf eine Touristeninvasion, die noch nicht eingesetzt hat. Das Restaurant hatte man auch eigens für uns geöffnet und war dementsprechend enttäuscht, dass wir abends in den Ort gegangen sind. Hugo sagt, man isst am besten in einem dieser kahlen Lokale, die aussehen wie Garagen, mit Plastiktischen und wackligen Hockern. Gekachelte Wände und Neonröhren an der Decke. Dein Bier musst du selber mitbringen, das Essen kannst du dir in einem Kühlschrank mit Glastüren aussuchen. Strahlend bringen sie dir dann eine Schüssel nach der anderen. Wir haben Lotuswurzeln gegessen und Senfblätter, frittierte Hähnchenteile samt Kopf und Füßen. Du fragtest nach meinen Plänen. Ich habe keine. In ein paar Tagen fahren wir nach Shanghai zurück, und Hugo muss dann kurz hin und her, er will auch bei dir vorbeischauen, sagte er. Ich bleibe hier, bis ich merke, was ich will. Ja, so sieht es aus. Vorläufig gefällt es mir hier ganz gut. Ich weiß, dass dich meine Planlosigkeit nervt. Sobald ich mehr weiß, schreib ich es dir.*

Vorige Woche sind wir zu einem jahrhundertealten Ort gefahren, so einer Welterbestätte, wo Hugo vielleicht auch etwas veranstalten wird. Sie lag in einem See, und man musste über eine Marmorbrücke, auf der sich Brautpaare fotografieren ließen. Am Ufer rund ums Wasser saßen Dutzende von malenden Kindern. Ein Kurs, denke ich, oder eine Schulklasse. Tolle Bilder haben sie gemalt, so à la Bob Ross. Ich erzähle dir das, weil in diesem Städtchen ein besonderer Tempel stand, nicht mit nackter Decke wie sonst überall hier, sondern reich verziert wie in einer Barockkirche. Der Führer, der dort herumlief, sagte, dass es im fünfzehnten Jahrhundert einen Mönch gegeben habe, der durch Deutschland gereist ist. Als er zurückkam, hat er diese Decke bemalt. Ich war ganz ergriffen –

Er wird das zähneknirschend lesen, denkt sie. Er will Ankunftszeiten hören, Zukunftspläne. Sie hängt ein Foto von der Barockdecke an die Mail an. Ost und West. Dann schickt sie eine kurze Mitteilung an Max, den wohltätigen Kinderarzt: Wann sie wieder in der Stadt sein wird, welche Tage ihr für einen Besuch in seinem Heim passen würden. Daten, Zeiten, alles. Ohne mit der Wimper zu zucken.

Sie denkt an den reisenden Mönch, fragt sich, ob er sich nach seiner Rückkehr wohl unverstanden gefühlt hat, ob er niedergeschlagen war, weil er nicht erklären konnte, was er erlebt hatte. Vielleicht hat man sich über seine Malereien lustiggemacht. Und doch haben seine Landsleute sie bis heute bewahrt. Während der Kulturrevolution hat man Spanplatten davorgenagelt, auf die Mao-Losungen gepinselt waren, und jetzt steht dort ein staatlich bestellter Führer und zeigt mit einem Stock nach oben. Sie ist müde. Hugo konferiert mit dem Tabakpflanzer, und sie geht zu Bett.

Am nächsten Tag ist eine Mail von Jochem da. Er bedankt sich für das Foto und versteht offenbar, was sie meinte, was ihre Ergriffenheit ausgelöst hat.

– ich glaube wie du, dass es vergebliche Liebesmüh ist, diese Kulturen zusammenbringen zu wollen. Doch wer sind wir schon? Jetzt aber zur Sache. Ich bin zwar gerade in Paris gewesen, um ein paar Bögen zu kaufen, aber ich behalte meine touristischen Erlebnisse tunlichst für mich. Ich hab dem Notar mitgeteilt, dass er sich wegen deines Auslandsaufenthalts noch etwas gedulden muss, bis er seine Akte schließen kann. Die Post vom Finanzamt hab ich geöffnet, es geht um eine Rückzahlung, da brauchst du nicht tätig zu werden. Ansonsten muss ich dir noch erzählen, dass ich bei Daniel war, in seiner Sprechstunde (ganz harmlos, Grippeimpfung, Blutdruck), und wir über dich gesprochen haben. Er hätte gern, dass du deine Entscheidung rückgängig machst. Noch geht es, sagte er; wenn du zu lange wartest, läuft deine Registrierung ab.

So gut das Haus jetzt auch gesichert ist, hab ich das Cello doch lieber wieder ins Atelier geholt. Ich bringe es zurück, sobald du nach Hause kommst –

Carolien erschrickt, als sie von dem Besuch bei Daniel liest. Jochem bagatellisiert das natürlich, Grippeimpfung, so ein Quatsch. Ich glaube, dass er eher wegen seiner Schlaflosigkeit da war, wegen der andauernden Kopfschmerzen, dem Beklemmungsgefühl im Brustbereich. Er könnte ohne weiteres einen Schlaganfall oder einen Herzinfarkt bekommen. Daniel hat ihn bestimmt gründlich untersucht; ich frage ihn einfach.

– mit Jochem tausche ich mich regelmäßig aus, auch wenn ich in China bin. Tust du bitte was dafür, dass sein Blutdruck nicht zu stark ansteigt? Gibt es Befunde aus der Kon-

sultation, von denen ich wissen sollte? In Bezug auf das, was du außerdem zu ihm gesagt hast: Ich denke hier nach. Ob ich wieder oder noch als Hausärztin tätig sein will, weiß ich nicht. Ich merke aber schon, dass mich der Beruf mehr interessiert, als ich dachte. Ich habe in Shanghai einen Kollegen kennengelernt, einen Kinderarzt, der für eine internationale Organisation Untersuchungen über Kinderheime in China anstellt. Er ist überall herumgereist und fertigt jetzt einen detaillierten Bericht über ein Waisenhaus in Shanghai an. Nächste Woche werde ich ihn einen Tag lang bei seiner Arbeit begleiten. Ein sympathischer, vernünftiger Mann, schien mir. Ich konnte auch mit ihm lachen, und er hat keine Allüren. Bis jetzt habe ich hier vor allem »musikalische« Erfahrungen gemacht, durch Hugos Arbeit, und es ist alles mehr oder weniger an mir vorbeigerauscht. Als ich Max traf, das ist dieser Kinderarzt, war es sofort anders. Ich wollte wissen, was er macht, wie er denkt. Ich fühlte mich beteiligt, als ob ich doch noch eine Ärztin wäre. Komisch, nicht? –

Sie verharrt kurz an ihrem Laptop. Will ich wirklich wieder in den Arztberuf zurück? Oder rührt mein Interesse von was anderem her? Alles ist hier unbekannt für mich, kein Wunder, dass ich froh bin, wenn ich auf etwas stoße, das ich kenne, Impfprogramme, Wachstumskurven. Das bedeutet doch nicht, dass ich wieder in die Praxis gehen sollte. Konnte dort nur an meine Hand denken. Jetzt denke ich nie daran. Was geschieht hier?

Hugo fliegt für ein paar Tage zurück; sie fragt, ob er Laura besuchen wird. »Wenn Zeit dafür ist, bestimmt«, sagt er. »Amüsier du dich mal inzwischen. Corrie will mit dir essen gehen, sagte sie. Du kannst dich auch mit Xiang verabreden, er mag dich sehr.« Geh du ruhig, denkt sie, ich habe meine eigenen Pläne. Und zu denen gehört, dass sie, sowie Hugo im Flugzeug sitzt, ein Taxi besteigt, um zu dem Kinderheim zu fahren.

»Es ist schwierig«, sagt Max, als sie zusammen durch die Flure laufen. »Ich muss beobachten und aufschreiben, was ich sehe, aber ich kann es nicht lassen, mit den Kindern zu spielen. Gestern haben wir Fußball gespielt.« Er zeigt ihr die Schlafsäle mit den Matten auf dem Boden, die Waschräume und den Speiseraum. Aus der Küche ertönt kriegslustiges Getöse von Stahl auf Stein. Hohe, böse Stimmen darüber hinweg. »So reden die Menschen hier, ich dachte erst, sie haben sich ständig in den Haaren, aber das stimmt gar nicht.« Vor der Küche bleiben sie stehen. »Das Leistungsangebot – Gruppengröße, Verköstigung, Tageseinteilung – ist mehr oder weniger bekannt. Ich soll mir hier anschauen, wie die Kinder behandelt werden, wie es mit der Qualität des Pflegepersonals aussieht, dem sogenannten Wohlbefinden der Kinder. Das braucht seine Zeit. Ich liebe diese Knirpse. Es ist doch ein Wunder, dass sie so gut wie immer neugierig sind und den Kontakt suchen – unter diesen Umständen, das glaubt man kaum. Schau sie dir an, in ihren Baumwollblusen, einfach herzzerreißend.« In einer Reihe marschieren die Kleinkinder diszipliniert zu einem niedrigen Tisch mit kleinen Hockern, wo sie geduldig aufs Essen warten. Manche sprechen miteinander, suchen Körperkontakt; andere sitzen ganz still da und schauen mit großen Augen zu den beiden weißen Erwachsenen in der Türöffnung.

Max hat zu Hause eine Familie, aber zu Hause sei er selten. Ein Auftrag nach dem anderen jage ihn um die halbe Welt. Was man mit seinen Untersuchungsergebnissen und Empfehlungen anstelle, variiere ziemlich. Manchmal resultiere seine Arbeit in ansehnlichen Subventionen, manchmal in einem Schulungsprogramm. Und manchmal passiere gar nichts. Als sie zusammen Tee trinken, den eine fröhliche Köchin auf den Tisch geknallt hat, fragt er sie über ihre Arbeit aus, ihr Leben, warum sie hier ist. Sie erzählt alles. Alles. Zu ihrem eigenen Erstaunen. Er fasst sie bei der Hand, der verstümmelten Hand. »Komm, wir holen mal diesen stillen Jungen ab, und dann zeige ich dir den Park.«

Carolien hatte das Kind schon in einer Ecke des Speisesaals sitzen sehen. In sich gekehrt. Nicht neugierig. »Er ist noch nicht so lange hier. Sie können keinen Kontakt zu ihm herstellen. Vielleicht ist er schwachsinnig. Oder stark traumatisiert. Ich möchte wissen, wie du das einschätzt.«

Das Kind lässt zu, dass sie jeder eine Hand fassen, und geht in ihrer Mitte mit nach draußen. Das Gras scheint der Kleine angenehm zu finden, Carolien sieht, wie er mit so etwas wie Wohlbehagen mit den Füßen hindurchfährt. Sie drückt seine Hand, er wendet ihr sein Gesichtchen zu und lacht. Dann rennen sie ein Stück und schwingen ihn in die Luft. Carolien singt: »Grünes Gras, grünes Gras, unter meinen Füßen, ich hab verloren meinen Schatz, ich werd ihn suchen müssen.« Max singt »pom-pom-pom« als begleitenden Bass, und das Kind strahlt.

»So habe ich ihn noch nie gesehen«, sagt Max später. »Warum arbeitest du nicht hier? Du könntest mit den Kindern musizieren. Ich kenne nur wenige Lieder, höchstens christliche Gesänge von früher. Die sagen mir zwar nichts mehr, aber so eine Melodie lässt einen nie los. Dieses Abendgebet, kennst du das? Das ist so schön.«

»Bleib bei mir«, sagt Carolien, »denn es will Abend werden.« Sie summt die Melodie.

»Ja, das ist es.« Sie sehen sich an. Er legt die Hand an ihre

Wange. »Eigenartig, ich fühle mich bei dir, als wäre ich endlich nach Hause gekommen. Und dabei kennen wir uns kaum.«

Und so geht es immer weiter. Abends essen sie zusammen, auf Caroliens Empfehlung hin in einer Garage. Sie trinken chinesisches Bier, der Koch und dessen Mutter tischen rufend und lachend allerlei Speisen auf, und unmittelbar neben ihrem Tisch schieben sich Hausierer, Bettler und Kinder auf der Straße vorbei. Sie sehen nichts, sie erzählen einander ihre Lebensgeschichten, die überarbeiteten Versionen, versteht sich. Carolien trägt die Geschichte von dem Unfall vor, bei dem ihre beiden Söhne umkamen. Max hat ein schwerbehindertes Kind zu Hause.

»Ich kann es nicht ertragen«, sagt er, »ich muss immer wieder weg, es beklemmt mich zu sehr.« Mit geröteten Wangen vor Aufregung leben sie sich in das Elend des anderen ein. »Ich wurde zu einer humorlosen, zynischen Frau«, sagt die eine, »praktisch für nichts mehr zu gebrauchen.« – »Ich sah es gleich nach der Geburt«, sagt der andere, »die Zeit blieb stehen, und das jahrelang.« Carolien nickt, das kennt sie. Nicht vorwärts können, Angst vor dem Zurück haben. Für sie war das Musizieren ein Ausweg; er bewarb sich bei Hilfsorganisationen und rettete Kinder, überall, nur nicht zu Hause. Sie bekommen nicht genug davon, da unter den summenden Leuchtstoffröhren. Dass sie hier sitzen! Dass sie einander gefunden haben! Dass morgen *wieder* ein Tag ist! Es geht immer weiter.

Eine Mail von Daniel ist eingetroffen, sieht sie, als sie wieder allein ist. Der Schreck lähmt ihre Muskeln. Ist etwas mit Jochem, eine schlimme Diagnose, von der er nicht zu erzählen wagte?

– ich habe nichts finden können, außer einem etwas erhöhten Blutdruck. Sein Leben ist natürlich typisch Jochem, immer arbeiten und drinnen hocken, dauernd eine Wahnsinnswut im Bauch. Na ja, das weißt du alles. Du bist, denke ich, nicht von ungefähr mal eine Weile auf der anderen Seite der Erde. Aber was treibst du dort? Du schreibst wenig darüber, aber was du schreibst, lässt mich das Schlimmste vermuten. Bist du dir sicher, dass dieser Kollege von dir kein Jesus ist? Allerorten schlichten und heilen, alles verstehen und vergeben – schön und gut, aber sowie er ein anderes notleidendes Opfer ins Visier kriegt, verduftet er, und du sitzt wieder allein da. Genau das, was du so anziehend findest, die Fürsorglichkeit, der Wunsch, die Welt zu verbessern, wäre ein Grund dafür, dich auf so jemanden niemals zu verlassen.

Du fühlst dich sicher geschmeichelt und endlich wieder einmal bewundert, wer weiß auch begehrt, alles ganz toll, aber völlig daneben. Du hast ein Zuhause, und das ist hier. Du hast einen Mann, der Aufmerksamkeit braucht. Du hast einen Beruf, vor dem du einfach davongelaufen bist. Um jetzt hinter so einem tragischen Helden her zu sein, ich bitte dich, Carolien! Du hast ein Leben, eine Geschichte. Das kannst du nicht ungeschehen machen, nicht wegwerfen. Wach auf!

Jetzt bist du bestimmt stinksauer auf mich. Ist mir egal, das wird sich schon wieder legen. Hauptsache, du liest, was ich zu sagen habe. Und denkst gründlich darüber nach. Und du sollst wissen, dass ich froh wäre, mehr als froh, wenn du wieder hier in dein Sprechzimmer zurückkehren würdest –

Sie klickt die Mail weg. Macht den Laptop aus. Sie beißt sich auf die Innenseite der Wangen. Was bildet er sich eigentlich ein mit seiner Kritik, seinem Urteil? Max ein Jesus? Er soll sich um seine eigenen Angelegenheiten scheren!

Sie bleibt am Tisch sitzen, den Kopf in die Hände gestützt. Das Leben von früher schlägt die scharfen Reißzähne in das Leben von jetzt. Einen Augenblick ist sie wie vom Donner gerührt.

20

Sie begegnen sich auf der Straße, vor dem Eingang zu Jochems Atelier. Ein kurioser Zufall, Jochem hatte die Verabredung mit Hugo total vergessen. Zahnschmerzen, nicht geschlafen, heute früh einen Termin beim Zahnarzt bekommen. Jetzt trottet er mit benebeltem Kopf und zur Hälfte gelähmtem Gesicht nach Hause oder dem, was er sein Zuhause schimpft. Er hat den Blick auf seine Füße gesenkt, denn er will wissen, wo er hintritt. Hugo sieht er daher erst, als er den Kopf hebt, um die Tür aufzudrücken. Er erschrickt – ach ja, stimmt, er wollte vorbeikommen, Mist, keinen Bock jetzt. Er saugt kalte Luft und Spucke ein und schluckt.

»Perfektes Timing«, sagt Hugo fröhlich. »Prima, denn ich frier mir den Arsch ab. Hatte das Klima hier ganz vergessen.«

Hugo hat keinen Mantel an, sieht Jochem, nur so ein eng geschnittenes Sakko, das er mit einer Hand am Hals zusammenhält. Jochem zieht die Nase hoch und brummt. Sie gehen am Pförtner vorbei zur Treppe. »Ein Termin? Der im Kalender steht?« Jochem nickt. »Danke, Ulrich.« Seine Artikulation lässt zu wünschen übrig. Er geht Hugo voran. Die glatten Ledersohlen hinter ihm spielen einen ungeduldigen Trommelwirbel auf den Treppenstufen.

»Hast du Kaffee?«, fragt Hugo, als sie in der Küche sitzen. »Was ist mit dir, du bist ganz grau im Gesicht.«

Jochem ist mit der Kaffeemaschine befasst. Konversation

machen, Interesse zeigen, die Arbeit liegen lassen – das kotzt ihn alles an. Er reißt sich zusammen. Besuch aus China, na komm, das geht auch wieder vorbei.

»Zahn gezogen. Ich hatte tierische Schmerzen, schon ein paar Tage. Dachte: Das meiste geht von selbst vorüber. Fehlanzeige. Zucker?« Er gießt den Kaffee in zwei Becher und setzt sich ächzend.

Hugo ist noch hagerer geworden. Sein Gesicht ist braungebrannt wie das eines alten Skilehrers, und sein schwarzes Haar ist grau gesträhnt.

»Ich hab zwei Geigen für dich daliegen.«

»Hast du das Geld gekriegt? Die Geige, die du mir letztes Mal mitgegeben hast, hab ich selbst behalten. Separat bezahlt, hat doch geklappt, oder?«

Spielt er wieder? Na ja, muss er selber wissen. Geht mich nichts an. Mann, der sprudelt ja wie ein Wasserfall, über seine Festivals, seine Konzerte, seine Kontakte. Nicht aufregen. Soll er da drüben ruhig Instrumente verschleißen. Jochem nimmt einen Schluck Kaffee, wobei ihm die Hälfte aus dem Mund läuft, weil die Lippen auf der rechten Seite noch betäubt sind. Er fühlt das heiße Nass durch sein Oberhemd.

»Wenn du wirklich eine Fusion zwischen Ost und West zustande bringen willst, solltest du aufhören, Instrumente rüber zu verfrachten. Schick für das Geld lieber ein paar junge Chinesen hierher, lass sie ein paar Jahre in die Lehre gehen. Nicht bei mir, bitte. Es gibt genügend Kollegen, die das gern übernehmen. Dann hätte man nach einiger Zeit gut ausgebildete Leute, die sich drüben an die Arbeit machen können. Selbständig. Damit wär wirklich was erreicht. Was momentan abläuft, ist nichts Halbes und nichts Ganzes, für jeden schiefen Steg muss so 'n chinesischer Geiger in den Westen reisen, weil es da drüben keine Geigenbauer gibt. Außerdem bleibst du der Chef, der Kolonialherr, der die Eingeborenen an seiner großartigen Kultur schnuppern lässt.«

So, das hat gesessen. Hugo scheint es aber nicht sonderlich zu tangieren. »Tja, nette Idee«, sagt er. »Du sabberst übrigens wie blöd, weißt du das? Legt sich das wieder mit der Gesichtslähmung, hat dein Zahnarzt was gesagt? Was den kulturellen Austausch betrifft, der läuft von beiden Seiten, zum Beispiel hat ein junger chinesischer Komponist genauso an einem Stück für gemischte Besetzung mitgeschrieben wie ein Mädchen von hier. Streicherquartett plus heimische Instrumente. Eine Art Laute und eine chinesische Geige, auch Flöten. Ganz gute Mischung. Und toll, was die beiden daraus gemacht haben. Auf längere Sicht will ich die Aufführungen auch hierher holen, aber zuerst will ich sie drüben schön ausfeilen. Ob das was mit kolonialem Denken zu tun hat, weiß ich nicht, nicht bewusst jedenfalls. Die Chinesen bezahlen für das ganze Projekt einfach besser als wir. Du willst unbedingt ein Haar in der Suppe finden. Du bist schrecklich mies gelaunt.«

Jetzt wird er persönlich, denkt Jochem. Und darum geht es auch eigentlich. Was kümmert mich diese sogenannte kulturelle Verschmelzung? Dass er in Shanghai mit *meiner* Frau zusammen ist, das ist der springende Punkt. Aber den Teufel werd ich tun und ihm das sagen. Er räuspert sich und stößt ein Grummeln aus.

»Diese Stippvisiten von dir gehen mir gegen den Strich«, sagt er schließlich. »Bei wichtigen Anlässen bist du nicht da. Du hättest zur Beerdigung von Reinier van Aalst kommen müssen, schließlich war er dein Lehrer. Ich nehme es dir übel, dass du Carolien damit allein gelassen hast. Aber wenn es dir gerade passt, wenn du was von mir brauchst, dann bist du plötzlich da. Und wieder weg, wenn du gekriegt hast, was du wolltest. Das find ich scheiße.«

Hugo ist aufgesprungen und läuft mit verkniffenem Gesicht in der Küche hin und her.

»Und wie du dich verschanzt und absonderst, das finde *ich* scheiße. Man muss hier erst 'ne verdammte Prüfung ablegen, bevor man dein Heiligtum betreten darf. Du hast Carolien hinter Gitter gesperrt und damit aus dem Haus getrieben. Ja, schüttle nur den Kopf und streite alles ab, klar, das war natürlich alles wegen diesem Scheißcello, aber es stimmt. Sie war jedes Mal mindestens fünf Minuten mit Alarmanlage und Verriegelungen zugange, bevor sie in den Garten konnte, um eine Zigarette zu rauchen. Wenn man sein Leben so einrichtet, ist man doch krank im Kopf! Wundert es dich da, dass sie das nicht ausgehalten hat? Es ist deine eigene Schuld.«

Jochem, auf seinem Stuhl zusammengekauert, fühlt heftige Kopfschmerzen aufkommen. Ein stechender Schmerz macht ihm bewusst, dass er mit aller Macht die Kiefer aufeinanderpresst. Entspannen, hat der Zahnarzt gesagt, ihre Zähne sind vom Zusammenbeißen und Knirschen schon regelrecht abgeschliffen. Aber ich kann das nicht, denkt er, Entspannung ist für andere da. Wenn ich entspannen würde, läge ich gleich auf der Nase, da bin ich mir sicher.

»Ich hab mich wenigstens *weiterentwickelt*«, hört er Hugo posaunen. »Ich mach was Neues, ich bau mir ein neues Leben auf. Andere Leute, Aussichten, Ideale, wenn du so willst. Ich verkriech mich nicht wie du in 'ner verbarrikadierten Höhle und ergeh mich in sinnloser Wut. Du willst an dem festhalten, was du hattest, und verlierst dadurch alles. So, das musste mal gesagt sein. Hast du Schmerzen?«

Jochem kann der schnellen Modulation nicht folgen und ist noch mit den Gedanken bei Carolien. Er reibt sich über die Lippen, die Betäubung scheint nachzulassen. Ich muss es ihm auf den Kopf zusagen, denkt er, er soll klipp und klar wissen, dass ich mir das nicht länger bieten lasse. Dass er mit Carolien, dass er – ich schieß ihn tot, so fuchsig bin ich, die Pistole, in der Schublade, ich hol sie einfach, jetzt –

Als er aufstehen will, spürt er einen lähmenden Schmerz in der Brust, im Arm, so stark, dass er zu Boden sinkt. Herz, denkt er, bevor er das Bewusstsein verliert, mein Herz versagt vor Wut, ist doch die Höhe, so ein Mist.

Als er zu sich kommt, liegt er der Länge nach auf dem Fußboden und sieht Hugos Gesicht über sich.

»Sie kommen gleich, ich hab angerufen, ein Krankenwagen ist unterwegs. Beweg dich besser nicht.«

Er will protestieren, sagen, dass das Quatsch ist, nur kurz liegen bleiben und dann wieder aufstehen, mir fehlt nichts, ich war gerade erst beim Hausarzt, der konnte nichts finden. Es gelingt ihm nicht, er hat keine Energie zum Sprechen. Er schließt die Augen.

Dann erscheinen die Sanitäter mit einer Tragbahre. Laute Schritte, große Sicherheitsschuhe nah bei seinem Gesicht. Eine durchdringende Stimme brüllt ihm etwas ins Ohr von wegen Schmerzen, Beklemmungsgefühl, Ausstrahlung in den Arm? Er reagiert nicht, registriert jedoch alles. Sie legen ihm eine Infusion an und machen irgendwas mit kalten Dingern auf seiner nackten Brust. Haben sie ihm das Hemd zerrissen? Sie tragen ihn auf der Bahre in den Aufzug. Das Atelier, denkt er, das muss abgeschlossen werden, ich muss das sagen, ich bin zu müde.

»Ich schließ hier ab«, sagt Hugo, »und dann geb ich Ulrich unten die Schlüssel, in Ordnung?«

Jochem macht die Augen auf und sieht Hugo dankbar an. Ein Freund. Ein guter Freund. Der mit meiner Frau in einer Wohnung in Shanghai wohnt. Ein Freund.

»Ein leichter Herzinfarkt«, sagt der Kardiologe im Krankenhaus. »Sie bleiben hier bis morgen am Monitor liegen. Dann schauen wir uns das Ganze an und arbeiten einen Behandlungsplan aus.«

Ohne mich, denkt Jochem. Wenn ich mich ausgeruht habe, rupfe ich die Schläuche ab und verdufte. Was soll das ganze Tamtam, ist doch kein Grund, so einen Aufstand zu machen. Ich will weg, ich muss arbeiten. Wo ist Hugo abgeblieben? Er muss doch die Geigen mitnehmen, nach China schicken – ob er Carolien angerufen hat, komm schnell, dein Mann hat einen Herzinfarkt? Er seufzt und döst ein.

Als er aufwacht, weiß er nicht, wie spät es ist. Das Kabuff, in dem sie ihn abgestellt haben, hat keine Fenster. Die Schmerzen sind weg. Er zieht die Elektroden von seiner Brust und die Kanüle aus seinem Handrücken. Hemd zuknöpfen, Schuhe an, auf den Flur, noch kurz pinkeln, Wasser ins Gesicht, raus. Taxi. Ulrich ist noch da und gibt ihm die Schlüssel.

»Abgehauen?«, fragt er. Jochem nickt und nimmt den Aufzug nach oben. Als er das Atelier betritt, klingelt das Telefon. Er nimmt ab.

»Nanu, du bist da?« Die Stimme von Carolien, mit mächtigem Widerhall.

»Ja, natürlich bin ich da.«

»Hugo rief an, dass du im Krankenhaus liegst. Es ist hier mitten in der Nacht. Ich dachte, du liegst im Sterben. Ich wollte morgen früh das nächste Flugzeug nehmen.«

»Gar keine Notwendigkeit«, sagt Jochem. Zu seiner Freude klingt seine Stimme kräftig. »Mir fehlt nichts, alles nur Panikmache. Widme du dich ruhig weiter deinem Freiheitskampf oder was immer du gerade treibst.«

»Aber du warst im Krankenhaus! Dein Herz!«

»Quatsch. Kurze Schwäche. Hugo hat ein bisschen überreagiert. Chefallüren. Aktionismus.«

Es bleibt kurz still, er vernimmt ein Rauschen in der Leitung, einen leichten Sturm zwischen sich und Carolien.

»Ich möchte auf keinen Fall, dass du dich gezwungen fühlst zurückzukommen. Komm, wenn dir wirklich danach ist, ansonsten bringt es nichts, und alles bleibt beim Alten. Dafür bin ich nicht mehr zu haben. Ein Kampf gegen Windmühlen ist das.«

»Oh«, sagt Carolien. »Kannst du denn schlafen?«

»Verschon mich mit diesem Therapeutengetue. Kümmere dich lieber um dich selbst, denk darüber nach, was du eigentlich machen willst, entscheide dich, ob du mit mir zusammen sein willst oder lieber bei Hugo bleibst. Aber lass mir gegenüber nicht die Frau Doktor raushängen.«

»Was hat man dir denn im Krankenhaus verabreicht? Du bist ja richtig schwatzhaft, so kenne ich dich gar nicht.«

Jochem grummelt etwas zwischen aufeinandergepressten Kiefern.

»Halt dich da raus. Ich will meine Ruhe haben. Und eine Frau, die sich benimmt wie ein erwachsener Mensch. Eine, die am anderen Ende der Welt rumgondelt und rummacht, kann mir gestohlen bleiben, davon will ich nichts wissen. Ich werd's dann schon mitbekommen, wenn du genug davon hast, verdammt.«

»Du darfst dich nicht so aufregen«, sagt Carolien heiser. »Hugo ist einfach nur ein Freund, keine Rede davon, dass er für mich eine Wahl wäre, wie du andeutest. Keine Sorge. Ich mail dir. Nimm die Tabletten ein, die man dir gegeben hat, und geh schlafen.«

»Genau das meine ich, diesen Ton, diese herablassende Haltung. Ich bin nicht behindert.«

Stille. Er hört ein Knacken am anderen Ende der Leitung und eine Art Schnarchen, als ziehe Carolien die Nase hoch. Er setzt sich und holt tief Luft. Keine Schmerzen.

»Weißt du, Carolien«, sagt er langsam, »sie bleiben tot, unsere Jungs. So sehr ich hier auch hoble und meißle. Was immer du da drüben auch treibst. Tot. Weg. Für immer.«

Ein Klicken. Die Verbindung ist abgebrochen.

21

Carolien ist nach dem Gespräch mit Jochem am Fenster sitzen geblieben. Die Sonne geht auf, die Stadt erwacht zum Leben, ein Lastenfahrrad mit einer turmhohen Fracht aus zusammengefalteten Pappkartons schiebt sich vorüber, ein magerer Junge tritt die Pedale. Der Fleischer seift seinen Tisch im Freien ab, Omas bringen kleine Kinder zur Schule, Frauen hängen die Wäsche an zwischen den Bäumen und den Häuserfassaden gespannten Leinen auf. Es ist Tag, denkt sie, und ich fühle mich völlig gerädert. So müde, dass ich mich nicht vom Stuhl erheben kann. Ich sollte rausgehen, Wasser trinken, etwas essen. Duschen. Was Sauberes anziehen. Los, raff dich auf.

Ihr Handy brummt. Es ist Max. Er will eine Reise machen, um noch einige Kinderheime zu besuchen. In den Norden, Endziel Peking. Er soll beurteilen, ob die Kinder derartig traumatisiert sind, dass man ein Team zusammenstellen sollte, um das Pflegepersonal zu schulen. Er werde von einem Dolmetscher begleitet. Und sie, ob sie ihn auch begleiten wolle? Mit pfeilschnellen Zügen quer durchs Landesinnere, die unterirdische Terrakotta-Armee besichtigen, den Gelben Fluss, die Große Mauer, die sich im Norden über die Berghänge schlängelt?

»Aber ich möchte dich vor allem mit dabeihaben, damit du dir die Kinder ansiehst, du könntest mir richtig helfen. Fünf Tage. Überleg es dir und ruf mich dann zurück. Ja?«

»Oh, oh«, sagt Corrie, »das hab ich schon befürchtet. Zu Doktor Max nein zu sagen ist nicht so einfach, hm, Lien?«

Weil Carolien sich nicht entscheiden konnte, ist sie in Hugos Büro gegangen, um sich Rat zu holen. Sie weiß selbst, dass das kompletter Blödsinn ist, denn sie wird mitfahren, natürlich wird sie mitfahren. Sie wird tagsüber interessiert und fürsorglich mit den Kindern spielen und nachts mit Max in einem dieser steinharten chinesischen Betten liegen. Sie werden Dumplings in scharfer Suppe essen und eiskaltes chinesisches Bier trinken, und sie wird sich fühlen, als wäre sie fünfundzwanzig. Und nach diesen fünf Tagen?

»Die Leute von der Technik sind schon in Peking«, erklärt Corrie, »und die Musiker fahren morgen. Alles ist geregelt. Hong fliegt direkt dorthin; es passt gut, wenn du von Datong aus mit dem Zug kommst. Der Doktor hat mir gestern schon den Reiseplan gegeben. Alles unter Kontrolle!« Sie kichert frei heraus und klopft Carolien auf den Arm. »Geh du ruhig auf die Reise. Die Berge sind hoch, und der Kaiser ist weit weg. Das sagen wir in China.«

Der Lauf der Dinge scheint sie sehr fröhlich zu stimmen, und Carolien lässt sich von ihrer Ausgelassenheit anstecken. Der Schreck darüber, mit welcher Arroganz Max offenbar davon ausgegangen ist, dass sein Plan unwiderstehlich sein würde, verflüchtigt sich; das schlechte Gewissen Jochem gegenüber wird durch die Verärgerung über das Telefongespräch mit ihm gedämpft. Ich bin verrückt, denkt sie, das ist unverantwortlich und unerwachsen und wird mir noch sehr leidtun. Und ich tu's trotzdem.

So kommt es, dass sie ein paar Tage später in Max' Armen auf dem betonierten Innenhof eines armseligen Kinderheims irgendwo auf dem Land steht und hemmungslos weint. Die

Kinder, die in Bettchen wie Käfigen in ihrem eigenen Kot liegen oder sitzen, haben durch sie hindurchgestarrt und keinerlei Kontakt hergestellt. Als sie einen kleinen Jungen streicheln wollte, biss er sie in die Hand. Das Personal begriff nicht, was Max wollte – Spielzeug, singen, herumlaufen? Man hatte Reis zu kochen, Wasser zu holen, Fußböden zu schrubben. Besuch? Hier kam nie Besuch, diese Kinder hatte man abgeschoben, die wollte niemand.

»Man darf ihnen das nicht übelnehmen«, sagt Max auf diesem Innenhof. »Sie halten es für eine Schande, dass die eigenen Angehörigen nicht für die Kinder sorgen. Das stempelt diese Kinder zu etwas Wertlosem ab, und so werden sie dann auch behandelt. Aber wir werden Bericht darüber erstatten, eine Empfehlung für ein Hilfsprogramm, für Subventionen geben. Wir *tun* etwas.«

Doch Carolien denkt an die blassen Gesichtchen und die unnatürliche Stille bei den Kleinen im Saal. An die starre Haltung der Pflegerinnen, diese Wand aus Unverständnis und Widerstreben. Was, wenn es andersherum wäre, denkt sie, wenn *ich* etwas so machte, wie ich es immer gemacht habe und ganz normal finde, und es käme jemand von ganz weit her, der das erschreckend fände und kritisierte? Dann würde ich mich angegriffen fühlen und diesen anderen schnell abwimmeln, weil er nichts davon versteht. Vielleicht schämen sich diese Frauen ja, weil sie ausgesonderte Kinder betreuen. Das macht auch sie zu etwas Wertlosem. Und dann kommen wir und schauen uns das an.

»Oft stimmt bei so einem Kind etwas nicht«, sagt Max ihr ins Ohr. »Silberblick, gehörlos, schwachsinnig – oder falsches Geschlecht. Wenn man ein Kind mit einem Makel bekommt, wird man verachtet und verhöhnt. Bei uns war es früher auch so, vergiss das nicht. Auslachen, ausgrenzen.«

Sie kann sich nicht vorstellen, wie Eltern ihr Kind hierherbringen können, auf diese menschliche Müllhalde.

»Und wenn den Kindern vorher nichts fehlt, werden sie hier bald irgendwas haben«, fährt Max fort. »Ihre Entwicklung stagniert. Vieles ist später nicht mehr aufzuholen. Es tut mir leid, dass du das mit ansehen musst. Auf diesem Gebiet herrscht hier tiefstes Mittelalter, aber wir versuchen, das zu ändern. Morgen fahren wir zu einer Einrichtung, wo schon zweimal ein Programm von uns gelaufen ist, beziehungsweise etwas durch uns angestoßen wurde. Du wirst merken, dass das geholfen hat, wirklich.«

In dieser Nacht liegt sie wie versteinert im Bett. Max streichelt ihre Hand, die verunstaltete Hand, bis er einschläft. Er hat selbst ein Kind mit Gebrechen, denkt sie, das lässt er von der Mutter versorgen, über die er kaum spricht. Er hat es zwar nicht weggegeben, aber er hat selbst die Flucht ergriffen. Hör auf mit diesen Gedanken! Vorsichtig steigt sie aus dem Bett, um im Badezimmer eine Zigarette zu rauchen, auf dem Fußboden, mit dem Rücken an den Kacheln, den Armen um die Knie. Dann sucht sie nach einer Schlaftablette und wartet auf die Betäubung.

Das Heim liegt auf einer Anhöhe. Über eine gewundene Treppe steigen sie hinauf, zwischen kleinen Äckern hindurch, über einen Bach, an Holzschuppen entlang. Sie hören schrille Kinderstimmen, Lachen und aufgeregte Rufe. Als sie die Eingangspforte öffnen, stehen sie auf einem Schulhof, auf dem etwa vierzig Kinder durcheinanderrennen und Spiele spielen. Fangen, Hüpfen, Bockspringen. Mädchen und Jungen. Farbenfrohe Kleidung, keine Lumpen, aber auch nicht neu. Fast alle haben Schuhe an den Füßen, Gummistiefelchen oder Latschen. Die meisten halten in ihrem

Spiel inne, als die großen Weißen den Hof betreten. Schon bald stehen die Kinder im Kreis um sie herum. Während der Heimleiter sie begrüßt und willkommen heißt, rücken die Kinder immer näher. Ein Mädchen mit einem abgewetzten Stoffkaninchen unter dem Arm befühlt vorsichtig den Stoff von Caroliens Blazer und schaut zu ihr hoch, um sich zu vergewissern, dass sie das auch darf. Die Kleine trägt eine Brille und hat eine rosafarbene Schleife im Haar.

Carolien ist so fasziniert vom Verhalten der Kinder, dass sie den Erläuterungen des Heimleiters kaum zuhört. Integration, fängt sie auf, regelmäßige Besuche im Dorf – wohl, um mit den alten Leuten ein bisschen auf ihren Äckern zu pusseln –, und dass eine Schule vorhanden sei, die sie vor zwei Jahren aufgezogen hätten. Sie sei ein großer Erfolg, und dank der Fördergelder hätten sie gute Lehrkräfte.

Das Mädchen fasst Caroliens Hand und zieht sie auf die andere Seite des Hofs, wo sich der Eingang zur Schule befindet; sie sieht kleine Tische und Stühle durch die offenstehenden Fenster. Der Dolmetscher, ein griesgrämig blickender Mann in feuerrotem Anorak, läuft hinter ihnen her, denn Max und der Heimleiter unterhalten sich auf Englisch. Er übersetzt, was das Mädchen zu Carolien sagt. »Komm mit, *dorthin.*« Im Eingangsbereich der Schule ist ein großes Fliesentableau in die Wand eingelassen, eine Weltkarte in Farbe, in deren Mitte China prangt. Das Kind zeigt auf einen roten Punkt in dem gelben Land. »Dort ist meine Schule«, brummt der Dolmetscher. Carolien nickt. Die Kleine zieht sie an der Hand. »Wo ist deine Schule?«, fragt sie. Europa ist eine Ausstülpung am äußersten linken Rand; meine »Schule« fällt schon fast von der Karte runter, so riesig ist die Entfernung, denkt Carolien. Das Kind scheint auch beeindruckt zu sein, und sie stehen einen Augenblick stumm beisammen. Weit weg und ganz nah. Dann wird Carolien weitergeführt, in das Klassenzimmer mit den kleinen Tischen.

Am späten Nachmittag setzt sich Max an die Ausarbeitung seiner Notizen. Carolien schaut aus dem Hotelzimmerfenster auf eine Mutter, die mit ihrem etwa vierjährigen Töchterchen zusammen die Wäsche in einem schlammigen Teich ausspült.

»Jetzt, da ich dich gefunden habe, möchte ich nicht mehr ohne dich sein«, sagt Max in den Spiegel, der über seinem Schreibtisch hängt. »Wenn du auch für meinen Verein arbeiten würdest, könnten wir zusammen reisen. Soll ich mich mal erkundigen, was möglich ist? Würdest du das wollen? Sagst du ja?«

Carolien schweigt und sieht ihn im Spiegel an. Ja, denkt sie, ja. Aber was will das heißen, bei meinem ständigen Drang zu flüchten? Jetzt bin ich sogar schon auf der Flucht vor Hugo, zu dem ich mich flüchtete, um nicht zu Hause sein zu müssen. Das soll noch einer verstehen. Wenn das Mit-Max-Sein zur Institution wird, will ich bestimmt auch wieder fliehen. Aber ihn zu verlieren würde ich nicht ertragen. Wirklich?, klingt es von weit her, könnte es nicht sein, dass Daniel recht hat? Sollte ich nicht besser gleich mit diesem Unsinn aufhören? Nun rührt sich die vertraute Widerspenstigkeit gegen ihre eigenen Gedanken. Niemand darf sich in irgendetwas einmischen, sie entscheidet schon selbst, was sie tut. Mit wem. Aufstehen, zu ihm gehen, ihn umarmen, aufs Bett fallen, Zweifel ersticken – das hat jetzt Vorrang. »Ich werde mich erkundigen«, sagt Max keuchend, »wir beide zusammen, das wäre großartig.«

Im Laufe dieser fünf Tage erhält sie sporadisch die eine und andere Information über das Kind von Max, das Kind, vor dem er auf der Flucht ist. Hochgradig schwachsinnig, keinerlei Kontaktaufnahme möglich, total abhängig, und mittlerweile in einem nahezu erwachsenen Körper.

»Sauerstoffmangel während der Geburt«, erzählt er mit abgewandtem Blick. »Absolut *meine* Schuld. Dolly wollte um keinen Preis im Krankenhaus niederkommen, und ich habe mich dem gefügt. Sie war schon relativ alt für eine Erstgebärende. Wir wohnen eine Stunde vom nächsten Krankenhaus entfernt, wo ein Gynäkologe ist. Ich war skeptisch. Habe trotzdem nicht eingegriffen. Die Geburt wurde ein Fiasko. Rettungswagen, am Ende ein Kaiserschnitt – und dann war es so weit, dann waren wir ein für alle Mal Eltern eines schwerbehinderten Kindes.«

Dolly, denkt Carolien, was für ein blöder Name. Ich wünschte, ich hätte überhaupt ein Kind, egal wie behindert.

»Sie will ihn unbedingt zu Hause pflegen. Braucht natürlich sehr viel Unterstützung, ambulante Pflegedienste, Privatpfleger und und und. Sie kann ihn nicht mehr heben, nicht mal wir beide zusammen. Wenn er nachts aus dem Bett fällt, muss sie sich neben ihn auf den Boden legen, bis Hilfe kommt. Ich möchte, dass er in einem Heim untergebracht wird. Lieber heute als morgen. Dolly tut nichts anderes mehr, als sich um ihn zu kümmern und sich um ihn zu sorgen. Sie ist immer müde. Wir haben kein Leben mehr.«

Das verstehst du ja jetzt ganz gut nachzuholen, denkt Carolien. Gleichzeitig verspürt sie tiefes Mitleid und eine Art Ehrfurcht vor der abscheulichen Entscheidung, mit der Max konfrontiert ist. Unmöglich, das zu lösen. Aufgrund welcher Argumente? Rationaler? Emotionaler? Abwarten ist auch eine Option, viele Probleme lösen sich von selbst.

An diesem Nachmittag haben sie eine Einrichtung besucht, in der vornehmlich Schwachsinnige gepflegt wurden. Alles war mit feinem schwarzem Staub aus den Kohlengruben bedeckt, die der ganze Stolz der Region sind. Abwischen half da gar nichts, aber die Menschen schienen es nicht schlimm zu finden. In einem Garten mit verkümmernden Sträuchern wurden die Heimbewohner auf flachen Holzkarren umhergefahren, und die Pflegerinnen scherzten untereinander mit hohen, schrillen Stimmen. Es ist schrecklich, denkt Carolien, aber es könnte schlimmer sein. Soll er seinen Bericht abschließen, ich habe keinen Trost oder Rat zu bieten. Er hilft sich selbst, indem er sein Versagen zu Hause mit guten Taten kompensiert. Dass diese Dolly sich damit abfindet, ist ihre Sache.

»Was machst du, wenn dieses Projekt abgeschlossen ist?«

Nach seinem Gefühlsausbruch erwartet sie eigentlich, dass er nach Hause fahren wird, um klare Verhältnisse zu schaffen, und sie denkt, dass seine bedrückte und mutlose Stimmung damit zu tun hat.

»New York«, sagt Max. »Rücksprache halten. Und dann Palästina.«

22

Es ist strahlendes Wetter, als sie in den Zug steigen und das Land der Steinkohle hinter sich lassen. Carolien weiß nicht, zu welcher Seite sie hinausschauen soll. Links sieht sie bewaldete Höhen und weite Felder. In der Ferne kriecht die Chinesische Mauer über die Hänge. Der Zug rast ohne Halt an verlassenen kleinen Bahnhöfen vorbei. Mitunter steht mitten auf freier Fläche ein Betonschuppen mit verwitterten roten Losungen darauf. Ein Sitzungssaal der Arbeiter? Ein Unterrichtsraum für die politische Bewusstseinsbildung? Die Schober sehen unbenutzt aus.

Auf der rechten Seite windet sich ein untiefes Flüsschen durchs Land, im Sonnenlicht funkelnd, an gelblichen Steinen aufspritzend. Hier gibt es bewohnte Hütten, denn sie sieht Töpfe und Pfannen und im Wind flatternde Wäsche. An den Ufern des Wasserlaufs liegen kleine Äcker, auf denen Kürbisse und Gurken wachsen. Brachliegendes Land wird mit historisch anmutenden Gerätschaften bestellt, sie sieht einen Mann, der gemächlich einen Esel mit hölzernem Pflug dahinter antreibt. Ein anderer zerteilt Erdschollen mit einer Hacke. Nach einer Weile – sie stand nur am Fenster, hat atemlos hinausgeschaut und gedacht, dass sie noch nie eine so schöne Zugreise gemacht hat – fällt ihr auf, dass viele Felder regelmäßige flache Hubbel aufweisen, etwa anderthalb Meter im Durchmesser und keinen halben Meter hoch. Die Bauern pflügen um diese Erhöhungen herum. Manche sind mit buntem Papier verziert: Fähnchen, gefalteten Blumen.

»Das sind Gräber«, sagt Max, »sie begraben ihre Toten nah beim Haus, in ihrem eigenen Garten.«

Die imposanten Steingräber der Hakka waren nicht mehr erlaubt, denkt Carolien. Das hier schon? Sie beneidet die Menschen, die so selbstverständlich an der Seite ihrer Toten leben. Hat aber auch Bedenken.

»Was passiert, wenn die Provinzverwaltung hier eine Straße anlegen will?«

Max weiß es nicht. Das Land, der Staat gehen hier über alles, das hat sich ihr schon eingeprägt. Den verbissenen Individualismus, der für sie selbst sowohl eine Last wie eine Freude ist, gibt es hier noch nicht. Die Menschen wollen gute Bürger sein und ihrem Volk dienen. Sie dürften ergeben hinnehmen, dass die Bulldozer über ihre Gräber rollen, sich ihr Land nehmen lassen, zusehen, wie ihre Toten unter dem Asphalt plattgewalzt werden. Die Frage lässt sie nicht los, und sie grübelt weiter darüber nach.

Plötzlich ist die idyllische Landschaft verschwunden, und der Zug fährt zwischen hohen Häuserblocks hindurch. Peking. Sie sind da.

»Kann ich dich sehen?«, fragt Max. »Wo bist du untergebracht? Weißt du, in welchem Hotel? Heute Abend?«

Corrie erwartet sie in der Bahnhofshalle. Carolien ist enttäuscht – wo ist Hugo? Sie will ihn sprechen, ihn fragen, was genau zwischen ihm und Jochem vorgefallen ist, und sie will wissen, ob er seine Tochter besucht hat. Ob er ihr böse ist, wegen dieser sonderbaren Spritztour mit Max. Er sei im Konzertsaal, sagt Corrie, da würden sie später auch hingehen, aber zuerst ins Hotel, wo sie für Carolien reserviert habe. »Du willst dich sicher kurz ausruhen nach dem Zug, Lien.«

Ich könnte *sie* fragen, was mit diesen Gräbern auf dem Land geschieht, wenn die Regierung den Boden für sich beanspruch. Sie weiß alles, und wenn sie es heute nicht weiß, hat sie es bis morgen in Erfahrung gebracht. Sie sieht, dass Corrie Max ein Kärtchen in die Hand drückt. Er steckt es schnell in seine Tasche. Ein hektischer Abschied am Taxistand. Max fährt zum örtlichen Büro seiner Organisation.

»Morgen komme ich zur Aufführung«, sagt Max. Er fasst Caroliens Arm, flüstert ihr ins Ohr. »Heute Abend, in deinem Hotel?« Sie nickt und sieht ihn ins Auto steigen.

»Das geht nicht ohne weiteres«, antwortet Corrie auf ihre Frage. »Der Landeigentümer bekommt Geld. Der Tote muss umgebettet werden, ausgegraben und anderswo neu begraben. Mit Unterstützung vom Staat. So ist das.«

Alles noch einmal. Carolien mag nicht daran denken. Ein zweites Begräbnis für ein und denselben Toten. Und dann soll man noch froh sein, dass der Staat sich daran beteiligt. Falls das überhaupt stimmt, denn sie glaubt es nicht so recht. Irgendwie scheint es ihr naheliegender zu sein, dass die Bulldozer erbarmungslos über Fähnchen, Sargbretter, Knochen und Schädel pflügen, ungebeten und unaufhaltsam.

Corrie plappert über das Festival, das Hotel sei ganz in der Nähe des Saals, wo heute Abend das erste Konzert gegeben werde – ob Lien auf eigene Faust dorthin finde? Ein wenig früher, damit sie noch etwas essen könnten mit Hong und den Musikern? In der Hotellobby organisiert Corrie alles, die Anmeldung, einen Stadtplan, den sie mit Kreisen und Kreuzen versieht, damit Carolien weiß, wie sie gehen muss, und eine Liste, wer in welchem Hotelzimmer wohnt. Hugo ist auf derselben Etage untergebracht wie Carolien.

Sie trifft ihn im Konzertsaal, der eigentlich eine Fabrikhalle ist. Ein rascher Probendurchlauf, Stühle und Notenpulte werden hin und her gerückt, den Musikern wird zugeschrien, von welcher Seite sie auf die Bühne und wo wieder runter sollen, schneller, nimm deine Noten mit – Hugo kanzelt den Beleuchtungstechniker ab und pocht erbost mit dem Finger auf den Ablaufplan. Carolien hält sich abseits und sucht Xiang unter den Musikern. Der kleine Bratschist hat auch keine Zeit für sie, er musste eine neue Saite aufziehen und stimmt und spielt, stimmt und spielt, mit abwesendem Blick. Was tue ich hier, denkt sie, ich bin Außenstehende. Als die anderen in der Kantine essen, geht sie auf den Innenhof und wartet, auf einem Ölkanister sitzend, bis das Konzert beginnt.

»Zwei für einen Preis«, erklärt Hugo, als das Publikum in den Saal strömt. »Alte Leute kriegst du hier sehr schwer rein, deshalb bekommt jeder, der einen Opa oder eine Oma mitbringt, eine Karte gratis. Das funktioniert, siehst du?« Das Programm ist schlichter gehalten als in Shanghai, weniger Lichteffekte und Choreographie, mehr Musik, mehr Ost-West-Verschmelzung. Das erste Brahms-Sextett mit drei chinesischen und drei westlichen Streichern. Xiang spielt die erste Bratsche, und Carolien ist ergriffen von seinem Solo im langsamen Satz, wo er wie ein mutiger kleiner Feldherr den Vorreiter macht. Sie schaut intensiv auf die beiden Cellisten. Die Sehnsucht müsse Zeit zum Wachsen haben, sagte Marije. Spürt sie etwas davon? In Gedanken mitstreichen, die Spannung in ihrem Arm merken – das ist ein Schritt zu weit. Als die Cellisten sich nach den wilden Tonleiterpassagen im Andante kurz zufrieden ansehen, rasch, mit einem Seitenblick, beneidet sie sie um diese Kameradschaft, den Genuss, dem Stück gemeinsam diese Richtung zu geben und diesen Klang zu erzeugen.

Es ist spät, als sie in die Hotellobby poltern. »Komm doch noch auf einen Drink mit«, sagt Hugo. »Den können wir jetzt brauchen.« Whisky aus den Zahnputzgläsern in seinem Zimmer. Jetzt kann sie fragen, wie es bei Jochem war.

»Wir hatten Streit, und da kriegte er seinen Herzanfall. Ich hab mich zu Tode erschrocken, echt. Er ist einfach auf den Fußboden geknallt.«

»Streit weswegen?« Sie hört selbst, wie klein und ängstlich ihre Stimme klingt.

»Wegen dir natürlich! Wegen deiner liederlichen Eskapaden mit diesem Weltverbesserer. Das war zu viel für ihn.«

Meine Schuld. Aber was fällt ihm ein, Jochem damit zu quälen, was ist das für eine Hundsgemeinheit?

»Nein, keine Bange, ich hab nichts gesagt. Es ist deine Sache, ob du ihm was davon erzählst oder nicht. Du bist ganz blass geworden, hier, trink noch einen Schluck.«

»Ich wollte zurückfliegen, aber er fand, das sei Quatsch. Ihm fehle nichts, sagte er.«

Wir sind allesamt auf der Flucht vor einer Scheißsituation zu Hause, denkt sie; wir sollten uns um unsere Nächsten kümmern, die sich mit Händen und Füßen dagegen sträuben. Ich werfe Hugo vor, dass er sich nicht bei seinem Kind vor die Tür setzt, und werfe mir selbst vor, dass ich nicht wie der Blitz zu meinem kranken Ehemann zurückfliege. Max gehört in dieselbe Reihe, der müsste zu seinem vegetierenden Sohn und zu Dolly, der Heiligen mit dem Puppennamen. Sie ist plötzlich aufgebracht. Vom Alkohol enthemmt natürlich. Mäßige dich. Diese vorwurfsvollen Menschen überall, ich bin umringt von Zorn und von Erwartungen, die ich nicht erfüllen kann oder will. Nichts sagen. Wenn man sich Hugos Miene anschaut, ist da nichts als Unmut und Verbiesterung. Ich werde nichts fragen. Könnte Max auf seiner Flucht begleiten. Zusammen nach New York, vielleicht danach Israel? Sie lässt sich tiefer in den Sessel sinken und trinkt noch einen Schluck.

»Warum bist du nicht bei deinem neuen Freund?«, fragt Hugo. »Hatte er heute Abend was Wichtigeres vor? Oder ist er schon wieder zur nächsten Wohltätigkeitsaktion abgedüst?«

Sie seufzt. »Halt dich da raus. Das ist meine Sache.«

»Hast du bekommen, was du brauchtest? Du bist dir doch hoffentlich darüber im Klaren, dass das alles Käse ist, oder? Du hast den Kopf metertief in den Sand gesteckt. Er genauso. Immer schön phantasieren, man hätte endlich den Richtigen gefunden. Seine Frau, die den lieben langen Tag das schwachsinnige Kind am Hals hat, versteht ihn natürlich nicht, aber dir kann er sein Herz ausschütten. Und er wird wohl auch ganz Ohr sein, wenn du von deinem Elend erzählst, da kriegst du mal die Aufmerksamkeit, die Jochem nicht mehr aufbringt. Als wenn ihr füreinander gemacht wärt, hier in dieser lächerlichen Seifenblase.«

Sie errötet unter seinem Spott, seinen Vorwürfen. Wenn er so ist, will ich nicht mehr bei ihm wohnen. Ich muss mir was anderes einfallen lassen.

»Trotzdem ist er ein netter Kerl«, fährt Hugo fort. »Ich hab ihn in Shanghai kennengelernt, bei einem Empfang im Konsulat. Er war gleich interessiert. Und als er dich gesehen hat, erst recht. Ich hatte eigentlich heute Abend mit ihm gerechnet.«

Ach ja, denkt Carolien, er wollte kommen, später, in mein Zimmer, dessen Nummer Corrie ihm so diskret zugesteckt hat. Ich enttäusche auch wirklich jeden, wie schaff ich das bloß? Sie erhebt sich, wankt kurz und greift zu ihrer Tasche. Hugo erschrickt.

»Gehst du schon? Bitte nicht, bleib doch noch etwas.«

Ihr Handy piepst. Eine SMS: *Schläfst du? Ich sitze vor deiner Tür, aber da sitze ich gut.*

»Geh schlafen, Hugo. Morgen sehen wir weiter.«

»Wir kennen uns schon so lange«, sagt er, »und so gut. Das dürfen wir uns nicht vermiesen lassen. Alles geht flöten, das brauch ich dir ja nicht zu sagen. Aber das hier hoffentlich nicht. Klar, dass du jetzt wütend auf mich bist. Aber du kommst doch mit mir zurück nach dem letzten Konzert, ja?«

Wenn du dir diese Freundschaft erhalten möchtest, dann solltest du dich auch wie ein Freund benehmen, will sie sagen. Sie sagt es nicht. Gehört es zur Freundschaft, dass man sich die Wahrheit sagt? Die sogenannte Wahrheit, *seine* Wahrheit. Das, was für mich echt und wahr ist, scheint ihn nicht zu fesseln. Sie steht schon an der Tür. Er kommt zu ihr und zieht sie an sich. Sie umarmen sich fest und stumm.

Auf den Flur hinaus, um eine Ecke, und da sitzt Max auf dem Boden; seine Hände hängen zwischen seinen Knien, sein Kopf lehnt an der Wand. Sein Lächeln macht sie auf einen Schlag frei von jeder Schuld. Morgen denke ich nach, jetzt will ich nichts an mich heranlassen, nur das hier noch ein wenig, dieses ungebührliche Zusammensein. Da haben sich alle anderen rauszuhalten. Das ist meins, das ist jetzt.

Gegen Morgen nehmen sie Abschied, und Max schleicht sich aus dem Zimmer. Sie werden sich abends im Konzertsaal wiedersehen. Er hat die Hand an ihre Wange gelegt, sie hat vor Erregung und Inbrunst gezittert. Dahinter erstreckt sich unermessliche Verzweiflung, aber darauf achtet sie nicht.

23

Die Sonne verbirgt sich hinter einer grauen Schmutzdecke. Carolien steht in einem hauseigenen Bademantel auf dem Balkon ihres Hotelzimmers und blickt auf die Stadt. Heute Abend, denkt sie, heute Abend sehe ich ihn wieder, dann kann ich atmen. Ich ziehe das Seidenkleid an, das ich in Shanghai gekauft habe. Heute Abend wird alles wieder gut sein.

Die hämischen Seitenhiebe, die Hugo in seinem Rausch ausgeteilt hat, nagen an ihr, und es gelingt ihr nicht, die Vorwürfe von sich abzuschütteln, so wie es auch die Sonne nicht schafft, durch die schmutzige Luft hindurchzubrechen. Ich kann nicht denken. Ich will nur bei Max sein, sonst vergehe ich. Was für ein hysterischer Text ist das, schlimm.

Ein Anruf von Hugo. Sie nimmt nicht ab. Scham? Wut? Sie weiß es nicht. Als Max eine SMS schickt, ruft sie sofort zurück. Er hat diesen Vormittag frei, er holt sie ab, will mit ihr zu zweit durch die Stadt bummeln, nachher, jetzt gleich. So laufen sie Hand in Hand durch die stinkenden engen Gassen der Hutongs, wo die Menschen dicht an dicht wohnen, mit Gemeinschaftstoiletten an der Ecke und Gemüsekisten am Eingang. Sie sehen in einem Imbiss einen gigantischen Kebabspieß mit uraltem Hammelfleisch. Dann wieder in ein Taxi, sie fahren zu einem Tempel, wo einem von den kokelnden Räucherstäbchen die Augen tränen; das nächste Taxi gibt mitten auf der Autobahn den Geist auf, sie klettern hinaus, ein anderer Wagen nimmt sie mit, und sie verschwinden zwischen Lastern und Bussen, wo alles von Auspuffgasen durchtränkt ist und mit Hupen und Geschrei einhergeht. Max küsst ihre Hand, dort wo der kleine Finger war. Mit feuchten Augen.

Dann ist da eine Mauer, hinter der sie einen Park vermuten, und Max tippt dem Fahrer auf die Schulter. Der hält zwischen vollgeladenen Lastenfahrrädern und lässt sie aussteigen. Bei einem hölzernen Torhäuschen kaufen sie Eintrittskarten für umgerechnet nicht mal einen Cent und gehen hinein. Es ist eine Oase; die Mauer hält den Verkehrslärm fern, und die Bäume reinigen die dreckige Luft. Ein Fußweg schlängelt sich an einem See entlang, auf dem Boote fahren. Die wenigen Menschen, denen sie begegnen, sind alle Chinesen, die ihnen verwundert nachschauen. Das ist ein geheim gehaltener Ort, denkt Carolien, losgelöst von dem tosenden Leben außerhalb. Klar und still, man glaubt es kaum, direkt neben der Verbotenen Stadt, wo es von Touristen wimmelt. Hier ist niemand, der mit einem hundertjährigen Baum oder einer Steinbrücke im Hintergrund Selfies macht. Ein Kleinkind plappert mit seinem Opa, zwei Männer sitzen auf einer Bank und spielen das Spiel mit den Steinen, und eine alte Frau bewegt im Takt einer unhörbaren Musik langsam ihre Gliedmaßen. Die heitere Ruhe fühlt sich an wie ein Labsal, genau das, was sie brauchen.

Sie schminkt sich und betrachtet ihr Gesicht im Badezimmerspiegel. Sie hat sich die Ruhe dieses Vormittags bewahrt, denn sie sieht entspannt und nicht mürrisch aus. Behaglich, wie das Seidenkleid über ihre Schultern fällt. Jetzt noch kurz nach den Mails schauen. Sie klappt ihren Laptop auf und sieht überrascht, dass eine Nachricht von Heleen gekommen ist.

– ja, ich weiß wirklich nicht, warum ich dir jetzt schreibe –

Du kannst es auch bleiben lassen, denkt Carolien gleich, warum tust du's denn! Trotzdem liest sie weiter.

– mit Jochem gesprochen, der sagte, dass du in China bist, es war ein ziemlich unerquickliches Gespräch, wir haben über das Quartett geredet und das, was passiert ist. Oder besser gesagt, ich *habe darüber geredet. Ihm war das unangenehm, er wollte nicht. Später hat es mir leidgetan. Es gelingt mir nicht, normal mit ihm umzugehen, das fiel mir bei dir auch schon schwer, als du ins Fitnesscenter kamst. Das liegt wahrscheinlich an mir, und deshalb habe ich beschlossen, mich nicht mehr mit euch zu treffen. Ich hoffe, du hast eine schöne Zeit in China, und entschuldige unser Gespräch neulich –*

Was soll ich denn jetzt damit anfangen? Die scheint auch nicht mehr zu wissen, wo's langgeht, genau wie ich, wie wir alle. Aus ihrer momentanen Euphorie heraus, umhüllt von der weichen Seide, empfindet Carolien Mitleid mit ihr. Sie sieht Heleens schmal gewordenes Gesicht vor sich, mit dem ungewohnt abwehrenden Ausdruck, der so gar nicht zu ihr passt. Werd doch einfach wieder normal, so wie du bist, so wie du warst, denkt sie, hör doch auf mit diesen Ausweichmanövern, dieser krampfhaften Distanziertheit. Es muss eine Qual sein, traurig für sie. Soll sie eine nette Mail zurückschicken, das wäre das Mindeste, so großherzig, wie sie sich gerade fühlt?

– du brauchst dich überhaupt nicht zu entschuldigen, ich denke, dass wir alle vier noch unter Schock stehen und verwirrt sind nach den Zuständen auf dem Boot, so lange es auch her ist. Wenn du Abstand brauchst, solltest du ihn nehmen, kein Problem. Tu ich ja auch. Ich fand's trotzdem schön, eine Mail von dir zu bekommen, wirklich –

Sie überlegt kurz und fragt sich, ob sie noch mehr schreiben soll – dass Heleen sich die sogenannte Schuld nicht so zu eigen machen soll, zum Beispiel. Die Umstände sind schuld, nicht sie. Wenn sich die Umstände ändern, ändern wir uns mit ihnen. Das kann auch in die andere Richtung gehen, wer weiß, später. Sie lässt es bleiben. Es kurz zu halten, ist besser. Bedächtig klickt sie auf »Senden«.

Sofort ploppt eine neue Mail herein. Max! Sie öffnet sie begierig und beugt den Kopf zum Bildschirm, als wollte sie hineinkriechen.

– die ganze Nacht wach gewesen, und nun habe ich beschlossen, dir zu schreiben. Und beschlossen, dich zu verlassen. Es geht nicht anders, Carolien, ich kann nicht anders. Die Wochen mit dir waren eine aberwitzige Gnade, die mir nicht zusteht. Du warst meine ganze Freude, ich fühlte mich von allem Schmerz befreit. Aber das stimmt nicht, der Schmerz ist da, bei mir und auch bei dir. Ich würde gern für den Rest meines Lebens bei dir sein, mit dir durch die hellgelben Rapsfelder am Fluss laufen, mich total verstanden fühlen, in dir aufgehen – das ist nicht gut, so gut es auch ist. Mein Platz ist an der Seite dieses Fleischklumpens, der mein Sohn ist. Ich kann nicht davor weglaufen. Also muss ich von dir weglaufen. Du bist so ein wundervoller, starker Mensch, du solltest dich nicht an einen derart beschädigten Menschen wie mich vergeuden. Du hast mir die schönsten Wochen meines Lebens beschert, und jetzt wende ich mich ab. Mit Dankbarkeit und Wehmut. Ich kann die Vergangenheit und deren Konsequenzen nicht ignorieren oder verleugnen. Ich werde dich heute Abend nicht mehr sehen, mein Flug geht am späten Nachmittag. Ich werde gebrochen im Flugzeug sitzen, zerrissen, mit irrsinniger Geschwindigkeit in die falsche Richtung fliegen, aber so ist es nun mal, liebe Carolien –

Als hätte ihr jemand einen Sack Mehl auf den Kopf gedonnert, so fühlt es sich an. Sie ist wie zusammengestaucht und betäubt. Zaghaft liest sie die Mail ein zweites Mal. Oh, denkt sie, oh, so also. Schwerfällig erhebt sie sich, um das Seidenkleid abzulegen. Bademantel ist besser. Sie zieht die Vorhänge zu und schließt die Zimmertür ab. Ich müsste eigentlich weinen, denkt sie, aber es geht nicht, ich komme nicht heran. Auf den Boden, an die Wand. Unmöglich, dass ich nachher ins Konzert gehe, sie können mir alle den Buckel runterrutschen, ich mach nicht mehr mit. Diese schnellen kleinen Striche, nur mit den Fingern, die hab ich doch immer ohne den kleinen Finger gemacht, der hing unbeschäftigt in der Luft. Ja. Was für eine feige Mail, wegzurennen, wenn es ihm zu nahegeht. Alles versprechen, nichts halten. Und dieser larmoyante Ton, einfach theatralisch, diese Formulierungen. Ich bin gut genug, mir sein Jammern und Klagen anzuhören, und danach verzieht er sich wieder in das Gefängnis bei seiner Dolly. Und diesem sogenannten Fleischklumpen. Wie viel wiegt so ein Bogen? Nicht mal hundert Gramm! Muss doch mit vier Fingern zu machen sein, auch zu steuern. Ein Bestrafungswunsch, das ist es. Eine abscheuliche Sorte Mann, der dich benutzt, um seine Schuldgefühle zu tilgen. Kranke Bußfertigkeit. Und natürlich kein einziger Gedanke daran, wie das für mich ist, ich bin vollkommen unerheblich.

Sie sieht Max vor sich, von hinten, er läuft mit seinem Köfferchen auf das Gate zu. Unterwegs, weg von ihr. Mit einem Mal weicht die Wut, und sie ist verzweifelt. So allein, so im Stich gelassen. So tief enttäuscht. Was bleibt ihr jetzt noch? Ein graues Leben, Hugo, der böse auf sie ist, Heleen, die sie nicht mehr sehen will, Jochem, der wütend darauf wartet, dass sie nach Hause kommt, Daniel, der das Vertrauen in sie verloren hat, van Aalst, der einfach gestorben ist – allesamt Menschen mit Erwartungen, Beziehungen mit Unebenheiten und Rissen, mit abgesprungenen Ecken oder komplett in Scherben. Ich dachte, ich gehörte zu Max, ich wäre endlich nach Hause gekommen. Dachte er auch. Gott, was für ein Missverständnis, welche Irreführung, welcher Verrat. Jetzt bin ich wieder eine verkorkste Hausärztin, eine behinderte Cellistin, eine Ehefrau, die zu wünschen übrig lässt, eine Mutter ohne Kinder.

Der Gedanke an Kinder bringt ihr die ersehnten Tränen. Sie gleitet auf die Seite und weint, der Länge nach auf dem Boden liegend.

Kein Hunger, kein Durst. Sie weiß nicht, ob ihr warm oder kalt ist, die Nacht verrinnt, ein neuer Tag wird kommen. Gegen Morgen kriecht sie ins Bett und versteckt sich unter der Decke.

24

Carolien wird vom Telefon geweckt. Sie ignoriert das Klingeln, doch nach kurzer Pause setzt es aufs Neue ein, und danach noch einmal. Sie kann das nur unterbinden, wenn sie abnimmt.

»Alles gut, Lien?« Die fröhliche Stimme Corries. »Ich habe dich vermisst gestern Abend. Aber noch jemand war nicht da. Also dachte ich – jetzt störe ich dich bestimmt?«

Sie dachte, ich hätte mit Max im Bett gelegen, dass wir uns nicht voneinander losreißen konnten, um zu diesem albernen Konzert zu gehen. Sofort kommt ihr das ganze Drama wieder zu Bewusstsein, und ihr wird schlecht.

»Lien? Was ist?«

»Corrie«, flüstert Carolien. »Nicht gut.«

»Im Bett? Du stehst jetzt auf. Waschen, anziehen. In einer halben Stunde bin ich bei dir. Lobby. Ja?«

»Ja«, bekommt Carolien heraus. Sie hört, dass ihre Stimme brüchig und fremd klingt. Nicht gut, nicht gut. Sie schleppt sich aber doch ins Badezimmer und bleibt einfach eine Weile unter dem warmen Strahl der Dusche stehen. Mechanisch verrichtet sie die gewohnten Dinge eines heilen Lebens, Shampoo, ausspülen, Conditioner, ausspülen, wegspülen, weg.

Unten in der Lobby sitzt Corrie mit geradem Rücken auf einem hohen Stuhl, einer Art Thron. Sie sieht Carolien durch ihre spiegelnden Brillengläser forschend an. In den tiefen Sitzgruppen fläzen breitbeinig chinesische Männer, die auf ihre Handys gaffen. Der Marmor des Fußbodens glänzt, die Kronleuchter funkeln, die Sonne glüht durch die Glaswand. Carolien steht regungslos mittendrin wie ein zu Eis erstarrtes Birkenstämmchen. Sie schaut erst auf, als Corrie vor ihr steht.

»Kommst du mit?« Carolien nickt. Corrie, einen Kopf kleiner als sie, nimmt ihren Arm und führt sie auf die Straße hinaus. Widerstandslos folgt sie der resoluten Assistentin, sie nehmen eine Unterführung unter der verkehrsreichen Straße hindurch, Gesang ertönt, eine Kinderstimme, es ist ein etwa fünfjähriger Knirps, der lauthals in ein Mikrofon singt, von einem Mann auf einer winzigen Klaviatur begleitet. Muss der Vater sein. Vor den Füßen des kleinen Jungen steht ein Korb, in den Passanten Münzen und Scheine werfen. Einige sind stehen geblieben und hören zu. Das Kind geht in den Liedern auf, aber der Vater behält das Publikum genau im Auge. Carolien ist befremdet. Wie Menschen einander benutzen, ohne böse Absicht. Die Absicht des einen deckt sich nur nicht mit der des anderen. Was suchte er bei mir? Trost, Anhebung des Selbstwertgefühls? Geschenke, die er nicht annehmen konnte, die er jetzt wegwirft.

Corrie zieht sie an der Hand. Sie gehen die Treppe hinauf, biegen in eine Straße, um eine Ecke.

»Jetzt trinken wir Kaffee.« Ein gepflegtes Straßencafé unter Bäumen, zu einer westlichen Kette gehörig, die für Wucherpreise richtigen Cappuccino macht. Corrie dirigiert sie an einen Tisch und bestellt ungefragt Croissants und große Gläser Milchkaffee. Als alles vor ihnen steht, sieht sie Carolien fragend an.

»Ist der Doktor fort?«

Carolien nickt.

»Und du bist traurig? Wir machen heute einen Spaziergang im Park. Und morgen fahren wir zusammen nach Shanghai, zurück nach Hause. Hong fährt später, er hat noch Besprechungen hier. Ich komme mit dir.«

Carolien schaut auf ihr Croissant und wartet ab. Womit habe ich das verdient, denkt sie, diese praktische Hilfe von einer Frau, die ich kaum kenne? Ich muss etwas Nettes sagen, ein Gespräch anfangen.

»Was hast du zu tun, wenn wir zurück sind?«

»Oh«, sagt Corrie lachend, »ich werde mich durch einen Berg hindurchfressen. Rechnungen schreiben, Abschluss machen, Termine bestätigen. Du kannst mir gern helfen, wenn du möchtest. Xiang hat gefragt, ob du ihn mal besuchen kommst, zu Hause, wär vielleicht auch nett, ja?«

Carolien denkt an die Eltern des jungen Bratschisten, die Eltern, die ihr Kind mit allem, was sie haben, für den Weggang von hier rüsten, in für sie unerreichbare Gefilde. Die ihren Sohn hinter einer ehernen Maske der Dankbarkeit nach Europa scheuchen und stolz und glücklich darüber sein müssen.

»Was für ein Scheißland ist das hier«, sagt sie. Sie sieht den mit Schaumgummi ausgekleideten Schrank vor sich, in dem Xiang übt, ein weiches Gefängnis, das der Vater für ihn gebaut hat. Sie erinnert sich an die wiederholten Respektbekundungen für die Eltern und wie sehr er sich ihnen verpflichtet fühlt – eine schwere Last auf seinen schmalen Schultern. Fünf Babys hätte er gern, sagte er strahlend, nicht zwei oder drei, sondern fünf! Eine Brigade von Rücken, die die Verantwortung gegenüber den Eltern tragen können.

»Nichts als Zwang, und keiner traut sich zu sagen, wie es wirklich ist. Man muss hier doch komplett verrückt werden – man möchte ins Ausland, darf aber nicht, man möchte ein Buch lesen, aber das ist verboten, man möchte ein

Kind, aber sie zwingen einen zur Abtreibung und bringen die Mädchen um – «

Sie spuckt ihre entrüsteten Meinungen aus, das Fiasko der Revolution, die absehbare und dennoch Wirklichkeit gewordene Hungersnot, die horrende soziale Kontrolle. Ihre giftigen Worte fliegen über den Tisch.

»Böse Lien«, sagt Corrie, als Carolien, selbst über ihre Wut bestürzt, verstummt. »China ist schwierig. Anders als bei euch. Alle zusammen unter nur einem Oberhaupt. Wir denken anders als du. Gleichgewicht. Ahnen. China ist ein sehr altes Land, das kann man nicht so einfach verstehen. Manchmal ist es besser, nicht über das zu reden, was passiert ist. Die Kulturrevolution, wie ihr sie nennt, ist Geschichte, aber noch nicht lange her. Wir wissen sie nicht einzuordnen, also schweigen wir. Eine eigene Meinung ist schwierig, das habe ich selbst zu spüren bekommen. Meine Eltern haben einen Mann für mich gesucht. Und einen weiteren. Und noch einen. Besuche, reden, die Eltern des Mannes treffen. Mutter sagte: Du bist alt, wenn du dich noch länger dagegen sperrst, will dich keiner mehr, oder nur alte, kranke Männer, willst du das etwa? Ich war mir sicher, dass ich *gar keinen* Mann wollte, jedenfalls keinen, der für mich ausgewählt worden war. Ich wollte selbst wählen. Oder nicht wählen. Meine Mutter war böse. Sie bezahlten der Dame, die die Männer aussuchte, viel Geld. Sie fürchtete, dass niemals ein Baby kommen würde. Sie war besorgt, dass ich allein sein würde. Dass die Leute sie verachten würden, weil es ihr nicht gelang, mich an den Mann zu bringen. Dass sie das Gesicht verlieren würde, wo sie mich doch so gut erzogen hatten und mich so viel hatten lernen lassen. Vater nahm mich eines Abends beiseite, Mutter war nicht da. Er sagte, dass er mich verstehen könne. Aber dass es nicht klug sei.

Ein Weg voller Stolpersteine. Er war nicht böse. Es tue ihm gut zu sehen, dass ich eine eigene Meinung hätte, Einwände zu äußern wagte und mich dem Druck nicht beugte. Er habe Bewunderung dafür, sagte er. Für mich! Aber jetzt: Mund halten und tun, was Mutter sagt.«

Sag ich doch, denkt Carolien, ein Scheißland. Sie halten die Menschen klein und machen ihnen Angst. Jeder, der abweicht, wird verstoßen und ausgelacht. Was für ein Größenwahn von Max, dass er glaubte, daran etwas ändern zu können. Der Trennungsschmerz übermannt sie wieder, und die von ihrer Wut angestachelte Erregtheit verfliegt. Wie hat Corrie sich aus diesem Gestrüpp von Ansprüchen und Widerständen befreit?

»Ich war gut in der Schule. Das ist bei uns sehr wichtig. Wenn du früher die kaiserlichen Prüfungen erfolgreich bestanden hattest, bekamst du in deinem Dorf einen Triumphbogen. Also studierte ich. Englisch. Und Verwaltung. Und nun arbeite ich. Ohne Mann. Den braucht man nicht, Lien, du auch nicht. Lass los, er kann nicht anders.«

Loslassen, sich schicken, was bleibt *ihr* anderes? Sie stehen auf und gehen. Corrie muss lachen, als ihr Blick auf Caroliens Füße fällt, die noch in den Badelatschen vom Hotel stecken. Sie wisse einen Laden, wo Carolien ein Paar Sandalen kaufen könne.

So verrinnt der Tag. Als der Abend naht, graut es Carolien so sehr vor dem grässlichen Hotelzimmer, dass sie sich von Corrie in die letzte Aufführung mitschleifen lässt. Hugo freut sich, sie zu sehen, und zeigt das ohne Vorbehalt. Soll ich jetzt erleichtert sein, dass er mir nicht mehr böse ist? Die ganzen Gefühle von all den Menschen – ich hab genug davon, ich bin es leid. Er ist nur mit sich selbst beschäftigt, wie alle anderen, er weiß vielleicht gar nicht mehr, dass wir

Streit hatten. Ich sollte lieber nicht trinken, da verliere ich die Beherrschung. Wo mag Max jetzt sein? Schon zurück im elenden trauten Heim? Nicht daran denken.

Nach der Aufführung wird gefeiert, um die gute Resonanz auf Hugos Programmgestaltung zu begießen. Corrie kommt mit Häppchen und zwingt Carolien, etwas zu essen. Der kleine Xiang setzt sich kurz zu ihr und möchte sich vergewissern, dass es bei der Verabredung zu ihrem Besuch bleibt. Übermorgen, Shanghai. Siehst du, denkt sie, es geht einfach weiter, ein Tag nach dem anderen, ich brauche gar nichts zu tun. Loslassen, sich schicken.

Vor schierer Erschöpfung schläft sie wider Erwarten gut. Gleich nach dem Aufstehen stellt sich eine Aufgabe: Koffer packen. Sie erwägt, das Seidenkleid in den Abfalleimer zu stopfen, schiebt es ganz zuletzt aber doch noch in ein Seitenfach. Die Sandalen von Corrie zieht sie an, die werden ihr helfen, auf den Beinen zu bleiben, große Abstände zu überbrücken, auf dem Weg irgendwohin oder von irgendwo weg. Auf Kleinigkeiten besinnen, denkt sie, denen muss man Achtsamkeit zollen. Sie schneidet sich die Fingernägel. Sie ist pünktlich am Taxi zum Bahnhof. Sie hat eine Freundin, die sich neben sie setzt und ihr kurz über den Arm streicht. »Bisschen besser, Lien?« Sie nickt. Vorerst. Was immer man darauf geben kann.

Im Zug will ihr das Lesen nicht gelingen. Sie vergisst alles sofort wieder, dreimal hintereinander ein und dieselbe Seite, und immer noch kommt ihr alles neu vor, sie muss zum Anfang zurückblättern, sehen, wer noch mal wer ist. Sie legt das Buch weg und schließt die Augen. Morgen bei Corrie im Büro arbeiten. Und wann werde ich selbst wieder einem Beruf nachgehen, da nun nichts aus Max' schwachsinniger

Idee wird? Soll ich trotzdem noch zu dem Waisenhaus fahren, wo wir zusammen waren, und sehen, ob ich da etwas tun kann? Den kleinen Jungen besuchen, mit dem wir durch den Garten gelaufen sind? Weckt vielleicht Erwartungen, falls er zu Erwartungen imstande ist. Aber ich könnte doch mal schauen, vorsichtig? Quatsch, die Leute dort können wirklich keine unbeholfene Hausärztin gebrauchen, die kein Wort Chinesisch versteht. Geh bei Corrie Rechnungen aufsetzen, Dankesbriefe, Verträge. Lass einfach los, schick dich.

25

So eine Sauerei, die haben die Rechnung nie bezahlt, stellt Jochem fest, als er mal wieder seinen Bürokram aufarbeitet. Oder spinn ich jetzt? Ich müsste jemanden anheuern, der den ganzen Zahlungsverkehr für mich macht und überprüft. Ich steh hier den lieben langen Tag und schufte und empfange nervige Kunden – und dann muss ich auch noch Rechnungen stellen und verschicken. Damit ist die Energie erschöpft, und dabei müsste man nach ein paar Wochen auch noch checken, ob die Rechnungen überhaupt beglichen wurden. Dem geh ich jetzt mal auf den Grund, und dann kriegen sie's mit mir zu tun, die Preller und Betrüger.

Schäumend vor Wut sitzt er an seinem Computer. Wann war das? Ein paar Wochen nach dem Drama wahrscheinlich, ich hatte mit denen telefoniert, mit dieser verlogenen sogenannten Versicherung, wo nichts sicher ist, und auf ihre Bitte hin Schätzungen zu zwei Geigen und einem Cello abgefasst. Über meine Bratsche waren wir schon aneinandergeraten. Eigentlich wollte ich nichts mehr mit diesem Verein zu tun haben, aber Hugo, Heleen und Carolien zuliebe hab ich meine Schätzungen dann doch geschickt. Erst später überlegte ich mir, dass das ja Arbeit war, Arbeit, für die sie mich bezahlen müssten. Da hab ich diese Rechnung geschrieben, nicht zu knapp, damit gleich klar war, dass ich nicht irgendein Figurenschnitzer oder Zimmerer bin. Nie beglichen! Den anderen haben sie große Summen ausgezahlt, aber *mein* Honorar haben sie glatt vergessen. Und vorher hatten sie mich schon beleidigt, weil sie es mir in die Schuhe schoben, dass meine Bratsche zu Bruch ging. Die Unverschämtheit dieser Leute, die Dreistigkeit, das ist kaum zu fassen. Nur gut, dass ich das Cello von van Aalst bei einer anderen Gesellschaft versichert habe. Bis die sich natürlich auch wieder als Gauner und Geldhaie entpuppen.

Er beißt fest die Kiefer aufeinander und scrollt durch seine Dateien, bis er die Rechnung findet. Na bitte, noch spinne ich nicht. Jetzt müsste ich den ganzen Scheiß noch mal ausdrucken, »Erinnerung« draufschreiben und einen schleimigen Brief beilegen: – *dürfte Ihrer Aufmerksamkeit entgangen sein, bitte um baldige Erledigung, hochachtungsvoll* – und was sonst noch für blödsinnige Formulierungen. Auf meinem hochwertigen, schweren Briefpapier mit Logo. Kommt nicht in die Tüte. Wie hieß dieses Arschloch noch? Ich schick ihm eine Mail, jetzt gleich.

– *Sie haben mir aus bürokratischen Gründen eine Erstattung der verloren gegangenen Bratsche verweigert, ohne eine Spur von Mitgefühl, ohne sich einen Begriff davon zu machen, was für ein Drama ich erlitten habe, ohne im Geringsten zu berücksichtigen, welche gigantischen Beiträge ich Ihnen jahrelang gezahlt habe. Und dann zwar Schätzungen von mir haben wollen, aber das angemessene Honorar dafür zahlen, nein danke. Ich werde meinen Kunden von jetzt an empfehlen, ihre Instrumente bei der Konkurrenz zu versichern, und tue das auch, was meine eigenen Instrumente betrifft* –

So, das sitzt. Er klickt auf »Senden« und steht erleichtert auf. Er hätte sich noch mehr von der Seele schreiben können, zum Beispiel, dass er schon genug verloren hat, seine Kinder, seine Frau, die sich ausgerechnet nach China abgesetzt hat, seine Freunde, seine Gemütsruhe, seinen gesunden Schlaf – aber es ist gut so.

Zu unruhig, um einfach an die Arbeit zu gehen. Lieber in die Stadt, ein Stück laufen so wie früher, ohne Ziel oder Plan. Regnerisches Wetter, aber Regen kann man es eigentlich nicht nennen. Trotzdem ist man nach einer Weile klatschnass. Er geht ans Wasser, weg von der Innenstadt, wo ihm Radfahrer und Touristen im Weg sind. Erstaunlich, dass es ein paar hundert Meter weiter so still ist. Er läuft auf die Brücke zur Insel und bleibt mittendrauf stehen, um aufs Wasser zu schauen. Da sind wir rumgedümpelt, denkt er, da hat man uns alle vier rausgezogen. Vielleicht wären wir besser ertrunken, aber da das nun mal nicht passiert ist, müssen wir weitermachen. Ich muss weitermachen. Anwandlungen, jetzt noch übers Geländer zu klettern, hab ich nicht.

Ihn fröstelt in seinem dicken Mantel, und er läuft weiter. Die Insel ist mit Wohnblocks und, am Wasser entlang, niedrigeren Häusern zugebaut. Alles dicht an dicht, und weit und breit kein Strauch und keine Grünfläche. Durch einen kleinen Tunnel gelangt er auf einen Platz – Bänke, Sandkasten, Spielgeräte aus Holz und ein paar halbtote Bäume. Als ob richtiges Holz hier wachsen wollte, wo die Wurzeln mit Steinplatten zugepflastert sind und das bisschen Erde mit Kippen und Hundekacke verdreckt ist.

Aus dem Augenwinkel sieht er jemanden auf einer der Bänke sitzen. Einen Mann, gepflegter Dreitagebart, tadellose dunkelblaue Hosenbeine. Er hält den Blick auf ihn gerichtet, weicht aber ein Stück zum Tunnelausgang zurück. Der Mann rührt sich nicht. Wartet wohl. Oder ist das auch so ein Gestrandeter, einer, dem zu Hause so beklommen wird, dass er nach draußen muss, und der, kaum draußen, nicht mehr weiß, was er hier will? Bekannte Silhouette übrigens, kenne ich ihn? Kann sein Gesicht von hier aus nicht richtig sehen, schade.

Schritte. Schwere, die zielstrebig wirken, und leichte, unregelmäßig und scharrend. Eine Frau mit einem kleinen Mädchen an der Hand. Die kenne ich wirklich, denkt Jochem, das ist die Ex von Hugo, wie heißt sie noch, Els oder so, was mit E jedenfalls. Der Mann auf der Bank, in dem er nun Hugo erkennt, setzt sich auf und ruft etwas. Die Frau reagiert nicht darauf, sondern blickt unbeirrt geradeaus, aber das Mädchen dreht den Kopf zur Seite. Hugo winkt. Die Frau zieht das Kind mit. Beim Hauseingang gegenüber halten sie sich kurz auf – Schlüssel, Code eingeben –, und das Kind schielt zu seinem Vater hinüber, der noch mit erhobenem Arm auf der Bank sitzt, winkt. Dann ist es vorbei, sie sind im Haus verschwunden.

Jochem steht versteckt im Tunnelausgang und weiß nicht, was er tun soll. Hugo hier! Dann ist er also nicht bei Carolien. Und was macht die allein in Shanghai? Er hat sich so schick angezogen und ist so still, warum? Warum geht er nicht ins Haus, warum redet er nicht mit seiner Ex? Im Zweifel raushalten. Er verlässt den Tunnel, aber bleibt, als er sich dem Platz nähert, stehen. Hugo sieht so einsam und trübsinnig aus, so gar nicht wie er selbst, vielleicht ist irgendwas mit ihm. Drucks nicht rum, geh hin. Mit deutlich hörbaren Schritten betritt er den Platz und setzt sich schnurstracks neben Hugo. Der schaut zur Seite und zieht die Brauen hoch. Gut fünf Minuten lang passiert nichts.

Hugo hat den Blick auf einen kleinen Balkon im dritten Stock geheftet. Jochem schaut auf den Sandkasten, er würde gern etwas sagen, weiß aber nicht, was. Eigentlich ist es so auch ganz in Ordnung. Ehe man sich's versieht, hat man Streit. Worüber könnten wir schon reden, ohne Konflikte aufzurühren? Nicht über Carolien, nicht über interkulturelle Projekte, nicht über früher. Da bleibt dann nicht viel übrig. Dass die Stadt so überlaufen ist, welche Schuhe am besten geeignet sind, wenn man längere Strecken zurücklegen will, wohl kaum diese modisch spitzen Stiefel, die Hugo anhat, Gesundheit, obwohl das auch heikel ist, wie oft man zum Friseur gehen sollte?

»Laura wohnt da«, sagt Hugo auf einmal, »im dritten Stock, bei dem Balkon mit den Pflanzen. Du denkst vielleicht: Warum geht er nicht rein? Sie hat Angst vor mir. Toll ist das, ein vierjähriges Kind, das Angst vor seinem eigenen Vater hat. Das werde ich dann wohl selbst verbockt haben, meinen viele. Die Scheidung, bestimmt auch zu wenig Zeit für das Kind, zu viel auf Achse und immer mit zu vielen Dingen zugange, die wichtiger waren als sie. Das stimmt nicht. Ja, dass ich Evelien verlassen habe, war schwer für Laura, sie blinzelte ständig, wahrscheinlich die Nerven, und wollte bei Evelien im Bett schlafen in der ersten Zeit, obwohl es auch andersherum gewesen sein kann. Aber das hat sich relativ schnell wieder gegeben. Ein fester Tag zusammen jede Woche, richtig gut war das, na ja, das weißt du, Carolien hat mir dabei geholfen, an ihrem freien Tag. Nein, es kommt durch diese verdammte Explosion. Sie hat natürlich nichts davon begriffen, musste aber alles miterleben. Dieser unheimliche Mann, der uns bedrohte, wie eingeschüchtert wir waren, wie der Kerl wütete. Heleen fesselte, Carolien attackierte – und dann die Explosion. Alles, was ihr vertraut war, flog in die Luft. Ich sah ihr Puppenhaus im Wasser treiben! Sie ist traumatisiert, sagt ihre Mutter. Damit muss man Geduld haben. Sie will Carolien übrigens auch nicht mehr sehen.«

Evelien, so heißt die Frau, die Ex, die hier vorbeispazierte. Und Carolien war eine Heldin, das steht fest. Dieser Psychopath wollte Laura als Geisel im Auto mitnehmen, aber Carolien konnte ihn dazu überreden, dass sie auch mitfahren durfte. Da hatte er schon ihre Hand mit dem Hackmesser bearbeitet, sie blutete wie verrückt. Mehr Heldin geht nicht. Carolien ist immer lieb und fürsorglich zu Laura gewesen, sie hat das wirklich nicht verdient. Als wir alle ins Wasser katapultiert worden waren, hat sie Laura erspäht und ans Ufer gezogen. Mit *einem* Arm!

»Wir haben in Shanghai darüber geredet«, fährt Hugo fort. »Ein trauriges Kapitel. Ich hatte mich mehr oder weniger mit allem abgefunden, auch weil Evelien das für besser hielt. Weil sie dann ihre Ruhe hat, denke ich. Aber Carolien ist anderer Meinung, die findet, dass man nicht aufhören darf, seinem Kind zu zeigen, dass es einem das Wichtigste ist. Dass ich jeden Tag auf sie warten sollte. Mich jeden Tag abweisen lassen und trotzdem immer wiederkommen sollte. Deshalb sitze ich hier.«

»Und, bringt's was?«

Hugo sieht ihn zum ersten Mal richtig an. »Heute hat sie sich an der Tür umgedreht und noch einmal zu mir herübergeschaut. Das ist ein Fortschritt, scheint mir«, sagt er sarkastisch. »Aber dieser tägliche Bußgang, nein, das ist nichts für mich. Würdest du das machen?«

Was für ein taktloses Arschloch er doch ist, denkt Jochem, der schon wieder in Harnisch gerät. Ich wünschte, ich *hätte* Kinder, denen ich Buße tun könnte. Denkt er, das Vatersein besteht nur zu seinem Vergnügen? Stundenlang habe ich in Schnee und Regen am Fußballplatz gestanden, stinklangweilige Spiele, grässlich grölende Zuschauer. Ich wär natürlich auch lieber in meiner Werkstatt geblieben. Kalte, halb erstarrte Kinder in der müffelnden Umkleide trocken rubbeln, den unverständlichen Kommentaren aus ihren blau angelaufenen Mündern lauschen. Es ist nicht dasselbe, ich weiß. Carolien hat recht, wenn er Lauras Vater sein will, darf er nicht nur an seine eigenen Bedürfnisse denken, an das, was *er* braucht.

»Komm, wir gehen«, sagt Hugo. »Sie stehen bestimmt vorm Fenster und schauen zu uns rüber. Ich will nicht, dass sie mich hier sitzen sehen, ich bin kein Stalker.«

Er ist schon aufgestanden, hüpft auf der Stelle, um warm zu werden, und strahlt allmählich wieder die übliche Energiegeladenheit aus. Jochem erhebt sich mühsam.

»Geh ruhig«, sagt er. Er hört selbst, wie hoffnungslos und enttäuscht seine Stimme klingt. Ich darf mir keine solche Blöße geben, denkt er, was hatte ich denn erwartet, ein gutes Gespräch mit einem verständnisvollen Freund? Er macht eine abwinkende Geste, es fühlt sich an, als fordere es seine letzten Kräfte. Alles unter der Decke halten: das Bedürfnis zu erfahren, was genau Carolien treibt, den Wunsch, Hugo ins Gesicht zu schlagen, den Impuls, sich nach den emigrierten Geigen zu erkundigen. Klappe zu. Warten, bis er weg ist.

Endlich dreht sich Hugo um und läuft auf seinen eleganten Schuhen durch den Tunnel. Jochem zieht sein Taschentuch hervor und wischt sich das Gesicht ab. Und doch, und doch – er sieht Hugos besorgten Blick nach dem Herzinfarkt, er hört Hugos Geige im Streichquartett, was ist es, Schubert, Rosamunde, das Thema des ersten Satzes, so traurig und zugleich so hoffnungsvoll, es sagt alles, was man nicht sagen kann – ich fühle mich als sein Freund, deshalb habe ich mich neben ihn gesetzt. Und jedes Mal stößt er mich vor den Kopf. Schluss damit. Ich geb ihm den Laufpass, das ist am besten.

26

Hier ist es, in diese Seitenstraße hinein, zeigt der Taxifahrer. Carolien bedankt sich und zahlt. Steckt den Zettel mit der Adresse in ihre Tasche. Dann steigt sie aus und steht ganz allein auf dem belebten Gehweg. Es ist nicht schlimm, sagt sie sich, mach weiter, du kannst es. Du hast was für diese Leute dabei, ein Geschenk, über das sie sich bestimmt freuen, du bist gut angezogen, und du bist pünktlich. Sie biegt um die Ecke und sieht zu ihrer Erleichterung Xiang unter einem roten Lampion stehen, zwischen zwei runden Steinen, die den Eingang zu seinem Elternhaus markieren. Sie küssen sich auf die Wange. Was für ein Wirrwarr muss das für diesen Jungen sein, die vielen verschiedenen Rituale und Umgangsformen, mit denen er es zu tun hat (und noch zu tun bekommt).

Drinnen stehen die Eltern nebeneinander, beide klein gewachsen, lächelnd, mit leichter Verneigung. Man gibt sich die Hand – sie vergisst, an den kleinen Finger zu denken, und das macht auch offenbar nichts –, lächelt sich an, sagt abwechselnd etwas, das für den anderen unverständlich ist, nimmt auf schmalen Stühlen an einem Resopaltisch Platz.

»Sie fühlen sich geehrt, dass du da bist«, fasst Xiang das Gesagte zusammen. Carolien kramt in ihrer Tasche und nimmt das flache Päckchen heraus. Es ist ein Foto vom Streichsextett, das sie hat rahmen lassen. Xiang ist darauf sehr schön getroffen, er sitzt in der Mitte, die riesige Bratsche unter dem Kinn. Die Eltern packen das Geschenk nicht aus. »Das gehört sich so«, sagt Xiang, »sie tun das später. Chinesische Gewohnheit.«

Die Mutter hat sich erhoben, um das Päckchen wegzulegen und Speisen aus der Küche zu holen. Carolien sieht sie von Zeit zu Zeit zu ihrem Sohn herüberschauen, lange Blicke, mit welchen Gefühlen gefüllt? Schwer zu erraten. Liebe, Stolz, Traurigkeit über den nahenden Abschied? Ich reime mir irgendwas zusammen, denkt sie. Diese Leute finden es vielleicht großartig, dass ihr Kind in den Westen darf. Der Vater sieht unergründlich aus. Ich muss was sagen.

Sie beginnt, ein Loblied auf Xiang zu singen. Muss er aber selbst übersetzen, errötend. Sie erkundigt sich, wie es zur Wahl des Instruments kam, er habe unbedingt Geige spielen wollen, sagen die Eltern, aber der Dozent des Musikschulensembles habe eine Bratsche gebraucht.

»Es ist gut, etwas zu tun, was gebraucht wird«, sagt der Vater. Alle nicken bestätigend. Weil alles zweimal gesagt wird, verläuft die Unterhaltung äußerst schwerfällig. Auf Drängen der Mutter essen sie etwas und trinken Tee. Carolien fragt Xiang, ob sie seinen Übungsraum sehen dürfe. Sie gehen zusammen hinaus; Xiang öffnet eine Tür und enthüllt den mit Schaumstoff ausgekleideten Schrank. In der Mitte hängt eine nackte Glühbirne am Kabel herab. Ein Notenständer steht da. Ein Hocker davor. Hier hat er also all seine Fertigkeiten eingeübt, ohne Lüftung. Kein Wunder, dass er wegwill.

»Ich bin meinem Vater sehr dankbar«, sagt er. »Er hat das hier selbst gebaut. Meine Eltern haben mich beim Studium unterstützt, ich brauchte nicht arbeiten zu gehen. Sehr gute Eltern. Ich möchte auch ein guter Sohn sein.«

Nach dieser Ansprache gehen sie wieder an den Tisch zurück. Die Eltern wollen wissen, was Carolien hier mache, also erzählt sie vom Festival und von ihrer Stippvisite in den Kinderheimen. Dass sie Ärztin sei in dem Land, in dem sie lebe, weit weg. Sie kann es selbst kaum glauben, doch Xiangs Eltern klacken bewundernd mit der Zunge. Während sie die westliche Medizin vielleicht verwerflich finden, denkt sie, und nur an Akupunktur und Kräutermixturen glauben. Sei doch nicht so negativ, diese Leute meinen es gut, sie empfangen dich in ihrem Haus, sie sind interessiert, nett.

»Ob die Frau Doktor auch Kinder hat«, übersetzt Xiang. Immer die schwierigste Frage. Wenn sie die Wahrheit erzählt, wirkt das als ziemlich heftige Gesprächsbremse. Wenn sie lügt, verleugnet sie ihre Jungs. Sagt sie, dass sie zwei fast erwachsene Söhne habe, bricht sie womöglich in haltloses Schluchzen aus. Xiang merkt, dass etwas ist, und greift ein.

»Die Suppe, wir vergessen die Suppe!« Sofort steht seine Mutter auf, um Schüsselchen zu holen, und die dunkle Wolke verweht. Weiß Xiang etwas? Vielleicht hat Hugo ihm etwas erzählt, aber es kann auch sein, dass der Junge spürt, wie unmöglich es ihr ist, über das Thema Mutterschaft zu sprechen. Carolien ist aus der Fassung gebracht und fragt sich, was sie denn bloß hier verloren hat. In einem Land, von dem sie nichts begreift, eine freundliche Gesinnung mimen. Jetzt hat man ihr die Maske vom Gesicht gerissen. Sie ist eine ratlose Frau, die um die halbe Welt geflüchtet ist, um sich nicht damit auseinandersetzen zu müssen, dass ihr Leben zusammengebrochen ist. Tragisch, wie sie sich in die Beziehung mit Max verloren hat, was bildete sie sich denn ein? Mehr als lächerlich, sie sollte sich schämen. Er hat sie weggekickt, natürlich, das geschieht ihr recht. Alle Tünche muss runter, bis die nackte Wirklichkeit sichtbar wird: Sie ist am Boden, in einem Umfeld, mit dem sie nichts zu tun hat. Sie ist von der Freundlichkeit abhängig, welche Menschen ihr gewähren, die nichts von ihr wissen. Ist das Einsamkeit? Ihr schwindelt von diesem Gedanken, und sie sagt zu Xiang, sie müsse gehen. Es gelingt ihr gerade noch, sich in aller Höflichkeit von dem Elternpaar zu verabschieden, dann stürzt sie aus dem Haus.

Corrie sitzt an ihrem Schreibtisch in dem kleinen Büro und tippt fröhlich. »Jetzt schon zurück?«, fragt sie, als Carolien hereinkommt. »Gut gegessen?« Carolien nickt. Auch diese Freundlichkeit steht ihr nicht zu, sie ist völlig unangemessen. Carolien setzt sich auf einen Stuhl an der Wand und bricht in Tränen aus. Corrie kommt zu ihr, Gläschen Wasser, tröstendes Zureden, aufmunternde Vorschläge. Hat sie die berühmten Gärten schon gesehen, sollen sie zusammen auf den Basar gehen, eine Fahrt auf dem Fluss machen?

Carolien schüttelt so heftig den Kopf, dass ihre Tränen um sie herumfliegen. Corrie brummt, dass kein Mann solchen Kummer wert sei. »Nicht, Lien. Das war nur eine kurze Verirrung. Ist jetzt vorbei. Viel besser.«

»Aber ich komme mir so wertlos vor«, sagt Carolien und schämt sich sofort dafür. Wie lasch, wie pathetisch, diesem wohlmeinenden Schatz gegenüber so zu jammern. Will ich etwa, dass Corrie ruft, wie großartig ich bin? Würde das helfen? Alle Brücken habe ich hinter mir abgebrochen, und wenn nicht ich, dann haben andere die Lunte daran gelegt, und jetzt weiß ich mit meiner Freiheit nichts anzufangen. Mich selbst unter Druck zu setzen, dass ich etwas wollen muss, funktioniert überhaupt nicht, denn ich will nichts. Kann ich anders leben? Auch einem Menschen, dem es nachweislich an Willen mangelt, muss es doch möglich sein, ein Leben zu entwerfen.

Die Tränen sind versiegt. Sie hat sich die Nase in ein Geschirrtuch geschnäuzt, das Corrie ihr gereicht hat, und hockt nun mit dem zerknüllten Tuch im Schoß da.

»Was willst *du* eigentlich, Corrie? Mit allem, mit deinem Leben, meine ich?«

»Geld verdienen«, sagt Corrie dezidiert. »Nicht von einem anderen abhängig sein. Nicht bitten, sondern nehmen. In diesem Land ist sehr vieles ein Muss. Hab ich schon bei meinen Eltern und Großeltern immer gesehen. Etwas zu wollen habe keinen Sinn, und da bleibe nur das Müssen übrig. Man redet nicht gern darüber, das hast du vielleicht gemerkt. Es gab die Umwälzung, die großen Veränderungen. Lehrer mussten Reis anpflanzen, und Musiker gingen in den Steinbruch. Umsiedlungen, aufs Land. Sie wussten, dass es sein musste, und deshalb konnten sie es. Morgens trotteten sie brav auf den Acker, abends zum Politikunterricht ins Dorfversammlungshaus. Jeden Tag.«

»Wie haben sie das ausgehalten? Wo Zwang herrscht, begehren die Menschen doch irgendwann dagegen auf, oder nicht?«

Corrie nickt. »Nicht jeder konnte das aushalten. Mein Opa ist geflüchtet, in die Berge. Er *wollte* etwas, er wollte weg. Wir haben nie mehr etwas von ihm gehört. Als ich klein war, war ich überzeugt, dass es ihn noch gab. Jetzt denke ich, dass er in der Kälte erfroren ist. Tot. Oma hatten sie irgendwo anders hingeschickt, sie hat jahrelang gar nicht gewusst, dass er verschollen war. Von ihr habe ich gelernt, dass Aufbegehren genauso wenig Sinn hat wie Wunschdenken. In ihrer Situation empfiehlt es sich, sich das Wollen abzugewöhnen. Verstehst du, Lien?«

»Aber was dann?«, fragt Carolien. »Was hat deine Großmutter darüber erzählt?«

Corrie setzt sich auf und sieht sie durch ihre großen Brillengläser ernst an.

»Der Körper übernimmt.«

»Wie denn? Wie meinst du das?«

»Denk mal ans Zähneputzen. Damit hast du vielleicht mal angefangen, weil deine Mutter es dir vorgeschrieben hat, oder weil du selbst schöne Zähne haben wolltest. Später ist es zur Gewohnheit geworden. Eingeschliffen. Du überlegst nicht mehr, du machst es einfach. Der Körper hat übernommen, und du brauchst nur noch zu folgen. So lässt es sich aushalten. Das ist wahr.«

Corries Darlegung kommt bei Carolien als befreiende Möglichkeit an. Erleichterung. Sie braucht nichts zu wollen und muss auch nichts. Sie kennt dieses Phänomen auch, denn sie hat jahrelang jeden Tag technische Übungen auf ihrem Cello gemacht, bevor sie eine Etüde oder ein Stück einübte. Cossmann für die Intonation, Ševčík für den Strich. Immer dasselbe, ihr Körper machte es einfach.

Sie sitzen noch eine Weile schweigend beisammen. Dann wendet sich Corrie wieder ihrem Schreibtisch zu, um weiterzutippen. Carolien macht sich an einem anderen Tisch daran, einen Brief zu entwerfen, mit dem westliche Musiker zu dem zukünftigen Festival auf dem Land eingeladen werden sollen. Nicht, weil sie es will, nicht, weil sie es muss. Sie tut es einfach.

»Weißt du, Lien«, erklingt auf einmal Corries Stimme. »Dieser Max hat es mit der Angst gekriegt. Angst vor dem, was er für dich empfand. Und wenn Menschen Angst haben, laufen sie weg. Das hat mit dir überhaupt nichts zu tun. Er ist ein Wegläufer, das sieht man gleich.«

»Ich weiß nicht«, sagt Carolien nachdenklich. »Menschen, die Angst haben, kämpfen doch auch, oder?«

»Er nicht. Er hat zu Hause bestimmt eine Familie, aber ist er dort? Nein, er reist um die ganze Welt, er ist auf der Flucht. So ist er. Ein Wegläufer.«

Aber ich auch, denkt Carolien, ich bin auch weggelaufen, und ich weiß nicht, wie ich wieder zurückkommen kann. Sie beugt sich über den Brief. Sie lässt ihren Körper den Brief schreiben.

27

– Als ich gestern kurz in unserem ehemals gemeinsamen Haus war, brachte ein Briefträger zwei Einschreiben, mailt Jochem, *für dich und für mich. Meins hab ich aufgemacht: die Vorladung zu einer Zeugenaussage bei Gericht. Reiner Zufall, dass ich gerade da war, ich gehe ja nicht jeden Tag nach dem Rechten sehen. Man wird übrigens nicht freundlich geladen, sondern hinzitiert. Datum, Zeit. Unverschämt. Wie das mit Hugo gehen soll, der wer weiß wo ist, und mit dir in China, ich weiß es nicht. Der Briefträger hat dein Einschreiben wieder mitgenommen, denn du musst den Empfang mit deiner Unterschrift quittieren. Er hat einen Zettel dagelassen, du musst den Brief in irgendeinem Tabakladen abholen. Da ist neuerdings das geschrumpfte Postamt. Ich gehe davon aus, dass wir alle vier hinmüssen, denn es geht, das hätte ich gleich schreiben sollen, um unseren höchstpersönlichen Halunken Helleberg. Er ist gefasst worden und sitzt jetzt die Strafe für seine früheren Verbrechen ab. Nun soll er auch noch für die Schweinereien verurteilt werden, die er uns angetan hat. Von denen werden wir berichten müssen; dazu werden sie uns befragen. Ich bin nicht drauf erpicht, aber dass man sich weigert, steht nicht zur Debatte. Du kannst natürlich selbst entscheiden, was du machst, du hast den Brief ja nicht erhalten, denn der liegt jetzt zwischen den Zigarren. Soll ich dir eine Kopie von meinem Schreiben schicken? Auch wenn du weißt, was drinsteht, verpflichtet dich das zu nichts. Lass es mich wissen –*

Wir haben doch schon alles erzählt, denkt Carolien, ausführliche Befragungen durch die Polizei, penibel aufgezeichnet und in ellenlangen Protokollen zusammengefasst. Noch einmal diesen abscheulichen Abend durchleben, alle Einzelheiten benennen, den Verlauf der Geschehnisse zeitlich zuordnen, das Verhalten der anderen registrieren, die eigenen Gedanken schildern. Und die Emotionen. Tiefer Widerwille befällt sie, mit einem Anflug von Angst.

Aber da ist noch mehr. Der Brief, der Prozess besagen auch, dass das ganze Elend ernst genommen wird. Strafe, Vergeltung, Rache. Die offizielle Anerkennung des Umstands, dass man jemandem nicht so einfach den kleinen Finger abhacken darf.

– *ja, schick es mir mal* – mailt sie zurück.

Wie mag so eine Verhandlung wohl ablaufen? Er darf sich verteidigen, dieser Helleberg, er wird einen Anwalt bei sich haben, der unsere Erzählungen zu entkräften versucht. Der Staat, das heißt die Staatsanwaltschaft, klagt ihn an und wird uns dazu benutzen, die Anschuldigungen gegen ihn zu stützen. Danach wird dieser Anwalt alles durchlöchern. So stelle ich es mir jedenfalls vor. Eine vermeintlich faire Auseinandersetzung, mit Worten statt Fleischermessern.

Wir werden ihn sehen, ich werde ihn sehen. Auf der Anklagebank, ob es so was noch gibt? Vielleicht wird er versuchen, uns mit diesem einschüchternden Blick zu fixieren, uns wortlos zu drohen. Ich weiß nicht, ob ich das ertragen kann. Und Heleen? Bestimmt nicht. Es kann aber auch sein, dass er durch die Festnahme und die gescheiterte Flucht gebrochen ist und mit hängendem Kopf alles über sich ergehen lässt. Vielleicht steht er auch auf, um sich bei uns zu entschuldigen und sein tiefes Bedauern auszudrücken. Dann sind wir schnell durch damit.

Ping! Mail von Jochem: – *im Anhang der Brief. Dann kannst du es dir überlegen, es ist erst in einem Monat. Wo ich dir schon schreibe, kann ich auch was Erfreuliches erzählen: Vorige Woche war Marije hier, zusammen mit ihrem Schüler Driss. Ich habe ein bisschen an seinem Cello geschlüsselt, und er hat sich im Atelier die Augen ausgestarrt. Er wollte genau wissen, was ich mache und warum, das erlebe ich bei meinen Kunden nicht so oft. Als ich fertig war, hab ich ihn auf einen Stuhl gesetzt und spielen lassen, ein Stückchen Vivaldi. Wirklich ganz ordentlich, und rhythmisch einfach gut. Er bekommt erstklassigen Unterricht und hat kein schlechtes Ohr. Marije wollte kurz dein Erbstück sehen, also hab ich's aus dem Tresor geholt. Sie fragte, ob sie darauf spielen dürfe, und ich hab's ihr erlaubt. Was für ein Klang da rauskommt, wenn ich Musikkritiker wär, würd ich sagen: souverän, nobel. Als Geigenbauer sage ich: gut erhalten, ausgezeichnet reguliert, und vor allem natürlich erstklassig gebaut. Damit du's weißt.*

Ach ja, noch was wollte ich dir erzählen, ich bin Henk begegnet, dem Henk von Heleen. Wir haben uns auf der Straße unterhalten. Er macht sich keine großen Gedanken über all die Veränderungen, sie wollte schon immer abnehmen, sagte er. Und dass sie einen anderen Job hat, findet er prima, weniger Stress und mehr Freiraum, was die Arbeitszeiten betrifft. Wenn er diese Verwandlung nicht beunruhigend findet, warum regst du dich dann so darüber auf? Er gleicht sich den Veränderungen an, findet nichts dabei. Sie geht neuerdings mit auf den Fußballplatz und steht das ganze Wochenende am Spielfeldrand, um ihre Söhne anzufeuern. Findet er gut, sagte er. Als er sich nach dir erkundigte, hab ich gesagt, dass du es mal nötig hattest, eine Weile weit weg zu sein. Aber was ist »eine Weile«? Jetzt hat's geklingelt, ein Kunde –

Es ist Zeit, einen Spaziergang zu machen, denkt Carolien. Sie steht an der Tür, bevor ihr Zweifel kommen können. Der Körper will ins Freie, tu's einfach. Es ist nicht mehr so erstickend heiß, also los. Was fällt ihm ein, ihr vorzuwerfen, dass sie sich mit Heleens neuem Leben schwertut? Wenn einer halsstarrig an dem festhält, was früher war, dann ist es doch wohl Jochem. Er hört nicht auf, ihr mit dem Cello-Unterricht in den Ohren zu liegen, und ihre Kündigung bei der Praxis sieht er nur skeptisch. Von wegen »sich den Veränderungen angleichen«! Soll er selbst sich doch mal angleichen.

Sie ist in den Park hinter dem Konservatorium gelangt. Hier haben die grausamsten Veränderungen stattgefunden. Die Musikschule war jahrelang geschlossen, die Dozenten wurden verhöhnt und gedemütigt, mussten sich auf dem Land die Hände zerschinden, wurden verbannt und verunglimpft. Sie mussten vielleicht schon froh sein, wenn sie insgeheim im Kopf noch eine Bachfuge spielen konnten. Jetzt ist davon nichts mehr zu spüren, die Tür steht offen, die Fugen wehen durch die Fenster heraus, die Lehrer sitzen unbedroht in ihren Unterrichtsräumen, die Studenten zollen ihnen Respekt und Dankbarkeit. Über die Zeit der Revolution spricht niemand mehr. Das ist erst Angleichung!

Sie setzt sich seufzend auf einen großen Stein. Und ich, wie sieht es bei mir aus? Festgefahren, ich stecke zwischen früher und heute oder morgen in der Klemme. Vor dem Dilemma bin ich weggelaufen, und jetzt sitze ich hier auf einem grauen Stein unter Bäumen, deren Namen ich nicht kenne. Bringt mich das weiter? So ein Gerichtsverfahren stellt eine Verbindung zwischen Zukunft und Vergangenheit her, das sollte für Klarheit sorgen, Halt geben. Die Beruhigung, dass man Menschen nicht ungestraft als Geiseln nehmen und in Todesangst versetzen kann. Warum sollte einem davor grauen? Kommt auf den Standpunkt an. Dieser Helleberg wird verzweifelt bemüht sein, sich mit allen Mitteln aus seiner misslichen Lage herauszulavieren. Wir sind entrüstet und gekränkt, weil er uns, die keine Schuld trifft, beschädigt hat. Wie soll man das miteinander vereinbaren, das kann man doch gar nicht so lösen, dass beide Parteien zufrieden sind. Und die Enttäuschung möchte ich mir lieber ersparen. Noch schlimmer ist aber vielleicht der Zwang, diesen Abend noch einmal durchleben zu müssen. Wenn man sich anschaut, was wir alle vier getan haben und noch tun, um diese Erfahrungen weit hinter uns zu lassen und tief zu verdrängen, kann man sich gut vorstellen, wie bedrohlich es ist, sie wieder auszugraben. Ich bin das beste Beispiel: Fange lieber ein Verhältnis mit einem wildfremden Mann an, als ernsthaft über mich selbst nachzudenken.

Beim Gedanken an Max errötet sie und steht auf, um schnell weiterzugehen, als schäme sie sich, weil man sie ertappt hat. Wie konnte sie sich da hineinfallen und derart verschaukeln und einlullen lassen? Das ging wie von selbst, das war keine große Kunst. Es war so einfach, Parallelen zu ziehen zwischen dem, was sie und was er verloren hat, so dass sie sich gegenseitig verstanden fühlen konnten, endlich, Seelenverwandte, die sich mit identischem Kummer tragen. Unsinn. Er *hat* seinen sogenannten Fleischklumpen von Sohn noch, und genau darunter leidet er. Mein Leid, wenn man es so nennen kann, gehört in eine ganz andere Kategorie. Ist eigentlich nicht fassbar. Eine Illusion, dass ich mich so von ihm erkannt gefühlt habe; mehr als blöde, dass ich ein paar Wochen lang daran geglaubt habe.

Sie stampft den Weg hinunter, die Fäuste in ihren Jackentaschen geballt. Die Kinder in ihrem Kopf am Leben erhalten, das ist es, was sie tun muss. Auch wenn ihre Gesichter mit den Jahren verblassen – erinnert sie sich an ein Foto oder an ein echtes Bild? Mitunter reden sie in ihrem Traum, hin und wieder mal wird sie von einer hellen Jungenstimme gerufen. Das ist eine Gnade. Aufwachen und mit aller Macht in den Traum zurückkriechen wollen, ja, aber meistens liegt sie dann ganz still im Bett, dankbar für das, was sie hörte, und niedergeschmettert von dem Wissen, dass es ein Traum war. Ein weiteres Dilemma. Was soll man damit. Was soll man mit all der überschüssigen, unbrauchbaren Verbundenheit, Fürsorge – Liebe, wenn man es kurz zusammenfassen will. Ein Teil davon ging an Laura, denkt sie. Und neulich diese Kinder in den Heimen, die gesunden mit ihrer Neugier und Spielfreude, aber auch die lädierten, die schwachsinnigen – da konnte ich schon etwas empfinden, da war ich mal kurz richtig anwesend. Warum kann ich Jochem nicht so gegenüberstehen oder meinen Freunden, Hugo, Heleen? Den Patienten, so dass ich noch Freude an der Arbeit hätte? Wenn ich nur unbekannten behinderten Kindern wirkliche Aufmerksamkeit schenken kann, aber nicht den Menschen, die mir verbunden sind, verhalte ich mich genauso wie Max. Die ganze Welt retten, voller Empathie, aber vor deinen Nächsten die Tür zuschlagen. Laufen, laufen. Bis ich weiß, was ich tun soll.

»Ach, Lien, du gehst? Willst du es dir nicht noch einmal überlegen? Es gibt noch so viel zu tun, Briefe an Sponsoren, Dankschreiben, Bettelbriefe, in deinem schönen Englisch! Du lässt mich im Büro allein? Das kannst du mir doch nicht antun!«

Carolien hat Corrie zu einem Abschiedsessen eingeladen. Für die sonst so unerschütterliche Assistentin ist ihre Entscheidung offenbar ein harter Schlag, Carolien hat sie noch nie so aufgelöst gesehen.

»Es geht nicht anders«, sagt sie, »es gibt zu Hause ein paar Dinge, die ich unbedingt erledigen muss. Verpflichtungen. Ich finde es auch schade, du bist mir eine liebe Freundin geworden. Du hast mir sehr geholfen.«

Seit sie beschlossen hat zurückzugehen, ist eine Ruhe über sie gekommen, die sie zuversichtlich macht; was immer ihr auch begegnet, wenn sie wieder zu Hause ist, sie wird sich behaupten. Ich werde wissen, wo ich bin, ich werde meine eigene Sprache sprechen und die Gerüche meiner Stadt wiedererkennen. Ich werde herausfinden, was ich will. Ich werde mich nicht von Enttäuschungen entmutigen lassen. Hehre Vorsätze, die sich höchstwahrscheinlich gleich wieder in Luft auflösen werden. Wenn doch jeder so wäre wie Corrie, verständnisvoll, freundlich, ohne sich einem gleich an den Hals zu hängen. Mit Freundlichkeit kann man mich einwickeln, das war schon immer so. Trotzdem benehme ich mich so, dass man wütend auf mich wird. Ich sollte selbst mal etwas netter sein und meine Sturheit ablegen. Ob ich das hinkriege?

Ticket gebucht, Koffer mitten ins Zimmer gestellt und aufgeklappt. Eine Mail an Heleen, im Rahmen der neuen Freundlichkeit:

– du schriebst, dass du keinen Kontakt mehr zu uns willst, das muss ich respektieren, aber ich schreibe dir dennoch. Eine Mail ist leicht wegzuklicken, sie verpflichtet dich zu nichts. In ein paar Tagen fliege ich von China zurück. Jochem erzählte, wir hätten beide eine Vorladung bekommen, bei der anstehenden Verhandlung gegen Helleberg als Zeugen auszusagen. Ich nehme an, dass du auch so einen Befehl erhalten hast. Von Hugo weiß ich es nicht, er ist auf Reisen, um Sponsoren für seine Stiftung anzuwerben, und

der Briefträger dürfte ihn an seiner Heimatadresse, dieser winzigen Wohnung, nicht erreicht haben. Das läuft ja per Einschreiben, man muss den Empfang quittieren. Egal wie, ich dachte mir, dass dir vielleicht sehr vor der ganzen Sache graut. Und ob dir eventuell daran gelegen wäre, darüber zu reden? Ich glaube das zwar nicht, aber falls doch, könnten wir uns treffen, in einer Woche oder so. Wann immer du möchtest. Entschuldige diese Mail. Ich möchte dich nicht belästigen –

Sehr schwierig, freundlich zu sein. Zumal, wenn man eigentlich verärgert ist. Warum soll ich sie mit Samthandschuhen anfassen? Warum ist diese Sache für sie schlimmer als für mich? Mir tut dieser schleimige Brief jetzt schon leid. Aber nicht gleich wieder einen Rückzieher machen, es ist ein Experiment. Viel zu einfach, gleich wieder mürrisch und abweisend zu sein. Das kann ich später immer noch tun. Wieder.

Sie geht mit Corrie nicht in einer grell erleuchteten Garage essen, sondern in einem vornehmen Restaurant im obersten Stock eines hohen Gebäudes am Bund. Von dessen Terrasse aus blicken sie auf den Fluss und die aberwitzigen Wolkenkratzer auf der Insel.

»Nächsten Monat fange ich dort an zu arbeiten«, sagt Corrie, auf einen der Kolosse zeigend. »Einen Kongress für Hafenbetriebe und Reedereien vorbereiten. Auch Architekten. Ganz groß. ›Der Hafen der Zukunft‹ wird er heißen. Schön, nicht? Ich bekomme ein Team von acht Leuten. Gewöhnungsbedürftig.«

Die Poesie dieses Namens gefällt Carolien, zumal sie schon einiges getrunken hat. Ob es für sie in der Zukunft einen Hafen geben wird und wie sie den ansteuern kann;

derlei Gedanken – lasch, sentimental, findet sie, schon während sie ihr kommen – gehen ihr durch den Kopf.

Sie essen mit westlichem Besteck, mit Messer und Gabel. Auch das kommt ihr symbolisch vor. Corrie sitzt mit geradem Rücken da, schaut sie durch ihre große Brille an und prostet ihr bei jedem Schluck Wein zu. Sie gibt praktische Anweisungen: den Schlüssel vom Apartment kann Carolien ihr geben, sie vermietet an Touristen, wenn Hugo nicht da ist, morgen wird sie Carolien zum Flughafen fahren, ist doch gemütlich, das Einchecken ist schon erledigt, sie zieht die Papiere aus ihrer Tasche und legt sie neben Caroliens Teller, das Festival auf dem Land wird kommen, sie zählt darauf, dass Carolien wieder dabei sein wird, die Luft dort ist so gesund –

Carolien steht auf und geht zum Rauchen auf den Balkon. Durch das Fenster sieht sie Corrie am Tisch sitzen, nicht mit ihrem Handy befasst, sondern unverwandt vor sich ins Leere blickend. Ich bin schon halb weg, aber ob ich auf Kurs Richtung Hafen der Zukunft bin, ist nicht gesagt. Wie werde ich sie vermissen, meine Freundin in Shanghai.

28

Niemand holt sie ab, als sie sich am frühen Abend an den griesgrämigen Zollbeamten vorbeischiebt, um dann in eine Menge wartender Menschen mit Blumen und Luftballons zu geraten. Was hatte sie denn gedacht? Jochem weiß nicht, dass sie kommt, und sie bezweifelt, dass es ihr lieb wäre, wenn er unter diesen aufgedrehten Abholern stehen würde. Hätte Max, wenn er aus irgendeinem Grund im Lande wäre, per telepathischer Gedankenübertragung ihre Ankunftszeit wissen und sie reuevoll in die Arme schließen müssen? Sie läuft schnell zum Taxistand.

Wie schwer der Himmel hier ist, und wie viel man davon sieht. Ein kleiner Streifen Rasen und dann die gewaltigen Wolkengebäude darüber. Die Bäume bereiten sich schon auf den Herbst vor und verfärben sich zu einem müden Grün, alle im selben Ton, nicht mehr so unterschiedlich wie im Frühling. Sie saugt die Landschaft in sich auf, es ist nicht unangenehm, es ist vertraut. Als das Taxi in ihre Straße biegt, nimmt sie den riesigen Schlüsselbund aus ihrer Tasche. Eine Herausforderung, in dieses Haus hineinzukommen. Bedächtig stellt sie den Koffer ab. Hinter den robusten Vergitterungen blinzeln ihr die Fensterscheiben zu. Es wird schon dunkel, aber als sie sich der Tür näherte, ist eine grelle Lampe angesprungen. Ruhig jetzt, alle Schlüssel sind da, nur noch kurz sortieren, wie ich sie benutzen muss und in welcher Reihenfolge. Auch bei mir im Kopf wird's langsam dunkel, ich bin seit zwanzig Stunden unterwegs, kein Wunder.

Die Tür lässt sich öffnen. Im Haus brennt da und dort eine Lampe, sieht sie, wohl über diese Anti-Einbruch-Schalter aktiviert. Sie ist ganz zittrig vor Schlafmangel, findet es aber nicht schlimm. Schaut sich in aller Ruhe um, das Wohnzimmer sieht aus, als sei aufgeräumt und geputzt worden. Auf dem Tisch liegt ein Stapel Post, und in der Küche blitzt die leere Spüle. Mit langsamen Schritten geht sie durch das ganze Erdgeschoss. Kein Cello in der ehemaligen Werkstatt, wo die Umzugskartons mit Reiniers Bibliothek akkurat an der Wand aufeinandergeschichtet sind. Im Kühlschrank steht nichts. Er ist aber an, das Licht strahlt ihr anheimelnd entgegen.

Sie hängt ihren Mantel an die Garderobe. Hunger? Nein. Doch. Ein bisschen. Ein Drink wäre nicht schlecht. Sie schenkt sich ein Wasserglas voll Port ein und findet im Vorratsschrank eine Tüte Chips. Jetzt aufs Sofa, die Beine hoch, und durch die Gitter in den Garten schauen. Verblüfft registriert sie den wundersamen Frieden, der in ihr herrscht. Muss ein Überbleibsel von der Reise sein. Wie Jochem sich hier ins Zeug gelegt hat, als hätte er damit gerechnet, dass ich jeden Tag nach Hause kommen könnte. Muss ich die Post durchsehen? Ach wo, kann ruhig liegen bleiben. Muss ich ihn wissen lassen, dass ich da bin? Ihm bleibt das Herz stehen, wenn er morgen reinkommt, und meinen Mantel da hängen sieht. Herz, da war was Ernstes mit seinem Herz, nicht gut, muss morgen nachfragen. Und ein paar Einkäufe machen. In meinem eigenen Haus untergetaucht, fühlt sich nicht schlecht an.

Der Garten ist in einem verheerenden Zustand, das sieht man schon von hier aus. Das guck ich mir jetzt nicht näher an, mit diesen schweren Beinen. Lieber nach oben, Bad, Bett.

Sie schläft problemlos, wie ein Kind. Erwacht mit der Sonne im Gesicht. Der innere Frieden ist noch nicht gewichen. Auf ihrem Handy findet sie eine SMS von Corrie: Gut angekommen? Sie lächelt. Die ganze Situation fühlt sich wie eine Art Urlaub an, in dem sie ungestört machen kann, was sie will. Kurz flackert eine leichte Verärgerung auf, als sie sieht, dass jemand, Jochem wahrscheinlich, sämtliche Zimmerpflanzen nach draußen gestellt hat, doch die legt sich rasch. Ihr Fahrrad ist noch fest aufgepumpt. Im Supermarkt blickt die Frau an der Kasse nicht erstaunt, weil sie plötzlich wieder dasteht. Eier, Butter, Obst. Als wären nicht Monate vergangen. Sie packt alles ein und radelt mit der Tasche am Lenker durch die dicke, feuchte Luft zurück in die Festung, nach Hause.

Die Post schaut sie durch, ohne die Kuverts zu öffnen. Oben auf dem Stapel liegt eine Benachrichtigung vom Briefträger: Sie soll ein Einschreiben in der Poststelle im Tabakladen abholen. Ruhig liegen lassen. Den ganzen Tag arbeitet sie im Garten. Sie entfernt Verblühtes, stutzt Sträucher und wirft alles auf den Komposthaufen in der Ecke. Unkraut jäten, um Platz für Pflanzen zu machen, die es aus eigener Kraft nicht schaffen, Efeutriebe aus dem Rasen ziehen. Unterdessen denkt sie an das Haus, das hinter ihr aufragt. Gestern Abend stand sie auf der Schwelle des Kinderzimmers, sah die Poster von Popgruppen und Fußballern an der Wand, die Reihe Bücher und Comics auf dem Regal. Steriles Museum. Kein Haufen schmutziger Klamotten auf dem Fußboden, keine dreckigen Schuhe unter den Betten. So ist es, hat sie gedacht, das ist übrig. Sie hat die Tür zugemacht und ist zu Bett gegangen.

Jetzt schiebt sie die Vorhänge auf und betrachtet den Vorgarten. Schon um einiges besser seit gestern. Sie steht in Jogginghose und T-Shirt da, kratzt sich am Kopf und schmiedet Pläne für den Tag. Im Garten weiterarbeiten, vielleicht dem Stapel Post zu Leibe rücken. Ein alter Mann kommt die Straße herunter, gekrümmt, mit schleppenden Schritten. Vor der Gartenpforte bleibt er stehen. Schaufensterkrankheit, Zwangspause, bevor er weitergehen kann? Nein, er dreht sich halb um und zieht mit gebeugtem Kopf etwas aus seiner Manteltasche. Einen Schlüsselbund. Jetzt hebt er den Kopf und wirft einen prüfenden Blick auf die Hausfassade. Es ist Jochem. Nicht wiederzuerkennen. Schwach und gebrechlich, so hat sie ihn noch nie gesehen. Gräuliche Gesichtsfarbe, hängende Schultern. Ein müder alter Mann. Sie stellt sich halb hinter den Vorhang, erschrocken und unsicher, was sie tun soll. Jochem geht durch die Pforte und fasst jetzt in seine andere Manteltasche. Er zieht etwas heraus, einen blinkenden Gegenstand, den er, halb von seiner Hand verdeckt, hinter die Hüfte hält. Eine Pistole! Sie fühlt ihr Herz bis zum Hals hinauf schlagen. Ihr Mund wird trocken, und ihr wird bedenklich weich in den Knien. Sie setzt sich aufs Bett und legt kurz den Kopf auf die Beine. Soll ich ihn rufen: »Juhu, ich bin zu Hause?« Wenn ich einfach die Treppe runterlaufe, schießt er mich womöglich nieder. Sieht er nicht, dass ich es bin, die diesen Bewegungsmelder ausgeschaltet hat, die vergessen hat, die Alarmanlage zu aktivieren, die schmutziges Geschirr auf die Spüle gestellt hat? Womöglich sieht er gar nichts, ist so von seiner Angst vor Einbrechern geblendet, dass er nur noch Jagd auf den Missetäter machen will, mit der Pistole im Anschlag.

Mäuschenstill huscht sie über den Flur ins Kinderzimmer. Sie lässt die Tür einen Spaltbreit offen stehen und verschanzt sich zwischen den Betten der Jungs auf dem Boden. Sie hört Jochem unten von Zimmer zu Zimmer gehen. Er tritt die Türen auf – Gartenzimmer, Arbeitszimmer, Atelier – und ist dann eine Weile lautlos mit seiner Untersuchung befasst. Jetzt kommt er mit bedächtigen Schritten nach oben. Peng, Badezimmer; bamm, Schlafzimmer; rums, Kleiderkammer. Jetzt ist nur noch das Kinderzimmer übrig. Wenn sich die Tür bewegt, schnelle ich unters Bett, denkt sie panisch. Gleichzeitig wird ihr bewusst, wie absurd diese Situation ist. So ein Quatsch, dass du dir von deinem eigenen Mann Angst machen lässt. Glaubst du denn wirklich, dass er dich erschießen könnte? Ja. Nein. Vielleicht. Es ist meine Schuld, dass er so miserabel aussieht.

Sie ruft seinen Namen, zumindest beabsichtigt sie das, doch ihre Kehle produziert nur ein seltsames Krächzen. Jetzt schwingt die Tür auf, nicht mit einem Tritt, sondern ganz normal, langsam. Jochem bleibt in der Türöffnung stehen, die Pistole hat er wohl rasch weggesteckt, denn er steht mit leeren Händen da.

»Du hast mir einen Heidenschrecken eingejagt«, sagt er. »Ich dachte, hier wären Einbrecher. Aber du bist es, du bist nach Hause gekommen.« Er setzt sich auf eines der Betten, und Carolien zieht sich auf das andere hoch. Einander gegenüber, die Beine im Zwischenraum, die Köpfe zueinander hingebogen. Sie hört, wie schwer er atmet.

»Du siehst furchtbar aus. Hast du Schmerzen?«

»Ich bin einfach erschrocken. Muss nur kurz sitzen bleiben.«

»Entschuldige. Ich hätte es dir sagen müssen, ich hatte es auch vor, aber ich bin noch nicht dazu gekommen, tut mir leid.«

Er starrt sie nur an, ohne auf das zu reagieren, was sie sagt. Sein Schweigen verleitet sie dazu weiterzureden.

»Wie schlecht du aussiehst, du bist krank, ist dir das

eigentlich klar? Hugo erzählte, dass du im Krankenhaus lagst. Aber allem Anschein nach haben sie dich dort nicht aufgepäppelt. Du bist ganz grau im Gesicht.«

Jochem massiert seine Waden. Verstopfte Gefäße, denkt sie, Juckreiz und Schmerzen. Erschwerte Atmung, kann natürlich auch durch die Erregung sein. Nein, er ist ein Herzpatient, und so sieht er auch aus.

»Diese Einlieferung ins Krankenhaus war blödsinnig. Mir fehlte nichts, und ich hab mich da auch schnell wieder verzogen. Reine Panikmache, da spiel ich nicht mit.«

Carolien setzt sich auf. »Das ist dann sehr dumm von dir. So bettelst du förmlich um einen tödlichen Herzinfarkt. Fettes Essen, drinnen hocken und jede Untersuchung verweigern – das ist Selbstmord auf Raten.«

Er schweigt. Dann hebt er den Kopf – mühselig, langsam – und schaut sich um.

»Warum?«, fragt er. »Warum existiert das hier noch, dieses Zimmer, Carolien? Weißt du, dass ich nie hier reingegangen bin? Was tust du hier? Es ist so aufgeräumt, so anders als damals, als noch Leben drin war. Was gibt dir das hier? Ich versteh es nicht.«

Carolien schaut weg. Halt dich da raus, will sie sagen. Ich weiß mir keinen Rat mit dem Zimmer, das siehst du doch, was willst du denn, soll ich die Schränke ausräumen, auf den Sperrmüll geben, was noch da ist, was erwartest du von mir? So existiert die Verbindung zwischen den Dingen noch, Kleider im Schrank, Spielzeug auf dem Regal, Schuhe auf dem Fußboden. Der richtige Abstand zwischen ihren Besitztümern. Das zerstöre ich, wenn ich alles in einem Karton aufeinandertürme. Kapier das doch. Ohne dass ich es zu erklären brauche. Ich habe nichts mehr außer Dingen, weißt du das denn nicht? Dumme, stumme Sachen mit ihren

Fingerabdrücken darauf. Pullover mit Jungsgeruch darin. Es ist nicht zu erklären. Weil ich mich dafür schäme, vielleicht. Sie steht auf und geht zur Tür.

»Ich rede erst wieder mit dir, wenn du ins Krankenhaus zurückgegangen bist, um die Untersuchungen abzuschließen.« Dezidiert geht sie die Treppe hinunter. Ich hätte auch diese alberne Pistole ansprechen müssen. Was fällt ihm bloß noch alles ein, er ist ja weitaus verrückter, als ich dachte. Ängstlicher. Was soll ich jetzt machen? Er muss weg, das ist das erste Ziel. Zum Glück hört sie seine Schritte hinter sich. Im Flur schiebt er sich an ihr vorbei, schnaubend.

»Ich denk gar nicht dran«, sagt er. »Dann redest du eben nicht mit mir. Ich lass mich von dir nicht zum Behinderten befördern.« So marschiert er Richtung Pforte und zum Garten hinaus.

Carolien schaut ihm verzweifelt nach. Er bewegt sich aber energischer als vorhin, als sie ihn kommen sah, muss sie zugeben. Als bräuchte er Reibung, um zum Leben zu erwachen. Oh, hör doch auf mit dieser ewigen Gedankenmühle. Ich bin böse auf ihn, natürlich bin ich böse. Auch schuldbewusst, klar. Und beunruhigt. Wenn er tot umfällt, verzeihe ich mir das nie. Ich muss etwas tun. Auf mich hört er nicht, auf Hugo genauso wenig. Und zwangsweise kann man ein mögliches Herzinfarktopfer nicht ins Krankenhaus einliefern. Ich muss mir was anderes einfallen lassen.

29

Sie schwafelt bloß, denkt Jochem auf dem Weg zu seinem Atelier. Berufskrankheit. An meinem Gesundheitszustand gibt es nichts auszusetzen, ich schufte schließlich den ganzen Tag. Bei dem ganzen Zores und Zinnober ist es doch kein Wunder, wenn ich mal eine kleine Schwäche hab, einen winzigen Aussetzer. Das mit der Pistole war unklug, die hat sie bestimmt gesehen. Kein Wort zu dem Gerichtsverfahren, als ginge es sie gar nichts an. Ob man einen Anwalt mitbringen kann, wenn man Zeuge ist? Nein, die Staatsanwaltschaft fungiert als unser Anwalt, oder nicht? Einfach absurd, dass wir uns womöglich verteidigen müssen. Bescheuertes System. Wo steckt überhaupt Hugo? Ich ruf ihn an. Wir müssen uns besprechen.

»Wo bist du gerade?«, fragt er, als Hugo sofort am Apparat ist. »Zu Hause?«

»In der Schweiz. Sponsor ins Boot holen. Ende der Woche bin ich wieder da. Kommst du mit den Geigen voran?«

Nein, nein, nein, denkt Jochem. Ich lass mich nicht mehr vor seinen Karren spannen und ablenken. Ich will nicht mehr so tun, als arbeiteten wir beide für etwas Gemeinsames. Ich bin nicht sein Knecht. Da rackere ich mich hier ab, um in mörderischem Tempo Instrumente für ihn zu bauen, und er zieht in China mit Carolien um die Häuser. Schluss. Aus.

»Ich will über was anderes mit dir reden. Es kommt zum Prozess über diesen Abend auf deinem Boot. Carolien und ich müssen als Zeugen aussagen. Hast du auch so ein Schreiben gekriegt?«

»Hm, ich bin in letzter Zeit ziemlich viel in der Weltgeschichte rumgereist. Wenn Post gekommen ist, liegt die zu Hause. Aber ich glaube kaum, dass sie meine Adresse haben. Wahrscheinlicher ist, dass sie dieses Schreiben an meinem früheren Liegeplatz ins Wasser geschmissen haben, meinst du nicht?«

Verschon mich bloß mit deinen Witzchen, denkt Jochem. Er spürt die Wut schon fast leibhaftig als Woge, als loderndes Feuer in seine Brust hochschlagen. Ruhig jetzt, nicht die Beherrschung verlieren.

»Geh dem mal nach«, sagt er kurz. »Es wär vielleicht keine schlechte Idee, wenn wir unsere Erzählungen aufeinander abstimmen würden. Um den Richter davon zu überzeugen, dass dieses Arschloch unsere Leben zerdeppert hat.«

»Beschäftigt dich das noch so sehr?«, fragt Hugo verwundert. »Ich denke gar nicht mehr daran.«

Jochems Herz schlägt einen Trommelwirbel gegen seine Rippen, die eine zu enge Behausung für dieses Organ der Wut sind. Ich denke an nichts anderes, es beherrscht mein ganzes Leben.

»So ein Unglück hat durchaus auch positive Seiten, es ist ein Ansporn dazu, eine andere Richtung einzuschlagen. Du bist darin steckengeblieben, Carolien erzählte, dass du das ganze Haus gesichert hast. Eine Festung! Und das Atelier genauso, wie ich mit eigenen Augen sehen konnte, mit diesem schweren Jungen am Eingang. Statistisch gesehen ist das alles vergebliche Liebesmüh. Du warst ja schon dran.«

Jochem hat sich wieder in der Gewalt. »Es lässt sich doch wohl nicht leugnen, dass wir beide, ich meine Carolien und ich, durch diesen Mann völlig am Boden sind. Wegen der Stümperhaftigkeit des Gefängnissystems, das ihn entwischen ließ. Wir hatten ein Leben, waren im Gleichgewicht. Jetzt nicht mehr.« Nicht zu viel sagen. Er kapiert das sowieso nicht. Oder will es nicht hören.

»Was passiert, ist überhaupt nicht von Belang«, sagt Hugo ruhig. »Ob du dir was draus machst, darum geht es. Und du hast dich total festgebissen, wie so ein Pitbull mit seinen krummen Reißzähnen. Die Viecher können auch nicht mehr loslassen. Da macht man die Schuld leicht irgendwo fest, damit man weiß, wem man böse zu sein hat. Braucht nicht über die eigene Rolle nachzudenken. Du kämpfst gegen Windmühlen, das ist echt daneben. Am Anfang war es vielleicht noch zu verstehen, aber jetzt müsstest du mal ein bisschen Abstand gewinnen. Carolien kriegt das besser hin, die konnte durchaus Interesse für andere Dinge aufbringen, als sie bei mir war.«

Der Grund für die ganze Misere ist also, dass ich mir was draus mache, denkt Jochem. Nicht, weil dieser Kerl Caroliens Finger abgehackt hat, nicht, weil er uns übel mitgespielt und unsere Instrumente zerstört hat, nein, weil ich mir was draus mache. Interessant. Ich soll es sicher als Herausforderung sehen, als Chance für einen Neuanfang. Und Carolien kriegt das besser hin. Dank seinem guten Einfluss natürlich.

Mit Bedacht drückt er das Gespräch weg. Danach muss er sich erst mal hinsetzen. Seine Hände zittern, und ihn erfasst ein Gefühl von Mattheit und Abstumpfung. Um auf andere Gedanken zu kommen, lässt er den Blick durch sein Atelier schweifen. Staubig, überall liegt was herum, Hobelspäne auf dem Fußboden, verstreute Werkzeuge. Er greift wieder zum Telefon, das noch warm ist, wie er mit Grausen feststellt. Mit einem Tastendruck hat er Carolien am Apparat.

»Hast du in China was mit Hugo gehabt?«

Fünf Sekunden Stille. »Nein. Bist du beim Kardiologen gewesen?«

»Nein.«

Sie bricht die Verbindung ab. Ach ja, denkt er, sie will nicht mehr mit mir reden. Aber geantwortet hat sie immerhin. Und ich glaube ihr sofort. Missmutig bleibt er mit dem Telefon in der Hand sitzen. Draußen wird es Abend.

Am nächsten Tag ist alles wie weggeblasen. Voller Energie und Tatkraft steht er unter der Dusche. Erst warm, dann kalt. Danach raus, um irgendwo zu frühstücken, denn im Kühlschrank steht nichts Essbares mehr. Ich brauche eine Hilfskraft, denkt er, als sein Strammer Max vor ihm steht, jemanden, der mir das eine oder andere abnimmt. Saubermacht, aufräumt, Rechnungen ausdruckt und verschickt. Dann bin ich nicht so schnell müde. Ich muss aufhören zu trinken, zu viel zu trinken jedenfalls, und Obst kaufen. Gleich mal in den Gemüseladen, jetzt.

Es ist frisch draußen, winterliches Wetter, und die kalte Luft sticht in seiner Nase. Der Gemüsehändler hat die vor dem Laden ausgestellte Ware mit Jutesäcken gegen etwaigen Frost abgedeckt. Drinnen herrscht Betrieb. Jochem stellt sich an und sieht vorn am Ladentisch einen Rücken, der ihm bekannt vorkommt. Driss. Na bitte, wenn du für Lösungen offen bist, bieten sie sich ganz von selbst. Driss dreht sich um und will mit seiner Einkaufstasche voller Gesundheit hinausgehen. Jochem spricht ihn an.

»Ich möchte dich was fragen, hast du einen Moment Zeit?«

»Ich kann kurz auf Sie warten, draußen.«

Mandarinen, Tomaten, Bananen – mehr fällt ihm nicht ein, aber es ist ein Anfang.

»Hast du sehr viel für die Schule zu tun?«, fragt er vorsichtig. »Jobben die Jungs aus deiner Klasse eigentlich nebenher, oder ist das nicht drin?«

»Doch, doch«, sagt Driss, »im Supermarkt die Regale auffüllen oder Pizza ausfahren, wenn sie ein Moped haben. Das machen sie alle.«

»Und du?«

»Ich hab kein Moped. Und keine Lust auf den Supermarkt.«

»Hättest du Lust, bei mir zu arbeiten, samstags? Oder an einem anderen Tag, wie es dir passt?«

Jochem spürt eine wahnsinnige Anspannung, als hinge alles von Driss' Antwort ab, als würde sein ganzes weiteres Leben davon bestimmt, was dieser besondere Junge vorhat, der Retter des verstorbenen Cellisten, der Aufräumer, die brauchbare Kraft, die schon sieht, was zu tun ist, bevor man es ihr aufträgt.

»Aber Geigen bauen, das kann ich doch gar nicht!«

»Nein, nein, darum geht es auch nicht, obwohl ich dir natürlich einiges beibringen kann, wenn du möchtest. Ich brauche Hilfe, es gibt für mich allein zu viel zu tun. Einen vollen Tag oder zwei Nachmittage, gegen feste Bezahlung, ein richtiger Job. Meinst du, dass deine Mutter damit einverstanden wäre?«

Driss nickt und sagt, das sei in Ordnung.

»Wenn nicht so viel zu tun ist, kannst du auch ruhig Cello üben«, fügt Jochem noch hinzu. »Wenn keine Kunden da sind, im Spielzimmer. Ich bezahl dich trotzdem voll, ich muss ja auf dich zählen können.«

Mittwochnachmittag und Samstagvormittag, darauf einigen sie sich. Sie geben sich die Hand, um ihre Abmachung zu besiegeln, neben den zugedeckten Äpfeln.

Die Zufriedenheit über diese gelungene Mission verblasst, als er wieder in sein Atelier zurückkommt. Die Plastiktüte mit Obst und Gemüse schiebt er so, wie sie ist, in den Kühlschrank. Er müsste die Hobelspäne aufkehren, die überall herumliegen, verspürt aber ein Stechen in der Brust und Schmerzen im Arm, wenn er nur an den Besen denkt. Kurz hinsetzen, zu Atem kommen. Ich muss was wegen diesem Prozess unternehmen. Heleen, ich könnte mal Heleen anrufen. Ob sie noch ihre alte Nummer hat? Haben sie die klatschnassen Simkarten in der Polizeidienststelle auf die Heizung gelegt? Augenblick – na klar, ich hab meine Nummer wiedergekriegt. Also sie auch. Los, anrufen.

Er hört rhythmisches Wummern, als sie abnimmt. »Moment, ich verstehe nichts.« Sie geht bestimmt in einen anderen Raum, denn der Lärm lässt nach, und er fragt sie ohne Umschweife, ob sie auch als Zeugin aussagen muss.

»Da ist so ein Schreiben gekommen, ja. Henk hat es aufgemacht. Er sagte, dass es eine Vorladung sei, zur Verhandlung. Ich will nichts damit zu tun haben.«

»Aber wir müssen doch unsere Sicht vertreten! Es wär doch 'ne Katastrophe, wenn der Kerl nur *seine* Seite der Geschichte erzählt und Lügen verbreitet. Du bist ein Dreh- und Angelpunkt bei der ganzen Sache, du hast mit ihm korrespondiert! Du *musst* aussagen!«

»Ja, das brauchst du mir nicht unter die Nase zu reiben. Aber ich denk nicht dran. Das ist Vergangenheit. Ich beschäftige mich jetzt mit ganz anderen Dingen. Ich will nicht mal darüber reden.«

Wieder jemand, der einen neuen Weg einschlägt. Zum Kotzen ist das. Kein Verantwortungsgefühl, als ginge es einzig und allein um *ihr* Wohlbefinden.

»Ich halte es für deine Pflicht«, sagt er barsch. »Dem

Rechtssystem gegenüber, uns gegenüber, dir selbst gegenüber. Eine Schande, wenn du dich dieser Pflicht entziehst. So denke ich darüber.«

Jetzt habe ich sie alle drei gesprochen und habe mit allen dreien Streit. Zeit für einen Drink. Die Whiskyflasche ist noch halb voll. Er schaltet sein Handy auf stumm und gießt sich ein ordentliches Glas ein.

30

Ich hatte doch nicht wirklich erwartet, dass er ins Krankenhaus zurückgehen würde, oder? Was bringt ihn dazu, mich plötzlich über Hugo zu verhören? Er benimmt sich merkwürdig, er sieht erschöpft aus, und er verbittet sich jede Einmischung. Ich muss etwas tun, sonst liegt er womöglich bald tot zwischen den Geigen.

Die Vorstellung macht ihr mehr aus, als sie zugeben will. Sie ruft Daniel an, obwohl sie sich von ihm abgekanzelt gefühlt hat. Vielleicht habe ich es auch falsch interpretiert, denkt sie, es ging mir nicht gut, ich war empfindlich. Es spielt auch keine Rolle, er ist Jochems Hausarzt, und ich möchte dessen Zustand mit ihm besprechen. Ich gehe einfach mit ihm essen, wie früher. Wenn er das noch will.

Wie klingt Daniel? Gehetzt, überrascht, erfreut. Die Verabredung ist schnell getroffen. Morgen Abend, seine Frau isst mit den Kindern, kein Problem, er wird in diesem französischen Laden ohne Musik reservieren. In dem Erker, wo man miteinander reden kann, ohne belauscht zu werden. Das geht alles so schnell, dass sie nicht mal erzählen kann, warum sie ihn so kurzfristig sehen muss. Denkt er womöglich, dass ich meine Entscheidung zurücknehme und wieder mit ihm arbeiten möchte? Ob er enttäuscht ist, wenn sich herausstellt, dass dem nicht so ist? Böse? Warum höre ich nicht mal auf mit derartigen Gedankenspielen? Ist es so schwer zu glauben, dass er es vielleicht einfach schön findet, wenn wir zusammen essen gehen?

Mit Gummistiefeln und Handschuhen zieht sie in ihren Garten. Gutes Wetter, eiskalt, aber sonnig. Das Schnittgut aufhäufeln, die verblassten Hortensienblüten abschneiden, wird wohl die verkehrte Zeit dafür sein, aber egal, trockenes Laub für die Igel zusammenharken. Heute Nachmittag vielleicht mal einen Kleiderschrank ausmisten? Nein, nicht übertreiben. Was hat Jochem sich nur gedacht, dass er auf einmal wegen Hugo fragen musste? Ich brauchte nicht zu lügen. Korrekt ist es natürlich trotzdem nicht. Aber Ehrlichkeit ist auch nicht alles, die kann ziemlich gemein sein. Und gefährlich, bei jemandem mit so schwachem Herzen. Ach, was rede ich mir da alles zurecht. Schön ist das nicht, nein. Trotzdem mache ich es so.

Als sie im Restaurant eintrifft, ist Daniel noch nicht da. Sie setzt sich an ihren Tisch und bestellt sich gleich einen doppelten Portwein, weil sie sich immer über diese knickrigen Portionen in den schmalen Gläsern ärgert. Sie schaut sich um. Noch viele leere, schön gedeckte Tische, gedimmtes Licht, behagliche Temperatur. Keine Beschallung. Der Thermovorhang am Eingang bewegt sich, und Daniel kommt eilig herein, samt seiner dicken Arzttasche. Sie muss lachen. Er schiebt die Tasche unter den Tisch und gibt ihr einen Kuss.

»Na, Nesthäkchen in China? Eine schöne Fortsetzung von Nesthäkchen in Not? Du schaust um einiges lebendiger aus den Augen, weißt du das? Darauf trinken wir!« Er legt seine Hände über die ihren und drückt sie fest aufs Tischtuch. Dann bekommt auch er sein Glas, und sie stoßen an.

Er kommt von außen, denkt sie, aus einem geregelten Leben, das Woche für Woche mehr oder weniger gleich abläuft. Wie kann ich mir einbilden, er werde meine lachhaften Umstände verstehen? Ein sinnloses Unterfangen ist das hier.

Wirklich? Versuch's doch erst mal, sonst war alles umsonst. Er ist einiges gewohnt. Wir haben uns über nichts gewundert, früher. Haben uns alles angehört, urteilsfrei.

»Jochem«, sagt sie.

»Ja.« Er sieht sie abwartend an. »Wie steht es um ihn? Was ist dein Eindruck?«

»Hinter seinem Rücken über ihn zu reden, ist natürlich unmöglich. Aber ich finde, dass er furchtbar aussieht. Am Rande des Zusammenbruchs, um ehrlich zu sein. Ich mache mir wirklich Sorgen.«

Daniel nickt. »Mit gutem Grund, denke ich. Der Kardiologe auch. Mit dem habe ich telefoniert, als ich hörte, dass Jochem aus dem Krankenhaus abgehauen war. Der war außer sich.«

»Jochem will auf keinen Fall dahin zurück. Ich hab gesagt, dass ich nicht mehr mit ihm rede, bevor er nicht bei diesem Kardiologen in der Sprechstunde sitzt, aber das kratzt ihn nicht.«

»Ich bin zu euch nach Hause gefahren«, erzählt Daniel. »Ich wollte ihn einfach ins Auto setzen und entführen. Aber er war nicht da. Machte jedenfalls nicht auf. Euer Haus ist ja zur mittelalterlichen Burg geworden, mit all den Vergitterungen und sonstigen Barrieren. Dann erinnerte ich mich, dass du von einem neuen Atelier gesprochen hattest, also hab ich das recherchiert und sogar gefunden. Am nächsten Tag bin ich dorthin gefahren, aber das war erst recht ein Fehlschlag. Bevor man überhaupt den Eingang überwunden hat! Und dann landet man vor diesem Kleiderschrank, der da Wache hält. Ein sehr freundlicher Kleiderschrank allerdings, das muss ich zugeben. Er rief oben an, aber ich konnte gleich wieder Leine ziehen, Jochem war nicht willens, mich zu empfangen. Er sei beschäftigt, habe einen Kunden und wolle auch nicht am Telefon mit mir reden. Aber ich bin sein Arzt, habe ich noch zu dem Pförtner gesagt. Der zuckte nur die Achseln. Nichts zu machen, meinte er. Er war wirklich nett, aber ich musste mich trotzdem trollen.«

»Lieb, dass du dir die ganze Mühe gemacht hast. Hausarzt zu sein, ist schon ein Scheißjob.«

»Ja! Sie tun nie, was du ihnen sagst, sie werfen die Tabletten weg, die du ihnen verschrieben hast, und kommen nicht zu den Kontrolluntersuchungen, die sie sich in den Kalender geschrieben haben. Und das auch nur unter Zwang. Kein Wunder, dass du genug davon hast.«

Sie lacht, geht aber nicht weiter darauf ein. Speisekarten, Bestellung, Geplauder über Daniels Familie und ihre Erlebnisse in China.

»Wenn du von dem Heim für schwachsinnige Kinder erzählst, klingt das, als wolltest du am liebsten gleich dort anfangen. Hab ich das richtig rausgehört?«

»Schwachsinnig, das darf man nicht mehr sagen. Kognitiv gefordert, heißt das jetzt. Oder geistig behindert, höchstens.«

»Ja, ganz wunderbar«, sagt Daniel lächelnd. »Während meines Studiums habe ich übrigens im Sommer immer in so einer Einrichtung gearbeitet, als Pflegehelfer. Lag im Wald, weit weg von der Stadt. Ich fand das sehr erholsam. Weil keine Chance auf Genesung bestand, versuchten alle, das Beste aus dem gegebenen Zustand zu machen. Ich idealisiere das jetzt wahrscheinlich, aber ich hatte den Eindruck, dass es dort keinen Leistungsdruck gab, keine Rivalität, keinen Stress. Man gab sein Bestes, um das Leben für die Schwachsinnigen, die Bewohner, sagten wir, so angenehm wie möglich zu machen. Herauszufinden, ob ihnen irgendetwas wehtat, dafür zu sorgen, dass sich ihre Ängste in Grenzen hielten, Dinge zu organisieren, die sie glücklich machten. Regelmäßigkeit, Vorhersehbarkeit. Zahnarztbehandlung unter Narkose. Gutes Essen.«

Das gönnen sie sich jetzt auch. Carolien einen Hähnchenschenkel und Daniel ein großes Steak.

»Nicht alles dort war so idyllisch«, fährt er fort. »Da gab es einen sogenannten Bettensaal, wo die lagen, die wirklich gar nichts konnten, nicht mal sitzen. Die Pfleger hievten sie morgens aus dem Bett, um sie auf solche abwaschbaren Sitzsäcke zu legen. Manche knabberten sich die eigenen Finger ab, wenn man nicht aufpasste, oder zerkratzten sich die Augen. Aber immer war da irgendwer, der entdeckte, dass ein warmes Bad half oder ein Lied auf der Blockflöte. Wer dort arbeitete, war auf nicht-hysterische Art zugewandt. Und auch einfallsreich.«

»Warum hast du nicht in dieser Richtung weitergemacht? Das wäre doch gegangen, oder?«

»Damals gab es dafür keine Ausbildung. Die Allgemeinmedizin kam dem am nächsten, und als ich erst mal damit angefangen hatte, hab ich mich mitreißen lassen. Heute gibt es aber eine Ausbildung, wusstest du das? Dauert drei Jahre – man arbeitet in so einer Einrichtung und hat einmal die Woche Unterricht. Es gibt auch Praktika in Psychiatrie, Epilepsie, Genetik – Fächer, die dir vielleicht was bringen.«

»Genetik«, sagt Carolien, »das rührt schon auch an eine unschöne Seite des Berufs. Stoffwechselstörungen, Speicherkrankheiten. Kinder, denen es immer schlechter geht und die schließlich sterben. Ohne dass man etwas tun kann. Wieso reden wir eigentlich darüber?«

»Deine Schuld, weil du von China erzählt hast. Da fiel mir plötzlich wieder ein, wie das war, die Schwachsinnigenpflege.«

Carolien sinnt nach. War sie so angetan, weil sie durch Max' Augen blickte oder weil sie den Stillstand, den sie in dieser Welt erlebte, als willkommene Offenbarung empfand? In einem Krankenhaus, einer Praxis, an einer Universität oder einer Schule ist alles auf die Zukunft ausgerichtet, und alle werden vorangetrieben. Gesund werden, Prüfungen bestehen. Sie will das nicht mehr. In dem Umfeld, das Daniel schildert, sieht sie eine Oase, einen Raum, worin sie arbeiten, nachdenken, müde werden könnte, ohne irgendwohin zu müssen.

Sie würde Daniel gern von Max und seinem schwachsinnigen Kind erzählen. Aber sie tut es nicht. Er ist so sensibel, dass er sofort ihre persönliche Beteiligung durchschauen würde. Und dann? Ein befreiendes Gespräch über ihre Verliebtheit? Mit diesem Geheimnis nicht mehr allein sein müssen? Kindisch. Er ist Jochems Arzt. Das Verhältnis darf sie nicht beeinträchtigen.

Sie trinken Kaffee. Kaum zu glauben, denkt sie, ich fühle mich nicht mies, obwohl Max mich abserviert hat und Jochem mir misstraut.

»Du könntest ihn natürlich jeden Morgen kurz anrufen«, hört sie ihren Freund sagen. »Dann weißt du, dass er noch lebt. Ich las übrigens, dass der Prozess gegen diesen Einbrecher demnächst beginnt. Hast du noch was damit zu tun?«

»Wir müssen als Zeugen aussagen. Jochem ist schwer damit beschäftigt. Wir denken an verstopfte Gefäße und Alkoholmissbrauch, aber der Motor ist Angst. Denke ich. Er fürchtet ständig irgendeinen Angriff, deshalb macht er keine Spaziergänge mehr und kommt nicht an die frische Luft. Immer ist diese Anspannung da. Wird wohl durch dieses Gerichtsverfahren nur noch schlimmer werden. Da sieht er diesen Kerl wieder, und die ganze Geschichte wird wieder aufgerollt.«

»Er sollte zu Hause bleiben. Auf ärztlichen Rat. Aber das will er bestimmt nicht. Ich könnte dir das eine oder andere mitgeben – Betablocker, was Angstdämpfendes, Nitrate –, was du möchtest. Mit den Mitteln in der Tasche fühlst du dich vielleicht weniger machtlos.«

»Ja, das ist eine gute Idee. Ich kann ihn nicht daran hindern, da hinzugehen, das steht fest. Er hält es für seine Pflicht. Und Pflicht ist ihm heilig.«

»Und du, graut dir davor?«

»Nein. Ich glaube nicht. Hab noch nicht viel darüber nachgedacht. Mit dem Zusammenkommen unseres alten Quartetts tue ich mich, ehrlich gesagt, schwerer als mit der Konfrontation mit Helleberg. Wir sind so weit auseinandergedriftet, und nun nötigt uns der Richter, zu dem Moment zurückzukehren, da wir noch eine Einheit waren. So was in der Art. Schmerzlich. Ich vermisse es, weißt du.«

Daniel nickt. »Komm nächste Woche kurz vorbei, um die Tabletten zu holen, ich sorge dafür, dass ich was da habe. Und überleg dir das mit der Schwachsinnigenpflege mal.«

Sie brechen auf, nehmen Abschied, gehen nach Hause.

Als Carolien die Haustür mit ihren Hindernissen genommen hat, die Alarmanlage aus- und wieder angeschaltet und die Riegel vorgeschoben hat, geht sie in die alte Werkstatt. Sie knipst alle Lampen an und sieht, dass Jochem Reiniers Instrument zurückgebracht hat. Sie betrachtet den Cellokasten, stellt ihn auf und öffnet ihn. So roch es auch in Reiniers Haus, denkt sie, als sie den Geruch einatmet, der ihr aus dem Kasten entgegenschlägt. Sie nimmt einen der Bögen aus dem Deckel, schwer oder leicht, sie weiß es nicht, und es ist ihr auch egal. Sie spannt die Bogenhaare und sucht nach einem Stückchen Kolophonium. In dem Fach oben, am Hals. Bogen kolophonieren, auf die Werkbank legen. Die Bänder, mit denen das Instrument befestigt ist, lösen, das Cello nach vorn in ihre Hände fallen lassen, drehen, sachte anzupfen. Perfekte Quinten! Sie stellt ein Bein auf einen Stuhl, legt das Instrument über ihr Knie und dreht den Stachel auf. Ganz ausschieben, dann wieder ein Stück zurück. Hinsetzen, Cello umarmen, Bogen nehmen.

Stimmen, das ist kaum nötig; die offenen Saiten anhören, am Griffbrett streichen, flüsternd, und schreiend am Steg. Das Cello spricht. Eine gemächliche Tonleiter, C natürlich. Nur auf den Klang achten, nicht auf die Strichwechsel, die Bewegungen.

Der Beginn der zweiten Suite, langsam, als setzte sie dazu an, eine Geschichte zu erzählen. Dieser ansteigende Molldreiklang, das Auf und Ab der Melodie macht sie für einen Moment tief glücklich.

Es ist zu viel. Kopfschüttelnd packt sie das Instrument wieder ein. Sie geht auf die Suche nach einer Partitur von den Bachsuiten. Klappt einen Notenständer aus und stellt die Noten darauf. Fertig. Für ein anderes Mal. Irgendwann. Morgen. In der Tür bleibt sie kurz stehen und schaut auf den Kasten, den Stuhl, die Noten. Dann macht sie das Licht aus. Über ihre Hand reibend geht sie die Treppe hinauf.

In dieser Nacht schläft sie tief und traumlos.

31 Dezember. An Weihnachten räumt Carolien ihre Kleiderschränke aus. Was sie nicht mehr haben will, stellt sie in Mülltüten an die Tür. Fürs Sozialkaufhaus, wenn das wieder auf hat. Am Silvesterabend sitzt sie mit der Trilogie, die sie nach China mitgenommen hatte, auf dem Sofa; sie hängt daran wie früher an ihren Kinderbüchern, die sie immer wieder aufs Neue las und nach denen sie sich in den Ferien sehnte. Das erneute Lesen eines geliebten Buchs ist eine Freude, die sich mit dem Anhören vertrauter Musik vergleichen lässt. Draußen die Ballerlei von Feuerwerkskörpern wie Kriegsgetöse, aber sie fühlt sich hinter den Gittern sicher verschanzt.

Der Januar beginnt bleich und kalt. Als sie die Kleidung wegbringt, muss sie durch ein Meer aus roten Papierschnipseln waten, Feuerwerksabfall, der liegen geblieben ist. Jeden Tag betritt sie mit leichter Scheu die Werkstatt, um kurz auf dem Cello zu spielen. Sie denkt nicht darüber nach und macht keine Pläne, erteilt sich keine Aufträge. Sie merkt, dass ihr das Handeln leichter fällt als zuvor, als sie bei jedem Vorhaben stundenlang hin und her überlegte und am Ende zu nichts kam. So ist es nun auch kein großer Schritt, Evelien anzurufen, als sie an Laura denkt.

»Was meinst du, ob Laura mich jetzt sehen möchte, oder lieber nicht?«

»Warte noch etwas«, sagt die Mutter. »Hugo ist wieder im Land, das Problem möchte ich zuerst anpacken. Er hat im Herbst ein paarmal unten auf dem Platz vor unserem Haus gesessen und auf sie gewartet, um sie zu sehen, wenn sie aus der Schule kam. Sie wollte nicht mit ihm reden, aber wenn er gewinkt hat, hat sie irgendwann angefangen zurückzuwinken.«

Hat er also doch auf mich gehört, denkt Carolien. Und er ist wieder hier, warum ruft er mich nicht an? Eingeschnappt wahrscheinlich, wegen dem, was in China passiert ist. Sauer auf mich, ja, ja. Und ich muss jetzt auf der Stelle treten, bis er den Kontakt zu seiner Tochter wiederhergestellt hat.

»Ich dachte, er könnte ihr vielleicht vorlesen«, hört sie Evelien sagen. »Draußen, auf der Bank da, weißt du. Aber es ist viel zu kalt. Jetzt sitzen sie drinnen, unten bei den Briefkästen. Mit *Jip en Janneke*.«

»Na, das ist doch schon mal ein Fortschritt«, befindet Carolien großmütig. »Er darf bloß nicht zu schnell wieder lockerlassen.«

»Er ist die nächste Zeit noch hier, er muss vor Gericht als Zeuge aussagen, sagte er. Aber das weißt du ja vielleicht, nicht?«

Sie mag nicht darauf eingehen, als müsse jeder Gedanke an Laura von allen Assoziationen zur Explosion ferngehalten werden. »Ich ruf dich dann in einem Monat oder so noch mal an«, sagt sie.

»Wenn sich vorher etwas ändert, ruf ich dich an. Ich finde es lieb von dir, dass du dich so um Laura kümmerst, das rechne ich dir wirklich hoch an. Aber der Vater muss jetzt vorgehen, verstehst du?«

Carolien versteht, akzeptiert, gibt klein bei.

Nachts träumt sie, dass sie in einem ländlichen chinesischen Hotel mit Max im Bett liegt – eine Klingel schrillt unaufhörlich. Widerwillig wird sie wach und greift zum Telefon. Sie erwartet, Max' Stimme zu hören, aber es ist Jochem. Umschalten, verschiedene Bilder und Gefühle in getrennte Fächer schieben, gerade aufsetzen.

»Ich habe einen Anwalt gefunden«, sagt Jochem. »Amateurgeiger, gar nicht so übel. Ich warte sein Instrument, und wir kamen über diesen Prozess ins Gespräch. Er steht uns gerne bei, sagte er. Kann uns vorbereiten, im Gerichtssaal zur Seite stehen, die ganze Sache im Blick behalten. Ich hab mich heute Nachmittag mit ihm verabredet, hier. Kannst du kommen?«

Nein, natürlich kann ich nicht kommen, will ich nicht kommen. Ich habe mehr als genug von dieser Herumkommandiererei, von diesem ganzen Paket von Forderungen, zu dem jetzt offenbar auch noch der volle Einsatz für diese Rechtssache gehört. Warum sollte ich so viel Aufhebens um eine reine Formalität machen? Ohne unsere Zeugenaussage wird der Mann wohl genauso gut verurteilt. Soll Jochem sich doch selbst mit diesem Anwalt zusammenspannen, wie es ihm beliebt.

»Carolien? Bist du noch da?«

Er ist ein Herzpatient. Keine Aufregung. Nicht verärgern. Keinen Druck ausüben. Sonst ist es meine Schuld, wenn etwas passiert. Ich bin in der Zwickmühle. Ich will nicht, aber ich muss.

»Ich weiß nicht, ob das die richtige Herangehensweise ist«, sagt sie vorsichtig. »Aber ich kann gern mal darüber reden und sehen, was dein Anwalt vorzubringen hat. Um wie viel Uhr?«

Gegen drei steht sie vor der Tür, und Ulrich lässt sie nach oben gehen. Ihr fällt sofort auf, dass das Atelier aufgeräumt und sauber aussieht.

»Hab eine Hilfskraft angeheuert«, sagt Jochem. »Jetzt brauch ich nicht mehr alles selber zu machen. Gefällt mir sehr gut, auf die Idee hätte ich schon viel früher kommen sollen.«

Ist das ein Wink? Demonstriert er, dass er besser auf sich achtet? Hat er deswegen diese Obstschale dort hingestellt? Ein halber Schritt in die richtige Richtung, vielleicht, aber ich wüsste gern, wie stark sein Gefäßsystem angegriffen ist. Und im Übrigen auch, warum er diese Pistole hat.

»Kein Kommentar? Du darfst ruhig was sagen. Wenn du bei deinem idiotischen Vorsatz bleibst, wärst du besser gar nicht erst gekommen. Ich hoffe, du kriegst wenigstens dem Anwalt gegenüber den Mund auf. Deine Schweigerei ist ohnehin zwecklos, denn ich geh ganz sicher nicht mehr zu diesem Arzt.«

Sie ist noch damit beschäftigt, über eine Replik nachzusinnen, als es klingelt. Der juristische Beistand ist im Anmarsch, sie sieht einen Hut auf dem Monitor. Mit Hut! Jochem begrüßt den Besucher an der Tür und fuhrwerkt mit Mantel und Hut herum, während der kleine Anwalt händereibend das Atelier betritt. Ein sehr kleines Männlein, Jochem ragt wie ein Riese hinter ihm auf. Das Kerlchen hat Schuhe mit extrem dicken Sohlen an, aber das nützt auch nicht viel. Carolien muss an das Kinderlied vom *Petit homme l'avocat* denken, der »mit seinem Hütchen auf dem Arm« auf Reisen ging. Sie muss lachen. Der Anwalt interpretiert das als herzliches Willkommen. Er setzt sich auf einen Küchenstuhl, den höchsten, der dasteht. Hoffentlich kommt er jetzt noch mit den Beinchen auf den Boden, denkt Carolien besorgt, sonst ist die Wirkung dahin. Jochem murkst mit der Kaffeemaschine herum, und der Anwalt legt los. Er hat eine tiefe Stimme für einen so mickrigen Körper. Ob Jochem ihm eine

¾-Geige verkauft hat? Eine ganze kann er mit diesen kurzen Ärmchen wahrscheinlich nicht spielen. Ich sollte auf das achten, was er sagt, aber wenn ich ihn ansehe, werde ich abgelenkt. Einen schönen Anzug hat er an. Muss wohl maßgeschneidert sein.

»Können wir die anderen Quartettmitglieder noch erwarten?«

»Verhindert«, brummt Jochem. »Ein erstes Orientierungsgespräch nur mit uns, dachten wir.«

»Schon gut, schon gut«, sagt der kleine Anwalt. »Es ist etwas ungebräuchlich, dass sich Zeugen ihren eigenen Rechtsbeistand besorgen, aber es kommt vor, und es kann von Nutzen sein! Ich werde in dieser Funktion nichts sagen dürfen, kein Rederecht! *Aber* ich kann Ihnen Ratschläge erteilen und den Prozess begleiten. Die Akte habe ich bereits angefordert. Außerdem: Sie sind *auch* Opfer, und als solche dürfen Sie neuerdings das eine oder andere vorbringen, meist am Ende der Verhandlung. Darüber werden wir miteinander beraten.«

»Ich verstehe eigentlich nicht, wozu das gut sein soll«, sagt Carolien. »Wir sind alle vier ausführlich von der Polizei befragt worden, und das steht schwarz auf weiß. Erklärungen, die wir unterzeichnen mussten. Was wollen die denn noch wissen?«

Der Anwalt seufzt und breitet die Arme aus. »Ich versuche, es Ihnen mal in normaler Sprache zu sagen. Juristischen Jargon zu vermeiden. Der Tathergang mag klar sein, aber der Richter hat Schuld zu sprechen und zu einem Urteil über die Schwere des Verbrechens zu gelangen. Ich habe von Ihrem Mann gehört, dass die Versicherungsgesellschaft für den Verlust der Instrumente aufgekommen ist, außer für den der Bratsche – mit einem niederträchtigen Argument, das können wir uns, auf anderem Wege, gewiss noch einmal vornehmen! –, und dass auch die Zerstörung des Hausboots mit allem Drum und Dran erstattet wurde. Schauen Sie, es ist nämlich so, dass die Versicherungen Ihren Schaden dem Täter in Rechnung stellen können, wenn die Schuld ganz und gar ihm anzulasten ist. Es geht um große Summen. Und dieser Mann besitzt bekanntlich Millionen.«

»Die in obskuren GmbHs stecken, mit denen er angeblich nichts zu tun hat«, schnaubt Jochem verächtlich.

»Kann sein, kann sein, aber das ändert nichts am Prinzip der Sache.«

Carolien hat schon fast abgeschaltet, sie kommt sich vor wie beim Steuerberater. Ein hübsch gewebter Vorhang aus Abstraktionen deckt die Wirklichkeit zu, Instanzen mit fremdartigen Namen bekriegen sich, ohne dass es etwas mit ihr zu tun hat. Jochem sitzt auf einem niedrigen Sessel und hat den Oberkörper dem Anwalt zugeneigt, ganz Ohr. Das ist es, was er will, denkt sie, hier hofft er jemanden zu finden, der seine Angst und Besorgnis ernst nimmt, der eine Fachsprache dafür hat und Strategien, wie dem beizukommen ist.

Der kleine Anwalt wird von Jochems Aufmerksamkeit beflügelt und malt sich schon weitere Anklagepunkte aus. »Der materielle Schaden! Was haben Sie nicht alles für Sicherheitsvorkehrungen ausgeben müssen, um nach dem verheerenden Vorfall noch Ihre Arbeit verrichten zu können! Und Ihre Frau ist derart zugerichtet worden, dass sie überhaupt nicht mehr in ihrem Beruf tätig sein kann. Bedenken Sie mal: Sie hätte vielleicht noch gut zwanzig Jahre arbeiten können, das sind zwanzig ansehnliche Jahreseinkommen! In den Anhörungen können Sie die Tragweite bezeugen, die gravierenden Folgen des Vorgefallenen. Das können wir dann später wieder verwenden, wenn wir Schadenersatz fordern.«

Ohne mich, denkt Carolien, so lassen wir dieses Unglück nie hinter uns. Das Kerlchen spinnt sich ja schon wer weiß was zurecht, welche Fälle er gewinnen wird. Der übersteigerte Geltungsdrang des kleinen Mannes. Die Kränkung über die fehlende Größe muss wettgemacht werden. Da spiele ich nicht mit.

»Wie sieht es mit der Bezahlung für Ihre Hilfe aus?«, fragt sie unschuldig.

Der Anwalt fährt hoch und zeigt auf Jochem.

»Was meinen Beistand und Rat in der kommenden Sache betrifft, das rechnen Ihr Mann und ich gegeneinander auf. Sein fachmännisches Können bei der Wartung meiner Geige gegen meine juristische Expertise! Wenn Sie danach beschließen sollten, Schadenersatz einzuklagen, und ich Sie in dem Prozess vertreten soll – ja, dann sehen wir weiter. Darüber können wir in aller Ruhe sprechen, wenn die erste Hürde genommen ist.« Er lehnt sich zufrieden zurück.

»Es läuft also darauf hinaus«, sagt Carolien, während sie den Anwalt fest ansieht, »dass dieser Helleberg möglichst schwer bestraft werden soll. Je härter das Urteil ausfällt, desto größer die Chance, dass die Geldströme, von denen Sie sprechen, in Gang gesetzt werden. Und unsere Zeugenaussage ist dabei von Belang. Habe ich das richtig verstanden?«

Der kleine Anwalt richtet den Oberkörper auf und setzt zu einem Vortrag über Gerechtigkeit und Buße an. Wasser auf Jochems Mühle, denkt Carolien. Dieses Männlein nährt all seine Angst und Wut, bietet Jochem die Gelegenheit, sich weiterhin fanatisch mit dem Täter zu beschäftigen, mit Fakten, Genugtuung, allem Möglichen, was von ihm selbst ablenkt. Ich finde das nicht gut, aber was will ich stattdessen?

Dass er endlich loslässt und nicht mehr ausschließlich dieser wahnsinnigen Wut gehorcht? Der Anwalt nutzt das aus, für den zeichnen sich interessante Prozesse ab. Er spannt uns alle vier vor seinen Karren. Vielleicht mit guten Absichten, aber seine Beweggründe müssen sich nicht unbedingt mit unseren decken.

Sie erhebt sich. Jochem sieht sie verstört an.

»Warum gehst du jetzt? Wir sind noch nicht fertig.«

»Ich schon«, sagt Carolien. »Ich werde vor Gericht erscheinen, keine Bange, denn wenn ich nicht komme, werde ich von der Polizei geholt, soweit ich begriffen habe. An Vorgesprächen habe ich aber keinen Bedarf. Es läuft, wie es läuft, und dabei möchte ich es gern belassen.«

Der kleine Anwalt schüttelt enttäuscht den Kopf, Jochem presst die Kiefer aufeinander, und Carolien huscht zur Tür hinaus, die Treppe hinunter, ins Freie.

32

»Nein, die ist nicht da«, sagt das junge Mädchen hinter dem Tresen des Fitnessstudios, als Carolien nach Heleen fragt. »Sie hat sich eine Woche Urlaub genommen. »Echt super, krieg ich Extraschichten aufgebrummt, da kann ich gern drauf verzichten.«

Carolien zieht wieder ab. »Schönen Tag«, ruft ihr das halbe Kind nach. Mist. Als sie nicht ans Telefon ging, wusste ich eigentlich schon Bescheid. Warum muss ich mich trotzdem darauf versteifen? Weil sie mir fehlt. Früher hätte ich vor so einem wichtigen Ereignis wie dem Prozess mit ihr besprochen, wie sie dazu steht. Was wir anziehen sollen. Ob wir nervös sind. Wie und wann wir hinfahren. Hohe Absätze oder gerade nicht. Ob sie noch zum Friseur gehen soll. Von wegen nett und großzügig sein, die guten Vorsätze haben nicht lange angehalten. Gestern verärgert über Jochem, weil er so ein Gewese mit diesem Anwalt macht, heute sauer auf Heleen, weil sie mich im Stich lässt. Ich muss das abstellen. Neue Wege beschreiten. Aber jetzt ins Auto, sonst komme ich zu spät.

Die Anstalt liegt in einem waldreichen Gebiet, das auch jetzt im Winter idyllisch wirkt. Ich orientiere mich nur ein bisschen, denkt Carolien, als sie aus dem Auto steigt. Ich treffe keine Entscheidung, muss keine Prüfung bestehen, es ist kein Bewerbungsgespräch. Sie betritt das monumentale weiße Hauptgebäude und wird von einer älteren Dame freundlich begrüßt. Die zeigt ihr, wo die Toilette ist, wo sie ihren Mantel aufhängen kann, fragt, ob sie Kaffee oder Tee möchte, und erzählt, dass »die Kommission« sie erwarte.

Drei Leute – der Direktor, ein leitender Psychologe und eine Frau vom Landesverband der Ärzte für Menschen mit geistiger Behinderung – sitzen an einem runden Tisch, an dem noch ein Stuhl für sie frei ist. Hände schütteln ist in dieser Situation unvermeidlich. Sie sieht, dass der Psychologe kurz erschrickt und sich schnell fasst. Die Verbandsfrau lässt sich nichts anmerken, macht aber gleich eine Notiz in ihr Heftchen. Der Direktor scheint nichts mitzubekommen. Er legt gleich los und hält einen langen Vortrag über die Geschichte der Einrichtung. Es ist warm im Raum. Mitten auf dem Tisch steht eine Schale mit einem Berg unappetitlicher Kuchenbrocken. Von den Bewohnern gebacken. Carolien lehnt höflich ab. Sie lässt sich von den Sätzen des Direktors berieseln. Er scheint jedenfalls stolz auf sein Institut zu sein. Er ist ihm eng verbunden, das kann sie hören. Enge Verbundenheit bedeutet Gefahr, wie Carolien weiß. Verlust. Schmerz. Man kann aus heiterem Himmel weggeschubst werden, wie es ihr mit Max passiert ist. Das Gefühl totaler Bestürzung kehrt zurück, das sie in Peking befiel, als sie seine letzte Mail las. Sie stöhnt auf, kann das aber gerade noch mit einem Hustenanfall kaschieren. Der Psychologe gießt ihr ein Glas Wasser ein. Ich will nicht mehr fallen gelassen werden, nicht von Heleen, von Jochem, Hugo oder wem auch immer. Sie kündigen einseitig die Zusammenarbeit auf, ohne Rücksicht darauf, wie das für mich ist. Ich hab genug davon.

Der Direktor ist fertig mit seinem historischen Abriss und sagt, dass ein Ausbildungsplatz frei geworden sei. Die Assistenzärztin, die ihn innehatte, habe aufgehört, sie habe ein behindertes Kind zur Welt gebracht, und da sei es ihr nicht mehr möglich gewesen, in diesem Umfeld zu arbeiten.

»Sie müssen sich aber noch offiziell für unsere Ausbildung bewerben«, sagt die Frau. »Sie sind etwas älter, als es unsere Kandidaten sonst meistens sind; wie sind Sie auf die Wahl dieses Berufsfelds gekommen?«

Ich lasse mich nicht mehr wegschubsen und abweisen, ich möchte hier willkommen sein, ich möchte, dass sie mich mit offenen Armen empfangen. Wie heftig sie sich das wünscht, überrascht sie. Der Frau erzählt sie von ihrer Hand, die bei der Tätigkeit als Hausärztin Probleme mache, und, um es positiv zu halten, von ihren Erfahrungen in China. Mit dem Psychologen spricht sie über die Teamarbeit in der Hausarztpraxis, die offene Mitsprache, die dort gepflegt wurde, die Vermeidung hierarchischer Verhältnisse. Dem Direktor liegt offenbar so sehr an der Besetzung seiner freien Stelle, dass sie sich ohne Bedenken zu erwähnen traut, nur drei Tage die Woche arbeiten zu wollen. Mit dem Unterrichtstag dazu käme sie dann auf vier, das sei genug. Er nickt wohlwollend, und auch die Frau sagt, das gehe, dann werde das Praktikum etwas länger dauern, aber dagegen sei nichts einzuwenden. Sie gibt Carolien eine Mappe mit Informationen über die Ausbildung.

»Sie werden selbstverständlich vom Abschnitt Allgemeinmedizin freigestellt. Wenn Sie sich dazu entschließen, die Ausbildung zu machen, müssen Sie uns ein Motivationsschreiben schicken; steht alles in der Mappe. Überlegen Sie es sich in Ruhe. Ich selbst bin eine Befürworterin heterogener Ausbildungsgruppen und würde es sehr begrüßen, wenn Sie, mit all Ihrer Erfahrung, bei uns mitmachen würden. Wir haben auch mal einen Dermatologen hiergehabt, der sich umschulen lassen wollte, das hat sich bewährt.«

Die anderen beiden nicken. Ich bin hier erwünscht, denkt Carolien, sie wollen mich behalten. Sie wollen sie auch noch auf dem Gelände herumführen, ihr die Pavillons, die Räume für Physiotherapie und Musik zeigen, das Arztzimmer aufsuchen.

»Ich glaube, ich treffe lieber erst eine definitive Entscheidung«, sagt sie. »Ich muss mir auch noch die finanzielle Seite anschauen und mich natürlich zu der Ausbildung anmelden. Sind Sie einverstanden, wenn ich anrufe, sobald das geklärt ist?«

»Mit Vergnügen«, sagt der Direktor. »Ich hoffe, Sie bald wiederzusehen, warten Sie nicht zu lange.«

Der Psychologe begleitet sie nach draußen. Will er mir noch etwas erzählen, mich warnen, bremsen? Keineswegs, auch er ist glücklich über ihr Interesse.

»Ich hoffe, dass du es machst. Ich will nichts Schlechtes über die Assistenzärzte sagen, die wir hier gehabt haben, aber ich würde es schön finden, wenn jemand kommt, der etwas älter ist. Erfahrener, meine ich.«

Carolien lacht. »Du darfst ruhig sagen, dass ich nicht mehr die Jüngste bin, das ist einfach so. Und es war mehr oder weniger Zufall, dass ich auf dieses versteckte Berufsfeld gestoßen bin. Was hat dich hierhergeführt?«

Forschung, erzählt er, eine großangelegte lerntheoretische Untersuchung an gesunden Kindern und geistig Behinderten. Darüber sei er promoviert worden, habe sich aber, statt an der Universität zu bleiben, für eine Stelle bei der Einrichtung entschieden, an der er seine Versuchspersonen gefunden hatte.

»Und das war hier. Erscheint vielleicht eigenartig, aber ich habe das nie bereut. Für diese Zielgruppe entscheidet man sich meist, weil man zufällig damit zu tun bekommt. Es ist ja wirklich kein populäres Berufsfeld. Man muss eine gewisse Affinität dazu haben und die darin liegende Schönheit zu sehen lernen. Und zu schätzen.«

Bei den Bewohnern hier ist man immer willkommen, denkt Carolien. Ob das für diesen sympathischen, kompetenten Mann auch ein Grund ist? Oder hat er etwas mitgemacht, weswegen er ein Bedürfnis nach dieser zeitlosen Oase hat?

»Hat dich der Unfall, bei dem deine Hand beschädigt wurde, auf diese Spur gebracht?«

Sie erschrickt über die Frage. Er bemerkt das sofort.

»Pardon, ich wollte nicht zu persönlich werden. Es wäre übrigens nicht abwegig, eine Krise bietet ja des Öfteren die Gelegenheit, zu einer mutigen Entscheidung zu gelangen.«

Ja, ja, denkt sie, erzähl mir was. Wenn wir uns jetzt noch weiter unterhalten, bekomme ich bestimmt etwas von *seiner* Krise zu hören. Aber lieber nicht, es wäre zu viel und zu schnell. Später? Gehe ich davon aus, dass ich in ein paar Monaten hier arbeite? Vorausgesetzt, sie nehmen mich, und ich werde für gut befunden.

»Ich habe den Eindruck, dass du sehr gut angekommen bist, bei dem Gespräch«, sagt er, als hätte er ihre Gedanken gelesen.

»Schön. Ich werde die Sache angehen. Bis bald, hoffe ich.«

Sie gibt ihm die Hand, über die er nun nicht mehr erschrickt, und steigt in ihr Auto. Er bleibt mitten auf dem Weg stehen und schaut ihr nach, als sie wegfährt.

Daniel ruft an. Sie hält am Straßenrand, zwischen den Bäumen. »Und«, fragt er, »wie ist es gelaufen?«

»Ganz gut, glaube ich. Die Leute waren nett und sachbezogen. Die Atmosphäre war angenehm. Ich wollte so gern dazugehören, dass sie mich schon halbwegs überredet haben.«

»Na, na. Mit der Konsolidierung des Selbstwertgefühls ist man doch in den ersten dreißig Jahren seines Lebens befasst, höchstens. In den dreißig Jahren danach mit der des Kontostands. *Daran* solltest du also denken. Dass du akzeptiert wirst, sollte selbstverständlich sein.«

»Und in den letzten dreißig Jahren geht es dann wohl um die Konsolidierung der Körpertemperatur, was? So weit bin ich noch nicht. Das Geld ist mir nicht so wichtig. Aber natürlich werde ich etwas verdienen, und wenn ich mit der Ausbildung fertig bin, sowieso.«

»Ich höre schon. Es ist um dich geschehen. Ich kann das nur begrüßen, obwohl es natürlich Mist ist, dass du nicht zurückkommst. Was sagt Jochem dazu?«

»Der weiß noch von nichts. Ich halte mich bedeckt, bis ich weiß, dass wirklich was daraus wird.«

»Das weißt du doch schon. Ich werde schon mal ein blendendes Zeugnis für dich schreiben. Kannst du mir dabei helfen? Mit dem Schriftkram tue ich mich schwer, wie du weißt.«

»Kommende Woche ist diese Gerichtsverhandlung. Die warte ich erst mal ab, und danach komme ich mit den ganzen Papieren zu dir. Eile ist auch nur ein Begriff, mit dem man hantiert, wenn es einem gerade passt. So muss ich jetzt denken, gefällt mir ausgezeichnet.«

Er lacht, und sie beenden ihr Gespräch. Carolien lenkt den Wagen auf die Straße zurück, beeindruckt von Daniels Großmut. Er hilft mir, obwohl mein Kurswechsel nachteilig für ihn ist. Genau wie Reinier, als ich mitten in der Ausbildung am Konservatorium beschloss, dass es vernünftiger sei, Ärztin zu werden. Reinier. Ich muss zu seinem Grab. Blumen kaufen. Mal sehen, ob ich irgendwo einen Stand sehe.

Im Friedhofsbüro kann sie sich eine Wegbeschreibung zum Grab ausdrucken. Sie hat dicke, schwere Chrysanthemen gekauft, in der Rostfarbe seines Cellos. Auf ihren Zettel spähend, geht sie den Weg hinunter. Links ab, um eine Biegung, in den zweiten Seitenweg. Am Grab steht jemand. Driss. Mit den Händen auf dem Rücken schaut er auf die schwarze Erde. Zu seinen Füßen steht eine Palette Stiefmütterchen, daneben liegt eine kleine Schaufel.

»Hallo, Driss«, sagt Carolien leise. »Sieht kahl aus hier, nicht?«

»Der Boden muss sich setzen«, sagt der Junge. »Erst nach einem Jahr darf ein Stein daraufgestellt werden. Ich habe mich erkundigt, im Büro. Sein Name steht zum Glück noch auf dem kleinen Schildchen dahinten. Das bleibt dort, bis der Stein kommt.«

»Ja, ein Name muss da sein. Willst du die Stiefmütterchen einpflanzen?«

»Winterstiefmütterchen. Die blühen auch jetzt, haben sie im Laden gesagt.«

Carolien nickt. »Ich hol mal eben eine Vase für die Blumen.«

Als sie mit dem grünen Plastikkelch voll Wasser zurückkommt, hat Driss angefangen zu schaufeln. Sie klopft die Pflänzchen aus ihren Töpfen und reicht sie ihm Stück für Stück. Die Vase mit Chrysanthemen hat sie neben dem Namensschild mit der Spitze in den Boden getrieben. Als das Werk vollbracht ist, stehen sie zusammen da und betrachten das Grab. Ein zwei Meter langer Garten, denkt sie, er liegt dort, tief in der Erde, und ich empfinde nichts dabei. Driss' Fürsorge rührt mich aber schon, das ganz bestimmt.

»Du hast gut für ihn gesorgt, Driss.«

»Er auch für mich. Ich vermisse ihn. Wissen Sie, dass ich jetzt bei Ihrem Mann arbeite? Ich dachte, als Gegenleistung, weil ich das Cello borgen darf. Aber das wollte er nicht, ich kriege Geld dafür.«

Deshalb war es im Atelier so ordentlich, deshalb tat Jochem so überlegen, als habe er seine Sachen perfekt geregelt. Er habe eine Hilfskraft, sagte er!

»Wenn es ein Job ist, halte ich das für richtig«, sagt sie bedächtig. »Aber pass auf, dass du nicht schon wieder zum Altenpfleger wirst.«

»Er erklärt mir auch ein paar Sachen, über Holz und wie man früher Geigen gebaut hat. Das ist schön. Und ich mache viel auf dem Computer, Rechnungen, Schreibkram.«

»Spielt er manchmal auf der Bratsche?« Sie kann es nicht lassen, obwohl sie weiß, dass es nicht richtig ist, ihn über Jochem auszuhorchen.

»Keine Stücke. Er spielt schon manchmal, aber nur, um zu hören, wie es klingt. Ob die Saiten richtig sind. Oder für einen Kunden, damit der den Klang hört. Aber nie für sich selbst, nein. Er hat aber auch sehr viel zu tun. Ich höre ihn oft am Telefon über den Prozess reden. Mit dem Anwalt. Müssen Sie da auch hin?«

»Ja, sicher. Wir müssen dem Richter alle vier erzählen, was genau passiert ist, an jenem Abend. Und dann entscheidet der Richter, welche Strafe der Mann, der uns überfallen hat, verdient.«

»Das möchte ich später einmal werden«, sagt Driss, »Richter. Oder Rechtsanwalt. Jemand, der für klare Vereinbarungen sorgen kann. Dafür, dass Menschen das bekommen, was ihnen zusteht. Und bestraft werden, wenn sie sich nicht an das Gesetz halten.«

Schweigend laufen sie zum Ausgang. Dort verabschieden sie sich voneinander. Driss schließt sein Fahrrad auf und fährt davon.

33

Schnuppernd tigert Jochem durch sein Atelier. Es stinkt, aber woher rührt dieser Gestank? Den Mülleimer in der Küche hat Driss gestern Abend geleert; in der Werkstatt selbst befinden sich keine Stoffe, die Gestank erzeugen. Ungeziefer? Liegt irgendwo eine verwesende Maus herum? Der süßliche Geruch nach Verdorbenem hängt am stärksten in der Küche. Die Obstschale. Die Mandarinen sind mit einer blaugrünen Haut überzogen, und die Bananen sind schwarz und schon fast flüssig geworden.

Das ist echt nichts für mich, denkt er, ich hätte gar nicht damit anfangen sollen. Nur weil Carolien so wegen meiner Gesundheit meckert, hab ich das Zeug in eine Schale geklatscht. Und dann verschwende ich keinen Gedanken mehr darauf, weil ich es gar nicht mag und nicht auf dem Schirm habe. Wo Bier und Chips sind, weiß ich. Diese Obstabteilung, oben auf dem Kühlschrank, ist rein symbolisch, nichts, was man tatsächlich aufisst. Also vergess ich's.

Er bückt sich und nimmt ächzend eine neue Mülltüte aus dem Schränkchen unter der Spüle. Als er die mit Mühe auseinandergefaltet hat, kippt er die Schale darin aus. Die faulige Masse quatscht mit einem unguten Geräusch hinein. Er betrachtet die leere Schale, in der Schimmelkrusten und Schleimfäden zurückgeblieben sind, und wirft dann auch diese in die Mülltüte. Ein Band drum herum, raus in den Container.

Angenehm frisches Wetter. Einmal um den Block? Ich bin

doch kein alter Mann! Einen strammen Fußmarsch sollte ich machen. Luft schnappen, Muskulatur auf Trab bringen, nachdenken. Was Hugo zu mir gesagt hat, ist das Letzte. Ein Mann, der Menschen misshandelt und ermordet hat, der ohne jede Rücksicht andere um ihr Vermögen bringt, bedroht, auf das Gesetz pfeift – auf den soll ich nicht wütend sein? Soll mich nicht drum scheren, ist ja mein Fehler, wenn ich das schlimm finde. Einfach weiterleben, als wär nichts passiert, und wenn man das nicht kann, tickt man nicht richtig. So ein Käse! Der ist doch selbst nicht ganz bei Trost.

Es ist zu voll auf der Straße, er muss ständig vor Kinderwagen abbremsen, und alle naselang kommen Leute aus der Haustür und stoßen mit ihm zusammen. Müssen die nicht arbeiten? Was machen die alle zu Hause? Ich muss in den Park. Sauerstoff. Aber auch gefährliche Hunde, Vorsicht. Mit gefährlichen Besitzern. Was soll's, ich mach's einfach. Jogger rennen hier auch rum, ohne auf andere zu achten. Womöglich begegne ich sogar Hugo, würde mich nicht wundern. Oder ist es schon zu dunkel für diese Fanatiker? Nein, die laufen immer, sogar nachts.

Das Handy brummt in seiner Manteltasche. Er stellt sich unter einen Baum und hält das Ding ans Ohr. Das andere Ohr verschließt er mit dem Daumen. Der Anwalt.

»Kurze Rücksprache am Vorabend! Fühlst du dich ausreichend präpariert? Gab es noch eine Gelegenheit, die Zeugenaussagen der vier Opfer aufeinander abzustimmen? Ich schlage vor, dass wir uns am Eingang treffen, eine halbe Stunde vor Beginn, ist das eine gute Idee?«

»Von Abstimmung kann keine Rede sein«, sagt Jochem. »Es gibt keinerlei Kontakt untereinander, soweit ich weiß. Das kannst du also vergessen. Ob ich mich präpariert fühle, weiß ich auch nicht. Ich werde da sein. Pünktlich.«

»Sehr gut, sehr schön. Ich schlage vor, dass ich im Namen der Opfer das Wort führe, wenn ihr in der Hinsicht nichts abgesprochen habt. Und denk daran, die Sicherheitskontrollen dort sind ziemlich umfänglich, das nimmt Zeit in Anspruch, darauf müssen wir uns einstellen. Handy zu Hause lassen, das darf nicht mit rein.«

»Ich werde Carolien Bescheid geben, dann ist sie zumindest auch pünktlich. Bei den anderen beiden müssen wir eben abwarten, denen laufe ich nicht hinterher.«

»Gut, gut. Dann sehen wir uns morgen, und einen schönen Abend noch!«

Jochem bleibt an den Baum gelehnt stehen und steckt sein Handy wieder in die Tasche. Muss ich einen Anzug anziehen? Ein Oberhemd bügeln? Nicht dran gedacht. Die Art Klamotten hängen noch zu Hause, und im Atelier hab ich kein Bügeleisen. Ich werde kurz bei Carolien vorbeimüssen. Bleibt nichts anderes übrig. Hab ich die Schlüssel, falls sie nicht zu Hause ist? Ja, schwerer Bund in der Hosentasche. Also, mach dich auf die Socken.

Während seines Fußmarschs kommen Erinnerungen an jenes andere Gerichtsverfahren auf, Jahre her, als er denselben Anzug anhatte, den er jetzt aus dem Schrank holen will. Der Busunternehmer, der ihre Jungs in den Tod gefahren hatte, wurde angeklagt, und der Saal saß voller Eltern von ums Leben gekommenen Schulkindern. Er kann sich nicht erinnern, was dort gesagt wurde und von wem, er weiß nur noch, dass er kochte vor Wut, neben Carolien, die sich von dem ganzen Theater distanzierte. Opfer waren wir nicht, wir waren nur sogenannte Hinterbliebene, ohne Rederecht. Zum Kotzen war das, eine widerliche Farce. Aber nach Hugos Theorie hab ich mir wohl zu viel draus gemacht. Dass sie so verantwortungslos sind, deine Kinder in einem defekten

Bus zu transportieren, ist die eine Sache, aber schlimm finden darf man das Hugos Meinung nach nicht.

Im Gehen spürt er, wie die erstickende Wut seine Lunge lähmt. Ruhig jetzt, durchatmen, es ist nur eine Meinung, es sind nur Worte. Was morgen passiert, ist etwas anderes, wir haben das Schlimmste schon hinter uns, es dürfte also nicht so arg werden. Dieser Schuft hat uns ja nur genommen, was wir noch hatten – Freundschaft, Sicherheit, Musik, meine Frau –, was rege ich mich eigentlich auf? Dass Hugo das so bagatellisiert, dass Heleen nichts damit zu tun haben will, dass man sich mit Carolien nicht absprechen kann – damit soll ich mich wohl auch einfach abfinden, was? Ich bin verdammt noch mal der Einzige, der sich einigermaßen erwachsen mit dieser Rechtssache befasst.

Wieso hatte ich damals eigentlich diesen bescheuerten Anzug an? Aus Respekt vor den anderen Eltern vielleicht. Oder wegen der Verbindung zur Kremation, da hab ich ihn auch getragen. Das hier, wo ich jetzt laufe, ist der Bolzplatz von den Jungs, hier düngt ihre Asche den Rasen. Illegal ausgestreut, nachts, Hände voll. Zusammen.

Er verlässt den Park und steht vor seinem eigenen Haus. Ehemaligen Haus? Caroliens Haus? Der Garten sieht aufgeräumt aus. Er geht am Zaun entlang zur Vorderseite. Das Licht in der Werkstatt ist an. Das ärgert ihn fürchterlich. *Mein* Terrain, was hat sie da zu suchen? Wenn sie vergisst, das Licht auszumachen, werden die Einbrecher wie Motten angelockt, um das Cello zu klauen. Nachlässig, vergesslich, einfach dumm. Sie ist gar nicht dazu imstande, so ein Haus zu bewohnen, sie macht nur Unsinn. Ich muss das mit ihr besprechen, das geht so nicht. Was war noch? Ach ja, der Anzug.

Er betritt den Garten. Auf Zehenspitzen schleicht er sich

zur Werkstatt. Vorsichtig späht er durchs Fenster. Carolien sitzt mitten im Raum und spielt. Jetzt, da er so still dasteht, hört er das Cello durch die Doppelverglasung. Zweite Suite, Präludium. Fasziniert beobachtet er, wie sie zu Werke geht. Fragmente, erst ganz langsam, bis sie sauber sitzen, dann mit Tempo. Die Fragmente aneinanderschweißen, die Übergänge üben.

Er tritt einen Schritt zur Seite und lehnt sich an die Hauswand, außer Sicht, falls Carolien plötzlich aus dem Fenster schauen sollte. Ich glaub, ich spinne, denkt er, was ist denn jetzt los! Ich heul ja fast, so ein Quatsch, was hab ich denn bloß? Ich muss nachdenken, mich in den Griff bekommen. Schade, dass ich nicht rauche, das würde bestimmt helfen. Mitten im Präludium beschleunigt sie. Das ist ihr aber bewusst, denn sie kehrt immer wieder zu den Anfangstakten zurück, um auch die schneller zu nehmen. Mach das lieber nicht, versuch eher, dieses bedächtige Tempo durch das ganze Stück hindurch zu halten. Es geht mich nichts an, was sie tut, was sie beschließt. Das ist ihre Sache. Wieso macht mich das so traurig? Ich wollte doch, dass sie wieder spielt. Die Jammerei über ihren kleinen Finger war ganz unbegründet, das sieht man ja jetzt, sie hat überhaupt keine Probleme mit dem Streichen. Wie ich sie angestachelt hab, unter Zwang zu dieser Cellistin gezerrt hab – ohne Erfolg. Und man hör sich das jetzt an, sie tut es einfach. Aus eigener Kraft. Ohne meine Hilfe.

Es ist völlig dunkel geworden. Verloren steht er in dem Garten, der mal sein Garten war, unfähig zu beschließen, was er tun soll. Klingeln, sie in ihrem Spiel stören? Wenn sie meine Warnungen beherzigt, macht sie gar nicht auf. Wenn ich mir mit meinen eigenen Schlüsseln Zutritt verschaffe, überschreite ich eine Grenze, und sie wird böse. Oder bekommt es mit der Angst zu tun, wenn ich plötzlich ins Zimmer stürme. Ich weiß auch gar nicht, was ich sagen soll. Fühlen soll. Toll, dass sie das Cello erkundet, schön, dass sie wieder spielt? Ja. Nein. Verrat ist es. Heimlich, hinter meinem Rücken, selbständig zu werden. Mich nicht zu brauchen. Gott, wie kindisch, dass ich das nicht ertragen kann. Ich will nicht so sein. Großmütig will ich sein, ich will, dass mir ihre Autonomie Spaß macht. Stattdessen ist mir zum Heulen. Weil es mir zu viel ausmacht, was da geschieht? Mach dich frei von dem, was hinter dieser Wand vor sich geht. Da sitzt eine Frau und spielt Cello, na und? Ich werde sie morgen sehen und nichts von heute Abend sagen. Den Anzug brauche ich auch nicht, ich ziehe einfach die Sachen an, die ich immer anhabe. Wenn sie erwarten, dass ich ein Oberhemd bügle, dann haben sie sich geschnitten. Nicht mit mir.

34

Die Straße zum extra gesicherten Gerichtsgebäude ist abgesperrt. Darauf weisen große gelbe Schilder hin, und es wimmelt von Verkehrsreglern in farbigen Westen. Carolien kurvt mit dem Fahrrad zwischen riesigen Betonblöcken hindurch. Vor dem Haupteingang steht der kleine Anwalt, er hat die Eingangstreppe erklommen und späht wie ein Seemann auf dem Vordeck seines Schiffes in die Ferne. Sie nimmt sich die Zeit, ihr Rad an einem Pfahl anzuketten, und als sie wieder aufschaut, ist Jochem eingetroffen. Langsam geht sie auf die beiden Männer zu.

Immer wird es wieder Abend, auch dieser Tag wird vorübergehen. Vielleicht finde ich morgen wieder zu mir selbst zurück, zu dieser Frau, die gestern dasaß und musizierte, die ein Bewerbungsschreiben für eine Ausbildung verschickte. Wie böse und angespannt Jochem aussieht. Aber ich kümmere mich nicht darum, heute lasse ich alles an mir abgleiten.

»Der Beschuldigte ist schon drinnen«, erzählt der Anwalt. »Jeden Tag auf einem anderen Weg, die Unvorhersehbarkeit sorgt für Sicherheit. Ich gehe mal voraus, folgen Sie mir.«

Eine gewissenhafte Kontrolle, wie sie überall auf der Welt stattfindet, wo Gefahr droht. Taschen und Mäntel werden durch einen Scanner befördert, Handys und Feuerzeuge werden einbehalten, einer nach dem anderen müssen sie durch die Kontrollschleuse und werden von ernsten Beamten abgetastet. Carolien ist als Letzte dran. Als sie sich mit ausgebreiteten Armen durchsuchen lässt, sieht sie über die Schulter des Sicherheitsbeamten hinweg Heleen hereinkommen, blass und gehetzt. Sie schusselt mit Schal und Rucksack herum, offensichtlich erschrocken über die Kontrollmaßnahmen.

»Die Zeugen sollen unabhängig voneinander aussagen«, tönt der Anwalt. »Kein Kontakt, keine Gespräche. Separate Warteräume; der Gerichtsdiener holt Sie, wenn Sie an der Reihe sind.«

Sie sieht Heleen erstarren, reagiert aber nicht auf den verzweifelten Blick, der ihr zugeworfen wird. Jochem verschwindet mit einem Justizwachtmeister in einem Gang, und auch Carolien wird in ein Zimmerchen geführt. Da steht nicht mehr als ein Stuhl. Die Tür fällt zu.

Sie kommt mit dem Gerichtsdiener, der sie aus dem Warteraum geholt hat, in den Saal und sieht sofort Hellebergs Rücken, einen imposanten Fleischwall, dem die gekrümmten Schultern leichten Abbruch tun. Helleberg sitzt direkt gegenüber von den drei Richtern und hat zwei Justizwachtmeister rechts und links neben sich, die ihn bewachen. Der Gerichtsdiener führt Carolien zu einem Katheder, und der Vorsitzende Richter redet sie an. Sie muss bestätigen, dass sie ist, wer sie ist, und geloben, dass sie die Wahrheit sagen wird. Der Vorsitzende ist ein grauer Mann mit depressiv herabhängenden Augenlidern. Die anderen Richter sind Frauen, auch die Staatsanwaltschaft wird von einer Frau vertreten. Die sieht ziemlich resolut aus, findet Carolien, wie sie, klein gewachsen, mit schwarzem Pagenkopf, unerschrocken zur gegenüberliegenden Seite hinüberschaut, wo Hellebergs Anwalt demonstrativ in einem dicken Stapel Papieren blättert.

Der Richter befindet, die Polizeiprotokolle seien sehr ausführlich und klar; Carolien sei lediglich dazu aufgerufen, ein paar Punkte zu verdeutlichen, sagt er. Er spricht den Verlauf des bewussten Abends mit ihr durch und gibt ihr die Gelegenheit, davon zu erzählen. Das tut sie.

»Es kippte zum ersten Mal, als er meinem Mann ins Gesicht schlug, mit voller Wucht. Weil der sein Handy nicht abgeben wollte. Da begriffen wir erst, wie gewalttätig dieser Mann war. Er duldete nicht, dass wir nicht gehorchten.«

»Sie dürfen nur für sich sprechen«, sagt der Richter.

»Ich. Ich begriff das. Er schnappte sich ein Fleischmesser aus der Küche und hat mir damit in die Hand geschnitten. Der kleine Finger ist ab.«

»Sie sprachen gerade davon, dass es zum ersten Mal kippte. Gab es noch ein zweites Mal?«

»Ja. Er wollte ein Fluchtauto haben. Wir mussten unser Geld auf den Tisch legen, und unsere Autoschlüssel. Er wollte einen von uns als Geisel nehmen, die er umbringen würde, wenn er nicht bekam, was er wollte. Da kam das Töchterchen von Hugo herein, drei Jahre alt war sie damals, sie schlief gerade bei ihrem Vater, und er hatte die Eingebung, sie als Geisel zu nehmen. Da kippte es für mich zum zweiten Mal, da ist mir erst richtig klar geworden, wie gewissenlos er war. Ich versuchte, ihn dazu zu bewegen, dass er mich auch mitnimmt, ich sagte, ein Mann mit Frau und Kind würde besser aussehen. Da wäre die Wahrscheinlichkeit, dass man ihn anhält, geringer. Ist natürlich Blödsinn, aber so dachte ich.«

»Aber so weit kam es nicht, denn Sie wurden von der Polizei aus Ihrer Lage befreit.«

»Wenn ich es richtig verstanden habe, kam das durch Sie zustande«, sagt eine der Richterinnen. »Sie hatten die Geistesgegenwart, eine Telefonverbindung offen zu lassen – wann haben Sie das gemacht?«

»Früher am Abend war ein Bote da gewesen, der Blumen brachte. Mehrere Sträuße, die mein Praxiskollege geschickt hatte. Wir hatten an seinem Geburtstag gespielt, und dafür wollte er sich bei uns bedanken. Als wir kurz pausierten, habe ich ihn angerufen. Aber als er dranging, lag mein Handy schon auf dem Tisch. So hörte er, dass etwas im Argen war. Er hat zum Glück Alarm geschlagen.«

Der Vorsitzende Richter erteilt der Staatsanwältin das Wort, und Carolien muss kurz umschalten; sie wendet den Blick von dem Richter mit den traurigen Augen ab und lauscht der kleinen Frau, die auf der linken Seite an einem Rednerpult steht.

»Ihre Hand konnte nicht wiederhergestellt werden?«

»Nein. Der kleine Finger wurde amputiert.«

Soll sie die Hand heben, um den Stumpf zu zeigen? Nein, das geht zu weit.

»Inwieweit macht Ihnen das Probleme? Können Sie noch musizieren?«

»Cello spielen konnte ich nicht mehr, ich konnte mit dieser Hand nicht richtig streichen.« Sie lügt, aber bis vor ein paar Tagen entsprach das noch der Wahrheit.

»Und arbeiten Sie wieder?«

»Nein. Ich arbeite nicht mehr. Ich fühlte mich zu unsicher, was die körperliche Untersuchung von Patienten betrifft. Ich konnte keine gute Hausärztin mehr sein.«

»Sie haben also sowohl Ihre Arbeit als auch Ihr Hobby verloren?«

Ist das eine Frage? Sie sagt einfach ja, und die Staatsanwältin gibt an, dass sie keine Fragen mehr habe.

Jetzt darf der Anwalt von Helleberg sie verhören.

»Sie sprechen von Drohungen und Schlägereien, doch nach dem Eindruck meines Mandanten, und so sehe ich es auch, haben Sie alle zusammen am Tisch gesessen und den weiteren Gang der Dinge besprochen. Sie haben sogar angeboten, meinen Mandanten zu begleiten, wenn er das Boot verlassen würde. Stimmt das?«

»Ich wollte Laura nicht mit diesem Mann …«

»Antworten Sie bitte mit Ja oder Nein.«

»Aber ich möchte erklären, warum …«

»Ja oder nein?«

»Ja.«

»Nächster Punkt. Sie erklärten gegenüber der Staatsanwältin, dass Sie nicht mehr arbeiten können, aber ich lese hier in einem Attest des Vertrauensarztes, dass Sie in Ihrem Arztberuf zu hundert Prozent arbeitsfähig befunden wurden. Haben Sie von sich aus gekündigt?«

»Ich *konnte* das nicht mehr, und er wollte, dass ich eine Therapie …«

»Ja oder nein, wiederum. Haben Sie gekündigt?«

»Ja.«

»Dann habe ich keine Fragen mehr.«

Der Vorsitzende Richter setzt sich auf und sagt, dass er in diesem besonderen Fall alle Zeugen nach ihrer Aussage im Saal behalten wolle, unter Eid, damit sie gegebenenfalls noch einmal befragt werden könnten, wenn andere Zeugenaussagen Anlass dazu geben sollten.

»Das Streichquartett ist ja in gewissem Sinne ein Organismus«, sagt er, Carolien freundlich ansehend. »Sie vier sind zwar jeweils individuelle Personen, bilden aber auch eine Einheit mit acht Augen, nicht wahr? Der Gerichtsdiener wird Ihnen zeigen, wo Sie Platz nehmen können.«

Sie kommt neben dem kleinen Anwalt zu sitzen. Er murrt in seiner schönen seidenen Robe über den Verhörstil seines Kollegen. »Unverschämt, respektlos. Sie konnten gar nicht anders antworten, als Sie es getan haben. Was er damit zu erreichen gedenkt, ist mir ein Rätsel.« Er flüstert Carolien ins Ohr, zu ihrer Verärgerung. Hättest du mich besser aufgeklärt, wie es hier zugeht, denkt sie, dann bräuchtest du mir jetzt nicht deinen Schwefelatem ins Gesicht zu blasen. Ich habe es vermasselt, ich habe es viel zu leicht genommen, habe mich von diesem Lackaffen viel zu schnell ins Bockshorn jagen lassen.

Der Vorsitzende möchte nun Hugo hören, und das verursacht einige Unruhe. Er ist nirgendwo zu finden, die Gerichtsdiener rennen rein und raus, bis schließlich einer mit dem Fang eintrifft. Hugo sieht windzerzaust aus. Hastig legt er den Eid ab; mit beiden Händen aufs Rednerpult gestützt, scheint er sich von einem halben Marathon erholen zu müssen. Der Vorsitzende mahnt Stille im Saal an, und das Verhör beginnt. Hugo zeigt eine Distanziertheit und Lässigkeit, als ginge ihn das Ganze nichts mehr an. Hellebergs Anwalt macht viel Gewese um das fehlende Schloss an der Eingangstür – wie kann man mitten in der Stadt seine Tür so sperrangelweit offen lassen, wie kann man ein Kind dort schlafen lassen, eine teure Geige in so einer vollständig ungesicherten Wohnung aufbewahren? »Unverantwortlich« sei noch eine beschönigende Bezeichnung für so ein Verhalten.

»Ich war noch nicht dazu gekommen«, sagt Hugo. »Es stand auf meiner To-do-Liste, aber es gibt ja immer was anderes zu tun. Dass unbedingt alles verriegelt werden muss, halte ich übrigens für stark übertrieben.«

Carolien hört ihren Sitznachbarn entrüstete Laute von sich geben; er murmelt, dass sich dieser Zeuge ins eigene

Fleisch schneide und der Sache nicht dienlich sei. Seine Verärgerung lässt sie kalt, selbst schuld, denkt sie, hätte er Hugo eben zu einem vorbereitenden Gespräch zwingen müssen. Kann gut sein, dass wir hier noch die Schuld zugeschoben kriegen, als hätten wir alles selbst verursacht. Ich will hier raus. Rauchen. Weglaufen.

Der Einzug Heleens ist dramatisch, sie weint schon bei der Feststellung ihrer Personalien, und es hört nicht mehr auf. Mit zitternder Stimme bestätigt sie, dass alles durch ihr dummes Verhalten gekommen sei – wie naiv sie mit so einem gefährlichen Häftling korrespondiert habe, wie unrealistisch ihre Erwartungen von der heilsamen Wirkung der Musik gewesen seien. Helleberg selbst kommt nun auch zu Wort. Er erläutert mit seiner schleppenden Stimme, dass die Dame ihn geradezu eingeladen habe, zu kommen und sich die Musik anzuhören, erzählt habe, wo und wann sie spielten, geschrieben habe, dass diese Musik ihm guttun, ihn zu einem besseren Menschen machen würde.

Heleen stammelt, dass sie gegen die Regeln verstoßen habe, sie hätte niemals etwas schreiben dürfen, was auf ihre Identität und die Örtlichkeiten schließen lassen konnte. Sie sei erbost gewesen, weil die Schreibgruppe aufgelöst worden sei, es habe keine Kontrolle, keine Zensur, keine Hilfe mehr gegeben. Aber sie habe ihre Vorsätze und Ideale nicht aufgeben wollen. Weinkrampf. Gerichtsdiener mit einem Glas Wasser. Empörtes Schnauben des Anwalts neben Carolien. Er erhebt sich auf seine Plateausohlen und sagt zum Vorsitzenden, dass man der Zeugin ihre Aussage eventuell erleichtern könnte, wenn sie den Angeklagten nicht direkt im Blickfeld hätte. Der Richter nickt; er ordnet an, dass Helleberg mit seinen Bewachern in der zweiten Reihe der seitlichen Bänke vorn im Saal Platz nehmen soll.

»Aber dann kann ich sie nicht sehen!«, protestiert Helleberg. Der Vorsitzende entgegnet, dass genau das die Absicht sei, und der Umzug setzt sich in Gang.

Nun richtet die Staatsanwältin die Aufmerksamkeit auf die Verluste, die Heleen infolge des Überfalls erlitten habe; auch sie habe ihren Beruf aufgeben müssen und sei schwer verletzt worden. Der Anwalt der Gegenpartei bleibt unbeeindruckt. Die Verletzung sei dem Eingreifen der Polizei geschuldet, die habe schließlich das Boot in die Luft gejagt, sein Mandant habe damit nichts zu tun. Und der sogenannte Überfall sei im Grunde eine Einladung gewesen.

Heleen lässt sich von einem Gerichtsdiener zu der Bank bringen, wo sie nun in einer Reihe nebeneinandersitzen: Carolien, der Anwalt, Hugo und Heleen. Jetzt ist Jochem dran, der Einzige, der sich von vornherein über den Ernst dieses Prozesses im Klaren war. Als er den leeren Angeklagtenstuhl sieht, wechselt seine Gesichtsfarbe von aufgeregtem Rot zu aschfahlem Grau. Carolien rutscht auf der Bank nach vorn und schaut besorgt zu ihrem Mann hinüber. Ich hätte doch Medikamente mit hereinschmuggeln sollen, denkt sie. Haben die hier eigentlich einen Defibrillator? Müssen sie ja wohl, in so einem offiziellen Gebäude. Sie sieht sich um, nach etwas Knallrotem an der Wand suchend. Nichts dergleichen zu entdecken.

Ohne Saft und Kraft beantwortet Jochem die Fragen der Richter und der Staatsanwältin. Dann übernimmt der Anwalt von Helleberg das Verhör.

»Sie haben meinem Mandanten mit einem Stück Holz auf den Kopf geschlagen, ist das richtig?«

»Er hatte mich zuerst halb blind gerammt!«, schnaubt Jochem. Jetzt bekommt sein Gesicht wieder Farbe.

»Mit Ja oder Nein antworten, bitte.«

»Ja. Mit meiner Bratsche. Ich wollte ihn bewusstlos schlagen.«

»Ausschließlich meine Fragen beantworten, wenn ich bitten darf, keine weiteren Erörterungen. Haben Sie meinen Mandanten mit roher Gewalt attackiert?«

»Ja«, sagt Jochem mit einigem Stolz, »das war die einzige Möglichkeit, ihn außer Gefecht zu setzen, ob …«

Der Anwalt hat eine abwehrende Armbewegung gemacht. Er will auf den Moment an jenem Abend zu sprechen kommen, da Jochem bemerkt habe, dass ein Fremder hereingekommen sei, und erkundigt sich nach dem Verlauf des darauf geführten Gesprächs. Hugo wird noch einmal nach vorn gerufen und erzählt, wie er Helleberg höflich zu verdeutlichen versucht habe, dass er nicht willkommen sei.

»Lasch!«, brüllt Jochem. »Du warst viel zu zögerlich! Wir hätten diesen Kerl hochkantig rausschmeißen sollen, und das sofort! Stattdessen haben wir noch für diesen Schuft gespielt, verdammt!«

Hugo macht Anstalten, etwas zu entgegnen, doch der Vorsitzende Richter schreitet ein, er will Ruhe im Gerichtssaal. Weil niemand mehr Fragen hat, sind die Zeugen entlassen. Doch ehe sie gehen, schießt der kleine Anwalt neben Carolien in die Höhe und räuspert sich. Ach ja, denkt sie, der muss sich auch noch Geltung verschaffen, Gott bewahre, dass die Anwesenheit dieses Zwergs der Aufmerksamkeit entgeht. Na gut, noch eine kurze Peinlichkeit, dann darf ich weg.

»In diesem Saal ist heute Nachmittag von Geschehnissen gesprochen worden, von Einzelheiten. Von strafbaren Handlungen«, sagt der Anwalt mit seiner erstaunlich tiefen Stimme. »Ich möchte nun im Namen der Opfer noch einige andere Aspekte beleuchten. Durch Zutun des Angeklagten ist ein erheblicher materieller Schaden angerichtet worden, ohne Zweifel. Viele Male größer ist freilich der immaterielle Schaden. Diese vier Opfer übten wichtige gesellschaftliche Funktionen aus, sie waren Pflegekraft, Geigenbauer, Hausarzt. Wir haben gehört, wie die Geschehnisse am Abend des Überfalls es ihnen unmöglich gemacht haben, diese Rollen weiterhin auszufüllen. Unsicherheit und Angst stehen der Ausübung medizinischer Berufe im Wege; die Furcht vor einer Wiederholung zwang den Geigenbauer dazu, sich in einem schwer bewachten Atelier zu verschanzen. Diese Menschen verloren ihre wertvollen und befriedigenden Positionen und die Freude, die Unbefangenheit, mit der sie ihrem Beruf nachgingen. Sie verloren auch ihr Vertrauen. Es mag vielleicht unvernünftig sein, kein taugliches Schloss an der Eingangstür zu haben, aber es zeugt auch von Vertrauen in die Menschheit. Der Briefwechsel mit einem Schwerverbrecher ist ein Akt der Menschenliebe, des Mitgefühls für den Straftäter. Dass im Laufe einer solchen Korrespondenz Fehler gemacht werden, schmälert das nicht. Der Angeklagte hat die ihm gewährte humanitäre Hilfe missbraucht und damit das Vertrauen der Briefschreiberin erschüttert. Seit dem Überfall ist das Leben der Opfer von Angst und Enttäuschung geprägt, und ihre gesellschaftliche Funktionstüchtigkeit ist ernstlich beeinträchtigt.

Der Verlust des Vertrauens zu Menschen im Allgemeinen ist das eine. Aber die Opfer haben einen weiteren, womöglich noch schwerer wiegenden Verlust erlitten: den des Vertrauens zueinander. Diese vier Menschen waren einander in einer jahrelangen, intimen Freundschaft verbunden, die sich im wöchentlichen Quartettspiel konkretisierte. Sie halfen und stützten sich gegenseitig bei Rückschlägen und Notfällen; sie fanden Trost beieinander in der Interpretation der schönsten Musik, die wir kennen. Es herrschte gegenseitig blindes Vertrauen. Die Taten des Angeklagten haben diesem Vertrauen den Boden entzogen. Natürlich, das Musizieren geht jetzt nicht mehr, weil die Instrumente zerstört und einige der Spieler verletzt wurden – aber das ließe sich beheben, Wunden heilen, und Instrumente kann man ersetzen. Doch es geht auch deswegen nicht mehr, weil das Vertrauen weg ist und damit die Freundschaft. Meiner Meinung nach ist das der größte Schaden, den der Angeklagte angerichtet hat.«

Der Anwalt hält kurz inne und sieht den Vorsitzenden Richter direkt an.

»Ich kann den Verlust des Vertrauens in die Gesellschaft und zueinander nicht quantifizieren. Ich kann ihn nicht mit einer Zahl versehen und in einen Betrag fassen, den man auf eine Rechnung setzen könnte. Gleichwohl vertraue ich darauf, dass das Hohe Gericht meine Überlegungen bei der Beratung über das Strafmaß mit in Betracht ziehen wird. Vielen Dank.«

35

Nach der Ansprache des Anwalts ist es mucksmäuschenstill im Saal. Der Vorsitzende nickt stumm vor sich hin und sagt dann nochmals, dass die Zeugen gehen dürfen. Angeführt von einem Gerichtsdiener verlassen sie im Gänsemarsch den Saal. Auf dem Flur stehen sie still im Kreis zusammen. Dann streckt Carolien dem Anwalt die Hand hin. Als er diese ergreift, fasst sie seine Hand mit beiden Händen.

»Sie haben genau die richtigen Worte gefunden, genau so ist es. Ganz großen Dank dafür.« Die anderen nicken zustimmend.

»Schön, schön«, sagt der Mann. Er hat sein Beffchen aufgefummelt und legt seine Robe ab. Darunter kommt ein kariertes Oberhemd zum Vorschein. »Es ist immer zu warm in so einem Saal. Ich muss leider aufbrechen, noch einen schönen Abend Ihnen allen. Ich bin froh, dass ich Ihnen von Nutzen sein konnte!«

Jochem begleitet ihn zum Ausgang. Die anderen folgen langsam, zögernd. Sie bekommen ihre Besitztümer zurück – Handys, Taschen und Mäntel – und sehen den Anwalt die Straße hinunterlaufen.

»Wie sehr ich mich in dem Mann getäuscht habe«, seufzt Carolien. »Ich dachte, er sei so ein aufgeblasener kleiner Diktator, der nur brüllt, um gesehen zu werden. Ich schäme mich zu Tode.«

»Gehen wir? Ich ersticke hier drinnen«, sagt Jochem. Sie

gehen durch die Schleuse und stehen dann auf der Eingangstreppe. Was jetzt, denkt Carolien, verschwindet jetzt jeder in seine Richtung, und alles ist wieder vorbei? Hugo hat ein paar Schritte zur Seite gemacht und telefoniert.

»In einer halben Stunde«, hört sie ihn sagen. O ja, *er* wieder, es hat sich aber auch nichts geändert. Er muss sich distanzieren und zu einem neuen Termin rennen, es ist wohl zu viel verlangt, hier einfach mal unter uns vieren zu sein.

»Ich habe einen Vorschlag«, sagt Hugo, während er das Handy in seine Tasche gleiten lässt. »Nein, einen Auftrag! Wir gehen bei diesem Italiener essen, bei dem wir früher immer waren. Ich hab gerade einen Tisch reserviert.«

»Ja, aber ich geh nach Hause«, protestiert Heleen.

»Kommt nicht in Frage. Die zweite Geige folgt der ersten, das weißt du doch.«

»Ich habe keinen fahrbaren Untersatz. Henk hat mich hier abgesetzt.«

»Du kannst bei mir hinten aufs Fahrrad. Dann bin ich mir wenigstens sicher, dass du dabei bist.«

»Ich bin mit dem Taxi gekommen«, sagt Jochem, »hab auch keinen fahrbaren Untersatz.«

»Dann fahrt ihr beide mit der Straßenbahn. Ein Stück weiter weg ist eine Haltestelle, da hinten, wo die Leute stehen. Wir fahren mit dem Rad, Carolien.«

Es vollzieht sich alles im Handumdrehen. Jochem und Heleen laufen brav zur Straßenbahnhaltestelle, und die anderen zwei schließen ihre Räder auf. Es dämmert bereits.

Während der Fahrt schweigen sie. Nicht unangenehm, findet Carolien. Den ganzen Nachmittag sind sie mit Worten bombardiert worden; jetzt ist es mal genug. Weil es allmählich belebter auf den Straßen wird, fährt sie hinter Hugo her. Er trägt einen dunklen Mantel, der einem eleganten

Fußballtrainer gut zu Gesicht stünde. Was er mit diesem unerwarteten Abendessen vorhat, weiß sie nicht, aber sie folgt seinem schwarzen Rücken ganz unbeschwert.

Durch die großen Fenster des Restaurants fällt warmes gelbes Licht nach draußen. Ein Ober ist dabei, einen Tisch für vier Personen zu decken, am Fenster. Laut bimmelnd kommt die Straßenbahn angefahren. Jochem und Heleen steigen aus; zu viert gehen sie hinein.

Sitzordnung wie immer, denkt Carolien. Jochem zu ihrer Rechten, Hugo gegenüber. Sie Heleen gegenüber. Wenn man mal irgendwo einen festen Platz hat, bleibt das so. Hugo berät sich hinten an der Theke mit dem Restaurantbesitzer und kehrt händereibend zurück.

»Wir werden jetzt einen köstlichen Wein trinken. Und groß essen. Ihr seid eingeladen, ich hab heute ein formidables Honorar aus China bekommen. Ich strotze vor Geld.«

Der Ober schenkt den schweren Rotwein in bauchige Gläser ein. Sie stoßen an, schweigend – worauf sollen sie trinken? Das dürfte bei jedem von ihnen etwas anderes sein, wortlos ist also besser.

»Was für ein Fiasko, dieser ganze Nachmittag«, sagt Carolien. Die anderen pflichten ihr bei, und es entspinnt sich ein Gespräch über ihr eigenes Unvermögen. Sie sind als unbeholfene Kleinkinder hingestellt worden, die sich keiner Gefahr bewusst waren. Es wurde der Anschein erweckt, als sei alles ihre eigene Schuld – der Eindringling von Heleen eingeladen, von niemandem dezidiert aus dem Haus verwiesen, ineffektiv von Jochem auf den Kopf geschlagen, von Carolien bei seinem Fluchtplan assistiert. Gutgläubige, viel zu höflich auftretende Kinder, die vom Hereinplatzen der wirklichen Welt überrascht und gelähmt wurden.

»Ich habe ihm noch Leckerbissen kredenzt«, amüsiert sich Hugo, »von einem erstklassigen Delikatessenladen!«

Sie brechen in schallendes Gelächter aus und kichern immer noch, als der Ober die Vorspeisenteller auf den Tisch stellt. Noch eine Flasche Rotwein. Dieser Glamour-Anwalt von Helleberg! Immer im Fernsehen, durch Gewieftheit und Erfolg über sich selbst hinausgewachsen – wie er es verstanden habe, ihnen den Mund zu stopfen, kein Wort habe man mehr dazwischengekriegt.

»Dir ist es ja noch einigermaßen gelungen«, sagt Heleen zu Jochem, »aber ich war total eingeschüchtert und konnte keinen Ton herausbringen.«

Jochem erzählt, dass er im vorbereiteten Text steckengeblieben sei, ganze Ansprachen habe er im Kopf gehabt und nichts davon rübergekriegt.

»Ich hätte auf dich hören sollen, Carolien. Nichts vorab formulieren, sondern selbstbewusst hingehen und sich ansehen, was passiert. Dann weiß man, dass das Ganze Theater ist und nur bedingt etwas mit der Wirklichkeit zu tun hat.«

Carolien schüttelt den Kopf. »Ich habe doch gar nichts zustande gebracht, ich durfte nur ja oder nein sagen. Und das habe ich auch noch getan!«

»Sie sperren dich ein, wenn du dich zu antworten weigerst«, weiß Hugo. »Da kommst du ins Untersuchungsgefängnis, hab ich irgendwo gelesen.«

Es ist vorbei, denkt Carolien. Wir haben es endlich hinter uns, und deshalb sind wir jetzt alle so entspannt. Sogar Jochem, der sich italienische Vorspeisen auf den Teller häuft. Es sieht aus wie ein Gemälde.

»Ich hab einen Bärenhunger«, sagt er, »das merk ich jetzt erst. Und du isst auch was, Heleen, keine Ausflüchte.«

Quer über den Tisch legt er ihr allerlei Köstlichkeiten auf den Teller. Sie lässt es lachend zu. Hugo fragt sich laut, warum Helleberg keinen Befangenheitsantrag gegen die Richterinnen gestellt habe. »Es war bestimmt eine mit einem Abonnement für die Streichquartettreihe darunter, bei der man davon ausgehen konnte, dass sie die Hand über uns hält. Mit so 'ner Verzögerung hätte er doch einige Wochen gewonnen, oder?«

»Vielleicht wollte er lieber Gewissheit haben. Der Anwalt, unser Anwalt, meine ich, wird uns übrigens auf dem Laufenden halten. Hinsichtlich des Urteils. Des Strafmaßes.« Jochem spricht mit vollem Mund.

»Das interessiert mich nicht mehr«, sagt Heleen. »Ob er nun sechs Jahre kriegt oder eins oder gar nichts, er ist wegen seiner früheren Verurteilung ohnehin noch Jahre hinter Gittern. Ich bin vor allem froh, dass wir damit durch sind.«

Womöglich geht er noch in Berufung, denkt Carolien, und wir müssen erneut antanzen. Aber davon rede ich jetzt nicht, dann verderbe ich allen noch die Erleichterung. Es wäre auch komisch, wenn sie solche inadäquaten Zeugen wie uns noch ein weiteres Mal anhören wollten. Von uns kann man doch nichts erwarten.

»Was lachst du?«, fragt Hugo.

»Über unseren Auftritt als gutmütige, handlungsunfähige Trottel. Unglaublich, dass man sich nach so einer Schlappe so gut fühlen kann.«

»Weil es keine wirkliche Schlappe war«, findet Hugo. »Wir haben zwar nichts hingekriegt, aber das ist eigentlich wurscht.« Er geht noch einmal mit der Weinflasche herum, und der Ober räumt die leeren Platten ab. »Bei einer echten Schlappe fühlt man sich beschissen.«

»Man schämt sich«, sagt Carolien.

»Oder man verwünscht sich, grämt sich. Und findet sich dumm.« Heleen wird rot, als sie das sagt.

»Bekümmert zu sein«, brummt Jochem, »das gehört auch dazu.«

Die Hauptgerichte werden serviert, Fisch für die Frauen, Fleisch für die Männer, genau wie früher. In der Widerspiegelung der Fensterscheibe sieht Carolien, wie sie zufrieden beisammensitzen, keine Spur mehr von Unbehagen oder Vorwurf in den Gesichtern. Seltsam ist das. Wir haben voneinander gesehen, wie wir gedemütigt wurden, wie ohnmächtig wir uns zur Wehr setzten, wie groß unsere Angst war. Wir haben uns für uns selbst geschämt und fremdgeschämt für die anderen. So was ist nie mehr gutzumachen – aber man schaue sich das jetzt an, es ist, als seien die Gewitterwolken abgezogen. Jenseits von ihrem Spiegelbild ist die Stadt in Dunkelheit gehüllt; eine einsame Straßenlaterne schüttet ihr Licht auf die glänzende Straße. Schneeflocken schweben durch die Lichtbündel und schmelzen, wenn sie gelandet sind. Das muss so bleiben, denkt sie, dieses wundersame Zusammensein hier drinnen, denn es will Abend werden. Nicht so sentimental, der Abend ist längst da, und keiner von uns erweckt den Anschein, aufbrechen zu wollen. Komm schon, bleib dabei.

Sie lauscht wieder dem Gespräch, das sich noch immer um das wahre, Selbstvorwürfe generierende Versagen dreht.

»Dass es mir nicht gelungen ist, Kontakt zu meiner Tochter zu halten«, sagt Hugo leise. »Die Scheidung von Evelien, okay, die ließ sich nicht verhindern. Aber dass ich Laura danach völlig verloren habe, ist echt meine Schuld. Man kann es auf die dramatischen Vorfälle, die Explosion schieben, dass sie mich nicht mehr sehen will, aber das ist nicht die ganze Geschichte. Ich habe die Flucht ergriffen, das war allein mein Ding. Hätte ich niemals tun dürfen. Ich hab sie im Stich gelassen.«

Seiner Stimme ist die sonst übliche Großspurigkeit abhandengekommen. Heleen fragt, wie es denn jetzt gehe, und er erzählt von den Vorlesesessions im Eingangsbereich des Wohnblocks. Caroliens Gedanken schweifen wieder ab, sie überlegt sich, unter welchen Voraussetzungen einem solche vertraulichen Eingeständnisse möglich sind. Wenn man sich sicher fühlt, wenn man weiß, dass die anderen einen nicht verurteilen oder auslachen werden. Wenn man unter Freunden ist.

Heleen wartet mit einem überraschenden Bekenntnis auf. »Ich habe mich monatelang dafür verurteilt, dass ich so gutgläubig, so kindlich naiv war. Bis heute Nachmittag, echt. Aber jetzt denke ich anders darüber. Es ist falsch, dass ich nicht zu meiner Überzeugung gestanden habe. Klar, es ist unrecht, sich nicht an die Regeln zu halten, aus Wut auf Behörden, die einem in den Rücken fallen, macht man manchmal riskante Sachen – so war das bei mir, sehr dumm, unverantwortlich. Und trotzdem hätte ich zu meinen ursprünglichen Beweggründen stehen sollen. Es ist gut, Menschen zu helfen, die in einer beschissenen Lage sind, so läppisch diese Hilfe vielleicht auch ist. Das finde ich nach wie vor. Ich habe versagt, weil ich davon abgerückt bin.«

Hochrote Wangen, zitternde Stimme. So kenne ich sie wieder, denkt Carolien. So hat sie auch Protokolle beiseitegeschoben und Berichte in ihrem Sinne zurechtgestutzt, wenn sie es für nötig hielt. Immer mit Überzeugung und mit guten Gründen. Dass sich ihr Verstoß derart gerächt hat, war einfach Pech.

Der Ober kommt mit einem Holzbrett voll stinkendem italienischem Käse. Einer weiteren Flasche Wein. Hugo reibt sich vergnügt die Hände und sieht Carolien an. Ja, jetzt ich, denkt sie, jetzt muss ich aus der reichen Palette der Schlappen einen Diamanten pflücken, den ich hier auf den Tisch legen kann. Murr nicht, schau einfach, was dir einfällt.

»Das Quartett. Dass es nicht gelungen ist, unser Quartett beisammenzuhalten. Welchen Anteil ich daran habe. Wir sind alle in eine andere Richtung geschossen. Ich hab's gesehen und nichts getan.«

Sie ist plötzlich so traurig, dass sie nicht weiterreden kann. Jochem hat ihr das Gesicht zugewandt und fasst unter dem Tisch ihre Hand, ihre geschundene Hand. Er hat warme Finger.

Es ist Abend geworden, aber sie sind im warmen Lampenschein beisammen. Carolien wünscht sich, sie könnte über ihnen schweben und auf die vier Köpfe um das Käsebrett hinunterschauen. Nein, nicht, bleib lieber hier, bei deinen Freunden, bei deinem Mann. Andere können ein Foto, ein Gemälde von dieser Szenerie machen, aber du bleibst im Hafen der Zukunft, hier, wie ein Schiff, das mit dicken Tauen an den anderen dreien festgebunden ist. Sie sieht in der Fensterscheibe, wie sie alle vier ihre Gläser heben und sich zuprosten. Es ist vollbracht. Es ist gut.

ZUM SCHLUSS

Mein herzlicher Dank gilt Ger van Unnik für seine juristischen Kommentare, Matthieu Besseling für Wissenswertes über den Geigenbau und Lu Xiang für eine Führung durch das Konservatorium von Shanghai.

Fehler und Ungenauigkeiten sind meine eigene Schuld.

Anna Enquist

Die Originalausgabe erschien 2018 unter dem Titel *Want de avond*
bei Uitgeverij De Arbeiderspers, Amsterdam · Antwerpen.

FSC
www.fsc.org
MIX
Papier aus verantwortungsvollen Quellen
FSC® C014496

Verlagsgruppe Random House FSC® N001967

1. Auflage

Neumarkter Straße 28, 81673 München
Umschlaggestaltung: buxdesign | München
nach einem Entwurf von De Arbeiderspers
Covermotiv: Michel van de Waart
Satz: Greiner & Reichel, Köln
Druck und Einband: GGP Media GmbH, Pößneck
Printed in Germany
ISBN 978-3-630-87604-7

www.luchterhand-literaturverlag.de
facebook.com/luchterhandverlag